RIEN QU'UNE BÊTE

FRANZ-OLIVIER GIESBERT

RIEN QU'UNE BÊTE

roman

ALBIN MICHEL

À Laura,
sans laquelle je n'aurais pas pu écrire ce livre,
pour tout et malgré tout.

« Dehors, les yeux des animaux allaient
du cochon à l'homme
et de l'homme au cochon, et de nouveau
du cochon à l'homme
mais déjà il était impossible de distinguer
l'un de l'autre. »

George Orwell

Avertissement

Il n'est pas de jour où je n'ai honte de faire partie de l'espèce humaine. Quand je hume, avec des haut-le-cœur, des odeurs de viande brûlée, quand, à la campagne, je contemple des herbivores destinés au couteau raser les prés avec délicatesse, quand je passe en voiture à côté d'un abattoir, quand je songe aux holocaustes de bébés bêlants ou beuglants, destinés à remplir les panses de mes semblables.

Nous sommes à vomir. Tout en prétendant surplomber le monde vivant depuis un piédestal imaginaire, notre espèce continue de vivre dans les fanges de son commencement en se gavant de cadavres avant de curer ses dentures pour en extraire les filaments sanglants. Rien n'a changé depuis les fulminations de Plutarque qui, après Pythagore et Bouddha, s'indignait que les animaux humains puissent oser « tuer, écorcher, démembrer » des animaux non humains et porter à leur bouche la « chair meurtrie » d'une « bête morte ».

Avec ce livre où je vous raconte mon histoire, j'ai essayé de dire l'indicible et de nommer l'innommable.

Prologue

Comment ai-je pu me retrouver enfermé dans le bâtiment d'une ancienne ferme, condamné à engraisser avec une auge pour seul horizon ? Tout au long de ma vie, j'ai commis beaucoup de bêtises, comme des paris ou des mariages stupides, mais je m'en sortais toujours à peu près.

« C'est une grande idée ! s'était exclamée Laura quand je l'avais formulée. Une de ces idées révolutionnaires qui changent le monde. Ce ne sera pas facile pour toi mais, avec cette expérience, nous allons laisser notre nom dans l'Histoire. Après, plus rien ne sera comme avant. »

Ç'aura été la plus grosse stupidité de ma vie et je crains de ne pas y survivre. Je n'avais pas réfléchi avant de me lancer dans cette aventure : ma dernière épouse et moi étions en train de nous séparer et, comme chacun sait, les divorces sont peu propices à la lucidité, à l'intelligence. À la sobriété aussi.

À ce moment-là, je buvais beaucoup et ne dormais quasiment pas : je n'ai rien vu venir. Mon père disait que la vie est un long rêve tranquille, dont vous êtes tiré de temps en temps par un cauchemar qui vous ramène sur terre. Quand ils sortent de leur sommeil, les imbéciles croient toujours avoir l'explication : « C'est le destin ! » Je déteste cette phrase.

Il m'arrive aussi de la prononcer. Tel le chien crevé au fil de l'eau, je me laisse volontiers mener par des gens, des idées, des courants, et quand je découvre qu'ils m'ont conduit dans un cul-de-sac, il faut que je trouve un coupable : c'est le destin, bien sûr, il est là pour ça, il porte tous les péchés du monde. Souvent, il a le visage de personnages insignifiants.

Laura et Patrick Glostrob ne l'étaient pas. En me laissant embringuer dans l'histoire que je vais vous raconter, j'avais des circonstances atténuantes, la moindre n'étant pas que le couple forçait la sympathie. Ils avaient quelque chose d'angélique, d'empathique, une sensibilité à fleur de peau. Nous militions aussi pour la même cause, la cause animale, contre l'humanisme, cette religion qui prétend que la terre tourne autour d'une seule espèce, la nôtre.

J'avais rencontré les Glostrob à la fin d'une manifestation contre les abattoirs, place de la République, à Paris. C'était un samedi d'avril et un vent tiède mettait en transe les arbres qui feuillaient presque à vue d'œil. La dispersion du défilé avait commencé quand une jeune femme s'est jetée sur moi en s'écriant :

« Charles Aubignan, vous êtes mon idole ! »

Elle m'a embrassé fougueusement mais chastement, non loin de la commissure des lèvres. Un frisson a traversé mon corps, de la tête aux pieds.

Au premier contact, j'ai senti qu'elle me mènerait où elle voudrait, comme toutes les femmes de ma vie. En amour, il y a celui qui prend et celui qui se donne. Je suis toujours celui qui se donne.

« J'espère que vous ne m'en voulez pas.

– Pourquoi vous en voudrais-je ?

– Je m'étais juré de vous embrasser si, un jour, j'avais la chance de vous rencontrer. Je m'appelle Laura. »

Un flot de sang et une bouffée de chaleur me sont montés à la tête, j'ai senti que mon visage avait tourné rouge cerise. Pour moi, l'âge vient et, à plus de soixante-dix ans, cela faisait très longtemps qu'en dehors de ma petite-fille, une jeune et jolie personne ne m'avait gratifié d'un baiser. J'étais dans le même état que les arbres gonflés de sève printanière, sauf qu'au lieu de verdir comme eux, je transpirais des cordes. À son sourire, j'ai su que Laura avait perçu mon émotion.

À peine trentenaire, elle était affectée d'un léger strabisme qui faisait dérailler son regard, et avait une cicatrice rose sous le menton, un léger double menton, mais écrire qu'elle était une jolie fille, comme je viens de le faire, est très en dessous de la réalité. C'était une grande beauté avec tous les petits défauts qui la rehaussent.

Elle était aussi très cultivée, ce qui n'est pas le trait le plus répandu dans sa génération. Dussé-je vous paraître ridicule, ce qui m'a conquis chez Laura, c'est aussi qu'elle disait adorer mes livres. Comme son mari. Elle prétendait même qu'elle les avait tous lus. Quel écrivain peut résister à cela, fût-il relativement modeste, ce qui est mon cas ?

« Vous ne pouvez pas avoir lu tous mes livres, ai-je objecté. J'en ai publié une quinzaine.

– Vingt et un, a corrigé Laura.

– Tant que ça !

– En tout cas, j'en ai lu au moins sept ou huit. Les plus importants. »

Laura était très tactile et je faisais d'intenses efforts pour dissimuler les frissons de plaisir que provoquaient en moi ses caresses, ses effleurements. Chose étrange, tandis qu'elle me pelotait, je n'ai jamais surpris un seul éclair de jalousie dans le regard bleu de Patrick. Sur ce point, il semblait à peu près serein.

Sur le reste, pas du tout : il était rongé par les complexes comme par des puces. Quand je lui ai demandé ce qu'il faisait dans la vie, il m'a répondu avec un air supérieur, comme s'il me visait : « Je ne suis pas assez bête pour réussir. » Je n'ai pas relevé.

C'était un homme au front large, aux lèvres minces et au visage ovale, comme celui d'une Madone de Botticelli, les cheveux châtain clair tirés en arrière par une queue de cheval. Il se disait végane à cent pour cent et je n'ai pas été étonné quand il m'a affirmé qu'il était jaïniste, du nom de cette religion indienne qui prêche la non-violence et dont la devise est : *Parasparopagraho jīvānām* (« Les vies se doivent un respect mutuel »).

J'ai toujours été attiré par cette religion vieille de trois mille ans. Sans dieu créateur, elle appelle le genre humain à triompher de la matière et à se libérer des possessions. Souvent, quand ils marchent, les moines jaïnistes balaient le sol devant eux pour ne pas écraser les fourmis. Ils portent aussi des masques sur le nez pour ne pas respirer des insectes volants ou des micro-organismes.

Patrick a eu un comportement très jaïniste, le soir, quand nous avons dîné ensemble dans un restaurant végétarien du Marais : à peine assis, il a vu une coccinelle dans son assiette et, au lieu de l'épousseter comme une rognure, il l'a prise entre ses doigts et l'a posée délicatement dans une boîte d'allumettes qu'il avait sortie de sa poche.

« J'ai toujours une boîte sur moi, a-t-il expliqué. Pour le cas où je ferais des rencontres comme celle-là. Après le dîner, je jetterai la bête à bon dieu dans un jardin.

– Patrick ne ferait pas de mal à une mouche, a dit Laura. Même pas à un moustique ni à une guêpe.

– Ni à une araignée, a-t-il précisé. Savez-vous qu'elles parlent entre elles ?

– Moi, ai-je avoué, je sais que ce n'est pas bien mais je ne peux pas m'empêcher de tuer les guêpes et les frelons. »

Patrick a pris un air indigné :

« Comment pouvez-vous faire ça ? N'avez-vous pas honte ?

– Je crois qu'il faut mettre des limites à la tolérance. Quand vous avez vu, comme moi, des frelons détruire un essaim d'abeilles, leur barbarie, leur rage de tuer, vous n'avez pas envie d'être accommodant avec eux.

– Quand on prétend respecter la vie, on la respecte dans sa totalité.

– Non. Entre un carnivore et un herbivore, je choisirai toujours l'herbivore, victime désignée. »

Laura a hoché la tête : elle était d'accord avec moi. Mais elle n'a rien dit.

Nous avons parlé animaux toute la soirée. C'était notre passion à tous les trois. En plus, Patrick avait eu un parcours semblable au mien. Une enfance à la campagne et un végétarisme précoce. Un autre point commun était son amour de la philosophie, qu'il disait vouloir « vivre » désormais, après l'avoir enseignée pendant plusieurs années au lycée international de Manosque.

« Chacun a une mission sur terre, une raison de vivre, a-t-il dit. Il y en a, c'est un potager à cultiver, des enfants à élever ou une maison à entretenir. Laura et moi, on sait maintenant : c'est de nous occuper des animaux en détresse. Nous sommes en train de monter un refuge pour eux.

– Ce ne seront toujours que des gouttes d'eau dans la grande mer de l'indifférence.

– J'ai du mal à comprendre l'apathie des gens sur la question animale.

– Nous les animalistes, nous devrions frapper un grand coup pour que leurs yeux s'ouvrent enfin. »

Je n'aurais jamais dû dire ça. C'est sans doute ce « grand coup » qui m'a mené là où je me trouve en ce moment, pour mon malheur, alors que j'écris ces lignes et que les souvenirs tombent sur moi en rafales : une vieille porcherie de La Motte-du-Caire, où je vis dans le noir comme un porc à l'engrais.

1

Crampes et craquements

« Tous les animaux sont égaux, mais
certains sont plus égaux que d'autres. »

George Orwell

Depuis que les Glostrob m'ont accueilli à La Motte-du-Caire, j'ai surtout connu des bas mais aussi quelques hauts. Tenez, en ce moment, par exemple, je me sens emporté par une sorte de griserie. Je respire à pleins poumons, les yeux fermés, et j'ai envie de crier au monde mon bonheur du fond de ma porcherie.

Il y fait tout le temps nuit et pourtant, dans ma tête, il y a souvent des soleils. J'aime l'idée de servir une cause qui me dépasse. J'aime sentir mon corps repu « travailler » sans relâche à son expansion pendant que mes chairs se dilatent toujours plus. J'aime ses craquements sourds, preuves que je « profite » si bien que ma carcasse a du mal à suivre.

J'aime le grincement de la porte qui s'ouvre et l'odeur

excitante qui monte des seaux de nourriture que m'apporte mon éleveuse, avec son délicieux sourire. J'aime sa voix d'enfant, ses bras nus, ses tétons qui pointent sous son tee-shirt et, quand son visage s'approche du mien, j'aime voir les gouttes de sueur qui perlent sur son duvet, entre ses narines et ses lèvres.

« Comment vas-tu ? demande-t-elle.

– J'ai mal partout. Des courbatures, surtout.

– C'est normal.

– Et puis aussi des crampes dans les jambes. Elles sont si fortes qu'elles m'empêchent de dormir.

– Ne t'inquiète pas. Ce qui paraîtrait étonnant, ce serait que tu n'aies pas de douleurs. En l'élargissant comme tu le fais, tu mets ton corps à rude épreuve, tu sais. Forcément, il se révolte.

– J'ai aussi très faim, Laura.

– Là, franchement, tu m'étonnes. Je t'ai encore donné du rab la dernière fois…

– Il faut croire que ce n'était pas assez.

– Je ne sais pas comment tu fais pour engloutir autant de choses. Tu me bluffes, mon beau. »

Laura m'appelle souvent « mon beau » et je n'ai pas honte de dire que cet adjectif me paraît tout à fait approprié. Je suis fier de mes formes rebondies que j'adore caresser, notamment quand j'ai du vague à l'âme. Elles me rassurent et, parfois, m'excitent. Plus je me déploie et m'amplifie, plus j'ai le sentiment que le monde m'appartient.

« Suis-je vraiment beau ? ai-je demandé à mon éleveuse

deux ou trois semaines après mon arrivée, alors que mon ventre de femme grosse commençait à fabriquer des bourrelets comme des pneus.

– Rien n'est plus beau qu'un être qui a trouvé sa voie. Tu es venu ici-bas pour t'accroître, mon cœur. Tu étais fait pour ça mais tu ne le savais pas. Maintenant, tu es en train de t'accomplir. Reconnais que je t'ai épanoui, dans tous les sens du mot.

– Ce n'est pas faux.

– Ça crève les yeux. Tu morfles un peu, c'est sûr, mais tu as donné un sens à ta vie. Toi au moins tu sais pourquoi tu vis. Tous les humains ne peuvent pas en dire autant ! »

Laura s'est penchée derrière moi et j'ai senti son souffle sur ma nuque quand elle m'a dit :

« Maintenant que nous sommes avancés dans notre grande aventure, regrettes-tu de nous avoir fait ta proposition de venir chez nous quand on s'est rencontrés la première fois ? »

Je n'avais pas non plus envie de lui répondre. Elle a formulé la question différemment :

« Ne penses-tu pas avec effroi à ce que tu serais devenu si tu n'avais pas eu la chance de pouvoir réaliser ton rêve ici, dans un cocon, grâce à nous ? »

Je n'avais pas non plus envie de répondre. Elle a déposé sur ma nuque plusieurs petits baisers mouillés qui m'ont mis en feu. Quand elle a arrêté de m'embrasser, j'ai soupiré, pour qu'elle reprenne son manège :

« Je t'aime tant, Laura. Dès que je t'ai vue, je me suis dit que je voulais vivre avec toi le reste de ma vie.

– C'est ce que tu es en train de faire, non ?

– Je ne veux pas que ça s'arrête. »

Elle a regardé sa montre.

« Allez, on a perdu assez de temps comme ça. Il faut travailler, maintenant.

– Je n'aime pas ce mot : travailler.

– Qu'est-ce que je fais d'autre du matin au soir ? a-t-elle protesté. Peux-tu me dire ?

– Moi, en tout cas, quand je suis avec toi, je n'ai jamais l'impression de travailler. Je me donne, Laura. À toi, au gorgeoir et à l'auge que tu remplis pour moi…

– J'ai vu que tu as beaucoup apprécié ma dernière pâtée.

– C'était divin. Regarde. J'ai léché l'auge.

– Deux kilos de pommes de terre et en l'air que j'avais amoureusement écrasées avant d'ajouter des œufs crus avec leurs coquilles, des abricots poêlés, sans oublier des tourteaux de soja et des granulés pour porcelets pour que ça croustille en bouche. Je t'en referai.

– Et là, qu'est-ce que tu m'as fait ?

– Deux kilos de pain perdu avec des œufs, des châtaignes, des fruits secs, de la crème épaisse, du sirop d'érable et de la drèche de brasserie pour te stimuler l'appétit, même si tu n'en as pas besoin. Tu m'en diras des nouvelles !

– Merci. Tu es tellement bonne avec moi, Laura. C'est fou ce que je t'aime.

– Moi aussi, mon beau, je t'adore. »

Elle a passé sur mes lèvres plusieurs doigts que j'ai

sucés, puis elle a embrassé mon front en poussant un râlement. Après ça, elle s'est redressée et a versé ma pâtée dans l'auge. Je me suis jeté dedans la tête la première, le groin en avant.

Elle m'a regardé manger un moment en me caressant le crâne, puis m'a soufflé, comme un secret, avant de se retirer :

« Tu ne t'en rends pas compte mais tu es de plus en plus magnifique, tu sais. Solaire et magnifique. »

Même si elle cherchait à me faire croire qu'elle m'aimait plus que tout au monde, je savais bien que Patrick passerait toujours avant moi et qu'il y avait entre eux un lien inextinguible. Je l'ai su dès notre première rencontre, quelque temps auparavant.

2

Un dîner végétarien

« Je ne suis pas devenu végétarien
pour ma santé, je le suis devenu
pour la santé des poulets. »

Isaac Bashevis Singer

Laura Glostrob appartenait à cette catégorie de personnes dont on sait, au premier coup d'œil, qu'elles ne pourront jamais guérir de quelque chose, une rupture, une enfance ou, dans son cas, une adolescence. La plupart du temps, elle faisait bonne figure mais il ne se passait pas une heure sans qu'elle éprouvât, soudain, des accès de tristesse.

J'ai su pourquoi le jour de notre première rencontre. Nous étions à Paris et notre dîner végétarien se terminait quand Laura a reçu un appel téléphonique. En voyant le contact qui s'affichait sur son portable, elle s'est levée d'un bond en disant à l'adresse de Patrick :

« C'est Stéphanie. »

Ne voulant pas parler devant nous, elle est partie en courant pour téléphoner dehors, sur le trottoir.

« Stéphanie, c'est sa sœur, a dit Patrick. De temps en temps, elle appelle Laura pour lui donner des nouvelles de leur père, qui est en soins palliatifs. Un cancer de la gorge avec des métastases partout.

– Oh ! mon Dieu, c'est affreux !

– Mais Laura en veut beaucoup à son père. Il voudrait qu'elle lui rende visite avant qu'il passe l'arme à gauche mais, pour l'instant, elle refuse.

– Les enfants pardonnent à tout le monde, sauf à leurs parents. »

Il y a eu un silence. Comme s'il en avait trop dit, Patrick s'est mordu les lèvres, puis s'est gratté la gorge. J'ai pensé que je n'en saurais pas plus.

« Malgré sa joie de vivre, est-ce l'explication, ai-je demandé, de cette petite lueur triste au fond de son regard ? »

Il m'a regardé comme si j'avais proféré une grossièreté mais cela a libéré sa parole.

« Ce n'est pas un secret de famille, a dit Patrick. Elle en parle librement parce que maintenant, elle est guérie. »

Il m'a raconté comment Laura et lui s'étaient rencontrés cinq ans auparavant, à la Sainte-Baume, en Provence, un lieu de pèlerinage où Marie-Madeleine, ex-femme « légère », aurait passé les trente dernières années de sa vie dans une grotte, après avoir fui la Palestine et les persécutions, à pleurer toutes les larmes de son corps.

Marie-Madeleine ne se remettait pas de la mort du

Christ, qui lui avait dit que ses péchés lui seraient pardonnés parce qu'elle avait « beaucoup aimé ». Selon la légende, c'est grâce à ses larmes que la montagne de la Sainte-Baume est devenue le château d'eau de la Provence, d'où s'épanche un plein bon Dieu de sources destinées à devenir des rivières comme l'Huveaune, le Gaudin, l'Issole, le Gapeau, etc.

Une fois par an, Patrick montait au ciel, à travers la hêtraie de la montagne humide, seul, en priant. C'était un rituel auquel il ne dérogeait jamais. Il le faisait en l'honneur de sa mère qui s'appelait Marie-Madeleine, chaque 12 septembre, jour anniversaire de sa mort à la suite d'un anévrisme quand il avait huit ans.

La veille au soir, pour pouvoir commencer la randonnée dès potron-minet, il était venu dormir, comme il le faisait toujours, à l'Hostellerie de la Sainte-Baume, une institution séculaire qui appartient à l'ordre des Dominicains : elle accueille, pour un prix modique, les chrétiens, mais aussi les randonneurs, les panthéistes, les mécréants, sans distinction de croyance.

Patrick était en train de dîner seul au réfectoire quand, soudain, il avait vu Laura. Une apparition, le cadre s'y prêtait. Mais aussi un coup de foudre comme celui que j'avais ressenti, avec les symptômes afférents : son cœur s'était mis à palpiter et il lui avait semblé que son esprit s'échappait de son enveloppe corporelle. Il avait commencé à flotter dans l'air.

Comme celui des bergers des Pyrénées à poils longs, le regard de la jeune fille peinait à se frayer un chemin entre ses boucles de cheveux blonds. Cela lui donnait du mystère. Elle écoutait un homme, âgé d'au moins trente ans de plus qu'elle. Il lui parlait doucement en tenant sa main, qu'il baisait de temps en temps.

Il avait un nez aiguisé comme un couteau et la distinction naturelle des personnes auxquelles tout réussit. Patrick avait pensé que c'était un grand artiste – ce qui, avait-il appris plus tard, était le cas. Il lui avait semblé que l'homme récitait des poèmes d'amour à la jeune fille, qui roulait pour lui de grands yeux énamourés.

Pendant le repas, Patrick avait à peine touché à son assiette, pourtant appétissante, mais il était trop occupé à dévorer la jeune fille des yeux, les siens étant au demeurant tout aussi énamourés. Apparemment, elle ne s'en était pas rendu compte. Sauf qu'en quittant sa table, elle lui avait adressé un petit sourire canaille.

En ce temps-là, Patrick avait souvent des coups de foudre. Plusieurs fois par jour. D'ordinaire, leurs effets disparaissaient au bout d'un quart d'heure. Celui-là avait duré et troublé son sommeil. Avant de s'endormir, tard dans la nuit, il avait échafaudé des plans pour retrouver le nom de la jeune fille et son adresse.

Le lendemain matin, il n'y pensait plus – ou peu. Il songeait surtout à sa mère et à sainte Marie-Madeleine. Il s'était levé à six heures et, après l'ascension, avait crapahuté longtemps au sommet de la montagne, au milieu des vents venus des quatre points cardinaux, qui se parlaient et, de temps à autre, se bousculaient, se donnaient des coups d'épaule.

Après ça, il était descendu à la grotte de sainte Marie-Madeleine pour allumer un cierge. Une oasis de fraîcheur : été comme hiver, il y fait 13 degrés, la température de l'eau des sources et des ruisseaux qui coulent de la montagne. C'est au moment où Patrick s'agenouillait pour prier que Laura était entrée en hurlant : « Aidez-moi, je vous en supplie ! »

Patrick multipliait les digressions et je redoutais que Laura ne revienne, son coup de fil terminé, avant qu'il ait fini son histoire. C'est ce qui est arrivé mais, contrairement à mes craintes, il a continué le récit en sa présence, après avoir donné des nouvelles de son père :

« Il ne passera pas la nuit. »

Elle avait dit cela avec une indifférence méprisante et Patrick a repris son récit où il l'avait interrompu : il se trouvait donc dans la grotte de Marie-Madeleine quand Laura avait fait irruption en s'écriant qu'un homme était tombé dans un ravin, à pic dans le vide, à la suite d'une attaque cardiaque.

Patrick était allé rapidement l'en extirper, tout en appelant les secours. Pour faire court, il l'avait sauvé.

Cet homme, c'était l'amant de Laura, et c'était aussi son père. Après la mort de son épouse, huit ans auparavant, il s'était mis à entretenir avec sa fille une relation incestueuse sous prétexte qu'elle ressemblait à la défunte. Patrick la lui avait arrachée du jour au lendemain et elle avait changé de coiffure, sans doute pour ne plus cacher son regard.

« Avec mes cheveux courts, avait-elle dit en souriant,

j'ai perdu mon mystère mais j'ai moins peur de la vérité. Je l'affronte. »

Après avoir été sous l'emprise de son père, Laura avait mis Patrick sous sa coupe, comme si elle essayait de se venger des hommes.

« Nous sommes un couple très uni, a dit Patrick, parce que j'accepte d'être dominé.

– Tu acceptes de temps en temps mais pas si souvent », a-t-elle corrigé avant de l'embrasser sur la bouche.

Je les ai mis d'accord en évoquant le plaisir qu'il y a à être dominé.

« La jouissance de se donner corps et âme, ai-je précisé. C'est ma façon d'exister. C'est l'histoire de ma vie.

– Prends-en de la graine, a-t-elle dit en le regardant dans les yeux. Ce devrait être un modèle pour toi : ça ne l'a pas empêché de bien réussir sa vie. »

Quelques minutes plus tard, j'ai évoqué le « grand coup ».

3

In naturalibus

« Nu, je suis venu au monde, et, nu,
je le quitterai. »

Cervantès

Trois mois après notre dîner est venu le moment de frapper le « grand coup ». Il faisait nuit noire quand j'ai toqué à la porte de la cuisine du mas des Glostrob, à La Motte-du-Caire. Comme j'avais les mains attachées derrière le dos, je l'ai fait avec le haut du front. Pas de réponse.

J'ai insisté. Toujours rien. Par la porte vitrée, je voyais Patrick de dos, affairé devant deux grandes casseroles sur la cuisinière. Il ne pouvait pas m'entendre : placée sur la table, une enceinte jouait à tue-tête ce qui semblait une messe, avec des chœurs. « Qu'est-ce que je fais là ? » disait une voix dans ma tête. Je me sentais mal à l'aise.

Je me suis retourné : Laura était partie dans le potager mais un des trois dobermans restait assis, tapi dans l'ombre, à l'entrée du jardin. J'ai pris peur et ouvert précipitamment la porte avec mes mains ligotées, puis je suis demeuré un moment, ballot, dans l'embrasure, avant de m'approcher de Patrick. Quand il m'a vu, il a eu un mouvement de recul et il a baissé les yeux.

« Bonjour, ai-je dit avec un grand sourire, pour détendre l'atmosphère. Elle est belle, cette musique.

– C'est le *Requiem allemand* de Brahms.

– En mon honneur ? »

Ne comprenant pas que c'était une boutade, il a répondu :

« Non. C'est mon morceau de musique préféré. Une célébration assez joyeuse de la mort, finalement. Je l'écoute au moins une fois par semaine. J'adore Brahms, ses contradictions, son mélange d'humilité et de grandiloquence. »

Il m'a montré les casseroles, en levant à peine les yeux :

« Tout ça, c'est ton dîner.

– Ça sent drôlement bon. C'est quoi ?

– Du maïs cuit, de l'orge écrasée, de la purée de pommes de terre, des feuilles de salade. De la farine de poisson aussi. Que des bonnes choses. »

Pour la première fois, j'ai croisé son regard et Patrick a souri, d'un sourire crispé :

« Bienvenue. Tu verras que tout va bien se passer. Je t'ai préparé un programme du tonnerre. »

Quelque temps auparavant, sur le petit chemin qui menait au mas, j'étais comme une actrice qui vient de décrocher le rôle de sa vie et je sentais battre en moi un mélange de joie, de fierté, d'angoisse. Devant Patrick, il ne me restait plus grand-chose des deux premières sensations.

« Je suis heureux, ai-je dit avec une fausse euphorie. Ça fait longtemps que j'attends ce moment.

– Où est Laura ? a-t-il demandé.

– Elle arrive.

– Déshabille-toi. »

Je pensais qu'il chercherait au moins à engager la conversation avec moi et que nous ferions un point sur le programme des semaines à venir, mais, non, il avait apparemment décidé que je n'étais plus qu'un objet. Un tabouret, quelque chose de ce genre. Je ne pouvais lui donner complètement tort ; j'étais abruti de chaleur, de fatigue.

« Mais enfin, a-t-il insisté, qu'attends-tu pour enlever tes habits ? »

L'espace d'un instant, j'ai songé à prendre mes jambes à mon cou mais ça aurait été stupide ; je n'avais aucune chance de m'en sortir : partis à mes trousses, ses trois dobermans auraient eu tôt fait de me rattraper.

« Excuse-moi, Patrick, ai-je murmuré avec ce sourire d'idiot du village qui exaspérait tant ma dernière épouse. Je suis complètement à la ramasse.

– D'abord, tu m'appelles monsieur, pas Patrick, et tu me vouvoies. À partir de maintenant, je veux qu'il y ait toujours de la distance entre nous. Tu n'es pas mon ami. »

Ma voix s'est étranglée quand j'ai répondu :

« Je ne comprends pas. Pourquoi me parlez-vous comme ça, tout à coup ?

– Pardon, je ne voulais pas te blesser, mais moi aussi,

je suis un peu stressé par tout ce qui nous attend. Il n'y a pas seulement pour toi que c'est dur. »

Il m'a fusillé du regard :

« Ne me dis pas que tu pleures.

– Écoutez, monsieur, je suis un peu ému, c'est normal, non ?

– J'ai quelque chose pour toi. »

Après avoir cherché des médicaments dans un placard, il est revenu vers moi et m'a demandé d'ouvrir grand ma bouche.

« Qu'est-ce que c'est, monsieur ? l'ai-je interrogé.

– Un tranquillisant pour te calmer.

– Laura m'a déjà donné un antidépresseur, monsieur.

– Tu vas en avoir besoin, crois-moi. Il y a aussi deux antivomitifs. »

L'un des comprimés est resté en travers de ma gorge. J'ai réclamé un verre d'eau, pour faire passer.

« Et puis quoi encore ? a-t-il rigolé. Allez, à poil ! »

Je me suis retourné pour lui montrer mes poignets liés derrière le dos qui m'empêchaient de me dévêtir.

« Ah ! Il fallait le dire avant ! »

Après avoir pris un couteau dans l'évier, Patrick m'a retourné sans ménagement et a coupé la corde qui m'attachait les poignets par-derrière. Il l'a fait sans s'appliquer, peut-être même en regardant ailleurs, car j'ai ressenti une douleur vive comme si le tranchant avait entamé ma chair. Je n'ai pas crié et me suis gardé de vérifier l'étendue des dégâts, de crainte de l'agacer davantage.

Patrick me détestait-il ? C'était difficile à croire. Je sentais plutôt qu'il était effrayé par ce qui nous attendait et qu'il craignait que nous ne soyons ni l'un ni l'autre à la hauteur. Pour gagner sa confiance, j'ai murmuré, les paupières fermées, en retirant mon pantalon :

« Vous pouvez compter sur moi, monsieur. À partir de ce soir, je vous appartiens corps et âme, à Laura et à vous. Je me donnerai sans compter.

– Tu es gentil. Excuse-moi pour l'accueil, mais j'ai passé une sale journée. Sache que je veux avant tout ta réussite et ton bonheur.

– Mon bonheur, monsieur, ce sera de vous donner entière satisfaction : je vous serai soumis comme vous n'avez pas idée. »

Alors que je retirais mes chaussettes, Patrick m'a remercié après un soupir de contentement.

« Pardonnez-moi de ne pas vous avoir dit ça tout de suite, monsieur, mais les mots restent dans ma gorge. J'ai le trac. »

Il m'a donné une grande tape affectueuse sur l'arrière-train :

« Tu as beaucoup grossi ou je me trompe ?

– Vous avez raison, monsieur. Ces deux derniers mois, j'ai pris vingt-quatre kilos.

– Bravo. C'est une très bonne entrée en matière, si je puis dire. À partir d'aujourd'hui, ça va être sportif pour toi mais si tu m'écoutes bien et que tu y mets du tien, tu verras que ce sera très gratifiant.

– J'ai hâte de commencer, monsieur.

– En tout cas, tu as un ventre très prometteur. Une belle mouille.

– Une mouille ?

– C'est le gras du bas de la poitrine du porc, près des jambons. Il faut que tu t'habitues à ces mots-là. »

Je venais de retirer ma chemise et Patrick a caressé mon bedon arrondi à la hauteur du nombril. Mes chairs ont frémi comme de la gélatine et une violente angoisse m'a fait transpirer. Je crois que ça l'a excité : il s'est mis à me peloter comme on pelote une bête à viande, pour affirmer son pouvoir sur moi.

Sa main est entrée sous le pli que formait mon ventre qui dégoulinait au-dessus de l'aine.

« Tu m'épates, a-t-il dit. Combien pèses-tu ?

– Cent cinq kilos, monsieur. Avant, je ne dépassais jamais les quatre-vingt-un. J'ai pris de l'avance.

– Ça augure bien de la suite. Tu peux compter sur moi dans les épreuves qui t'attendent : si, par malheur, il pouvait m'arriver de te faire du mal, sache que ce sera toujours pour ton bien. Je t'aime.

– Moi aussi, je vous aime, monsieur. »

Et il m'a mis la main au cul.

4

Les trois chiennes

« Je suis un ami des bêtes
et j'aime particulièrement les chiens. »

Adolf Hitler

J'avais presque fini de me déshabiller quand Laura est entrée dans la cuisine. Après avoir fermé la porte sur les dobermans qui ont couiné derrière en la grattant, elle s'est dirigée vers moi et a dit en regardant Patrick :

« Qu'est-ce qu'il est beau !

– Ce n'est pas le mot, a rectifié Patrick. Empâté, je dirais plutôt. Depuis notre première rencontre, figure-toi qu'il a pris vingt-quatre kilos. C'est bien, non ?

– Mieux que bien, mon amour : impressionnant. J'ai vu ça tout de suite quand j'ai été le récupérer mais je n'ai pas osé le lui dire.

– C'est allé sur la mouille, les fesses et les joues. On dirait une vieille dame s'il n'y avait… »

Après avoir ouvert mon slip, il a examiné mes parties génitales avec un air méprisant.

« Ces roubignolles sont ridiculement contractées, a-t-il dit. Il est vrai que la situation n'est pas facile pour lui. »

Laura m'a pincé une joue.

« Comment te sens-tu, mon cœur ?

– Fatigué mais serein, ai-je répondu.

– D'attaque ?

– Oui, ai-je admis après un instant de réflexion. Quand est-ce qu'on commence ?

– Tu vois qu'il ne fallait pas s'inquiéter, a dit Laura à l'intention de Patrick. Il a grossi, de son plein gré, sans qu'on le lui demande. Maintenant, il est gonflé à bloc. Il va se défoncer, tu vas voir.

– Je vous étonnerai », ai-je promis.

Dehors, les trois chiennes ont aboyé, comme si elles étaient victimes d'une affreuse injustice. Je n'ai pu réprimer un léger tremblement.

« Pourquoi ont-elles encore faim ? s'est indigné Patrick. Je viens de leur donner à manger. »

Laura a ri et pointé son index sur moi :

« Laisse tomber. C'est lui qui leur donne faim. »

Puis, en me roulant des yeux tendres :

« Tu as tort d'en avoir peur, mon beau. Le doberman est un animal très doux et très intelligent.

– Très obéissant et très intrépide aussi, a ajouté Patrick. C'est pourquoi les Allemands l'ont appelé "chien de gendarme". Souviens-t'en ! »

Laura venait de me ramener de Marseille. Une semaine auparavant, elle m'avait téléphoné pour me donner rendez-vous à une heure dite, près du port d'Arenc, à la sortie de l'autoroute. Je n'étais pas sûr qu'elle serait là et, en arrivant sur les lieux, j'avais la bouche sèche tandis que mon cœur battait du tambour.

Les symptômes de l'amour. Nous étions tous les deux en avance. Comme convenu, je portais des lunettes noires, une fausse barbe et une capuche afin de ne pouvoir être identifié par les caméras de surveillance au cas où des recherches seraient entreprises un jour pour me retrouver. Nous avions pensé à tout.

J'étais chargé comme un père Noël. J'avais une statuette dans mon sac à dos, un tableau emballé dans un carton dans une main et une mallette pleine de billets dans l'autre.

Elle m'a aidé à entrer à l'arrière de la camionnette dont elle a fermé la porte et s'est assise à côté de moi. Je lui ai d'abord tendu la mallette qu'elle a ouverte en poussant un cri de joie.

« Combien y a-t-il là-dedans ?

– Cent vingt mille euros.

– C'est beaucoup plus que ce qu'on avait dit. Tu es formidable, Charles ! »

Après avoir retiré le carton qui le protégeait, je lui ai tendu le tableau :

« Le Poliakoff que je vous avais promis. »

Elle a jeté dessus le regard chirurgical d'un commissaire-priseur.

« Tu ne t'es pas moqué de nous. Il très beau.

– Vous pouvez le revendre sans problème. Personne ne sait qu'il m'appartient. Je l'ai acheté en liquide quelques jours après que mon ex m'a quitté, à un médecin qui est mort depuis. »

Elle l'a observé un moment :

« Rouge, bleu, vert, ce sont les couleurs de la vie.

– Il y a même un peu de jaune, là, regarde. »

Elle m'a aidé à retirer mon sac à dos, puis je l'ai ouvert en disant :

« Ça, c'est la surprise du chef.

– Oh ! Une statue de Giacometti ! J'adore.

– Un buste représentant sa femme Annette. Attendez quelques années pour le revendre et de préférence en espèces, la police pourrait remonter jusqu'à moi. »

Elle a arraché ma fausse barbe, m'a embrassé goulûment, puis a lové sa tête contre mon cou en caressant ma cuisse. Je sentais son souffle sur ma peau.

« Je t'aime, Charles, a-t-elle murmuré.

– Moi aussi, Laura. Je suis tellement heureux qu'on puisse se retrouver... »

Soudain, elle s'est redressée :

« Allez, on passe aux choses sérieuses. »

Elle m'a présenté deux pilules.

« La première est un antidépresseur qui va te déstresser. L'autre, un puissant somnifère pour que tu dormes pendant le voyage.

– Ce n'est pas la peine, Laura.

– Ne discute pas, a-t-elle soufflé en caressant de nouveau ma cuisse. Si tu deviens un légume, ce sera plus cool pour moi, tu peux comprendre ça. Ouvre la bouche. »

Elle a jeté les deux pilules dans ma gorge, m'a fait boire

au goulot la moitié d'une bouteille d'eau, puis a procédé à une inspection minutieuse de mon palais pour vérifier que j'avais tout ingurgité.

« La confiance règne, ai-je plaisanté.

– J'ai confiance en toi mais Patrick préférait qu'on procède comme ça. Avec lui, mon chéri, tu n'as pas fini de prendre des cachets.

– Il a peur que je m'enfuie ? »

Elle a souri et posé un baiser sur mes lèvres.

5

Une dernière fois, la mer

« La beauté n'est qu'un piège tendu
par la nature à la raison. »

Voltaire

Du port d'Arenc, la vue n'était pas fameuse mais j'ai regardé intensément la mer en me disant que c'était pour la dernière fois. Je voulais graver à jamais son image dans ma tête.

La mer avait toujours été le sel de mon existence. Je ne m'en lassais pas. C'est pourquoi j'avais décidé de l'emporter avec moi dans les Alpes-de-Haute-Provence. J'ai toujours eu besoin de beauté et je craignais d'en être privé dans mon gourbi chez les Glostrob.

Quand j'ai vu Laura, j'ai oublié la Méditerranée. J'étais à ce stade de l'excitation où on ne peut rien articuler. Je pense que j'avais gardé la bouche ouverte.

« Qu'est-ce que tu contemples comme ça ? » m'a demandé Laura.

J'ai fermé les yeux pour mieux savourer l'instant.

« Tu as l'air très en forme », a-t-elle soufflé à mon oreille.

Sa joue jouissait bien plus que la mienne, qui restait amorphe. Prenant de l'assurance, j'ai posé ma main sur sa cuisse, non loin de l'entrejambe, mais elle l'a retirée délicatement.

« Restons calmes, Charles. »

Après avoir rouvert les yeux, j'ai retiré mes lunettes de soleil pour chausser mes lunettes habituelles, mais elle me les a arrachées des mains :

« Laisse-les. Tu n'en as plus besoin.

– On ne sait jamais. Je suis très myope.

– Elles ne te seront plus d'aucune utilité et tu seras beaucoup mieux sans tes lunettes. Quand ils ne les portent pas, les myopes voient toujours la vie en rose. »

Laura a tordu puis brisé la monture de mes lunettes, qu'elle a jetées sur le plancher de la camionnette. J'aurais sans doute réagi si elle n'avait caressé sa joue contre la mienne. Est passé un frisson de plaisir qui m'a fait pousser un râle de contentement.

« À partir de maintenant, a-t-elle dit, je ne t'appelle plus Charles.

– Pourquoi ?

– Parce que tu es quelqu'un d'autre, désormais. Ne fais pas cette tête, tu gagnes au change : je te couvrirai de mots d'amour. Allez, retourne-toi, mon cœur ! »

C'était dit comme un ordre. Le coffre était spacieux : malgré le foin, les cageots et les toiles de jute empilées, je pouvais m'allonger. C'est ce que j'ai fait sans discuter. Elle s'est assise à califourchon sur mes fesses et a noué mes poignets avec une corde en moins de temps qu'il ne faut pour l'écrire.

Ce n'était pas prévu. J'aurais protesté, d'autant qu'elle avait serré la corde très fort, si elle ne s'était aussitôt couchée sur moi et ne m'avait caressé la nuque, les cheveux, les tempes, en poussant des soupirs d'amoureuse en action.

« Tu sens bon, a-t-elle murmuré.

– Merci. Je viens de prendre un bain comme tu me l'avais demandé et je me suis beaucoup savonné pour être le plus propre possible et te faire honneur… »

J'allais lui parler de sa propre odeur, un parfum boisé, mais elle m'a interrompu :

« Mets-toi sur le dos maintenant. »

Elle m'a aidé à me retourner et s'est assise sur mon ventre. Puis elle a pris mon visage entre ses mains et osé un baiser sur ma bouche, un baiser si fougueux que j'ai manqué plusieurs fois de défaillir pendant que nos langues dansaient ensemble. Sans les baisers, la vie serait une erreur.

« J'en avais envie depuis la première fois que je t'ai vu, a-t-elle dit après retiré ses lèvres des miennes. C'est fou, ce que tu me plais ! Je te sens nerveux, mais tu n'as aucune raison de l'être.

– Ça va très bien pour moi, je t'assure », ai-je répondu, alors qu'elle glissait ses doigts sur mes lèvres.

Son index est entré dans ma bouche et je l'ai sucé, puis elle m'a mordillé l'oreille.

« Sache que je ne te ferai jamais de mal, m'a-t-elle susurré. Tu verras, quand je m'occuperai de toi pour ce que nous avons à faire, je te donnerai tout l'amour du monde. »

Elle s'est mise à quatre pattes et elle est descendue à reculons jusqu'à la hauteur de mes pieds, qu'elle a attachés vigoureusement avec un autre bout de corde. J'ai tressailli.

« Détends-toi, mon cœur.

– Tu m'as surpris, mais je n'ai pas peur. Au contraire, je suis enthousiaste à l'idée de faire avancer notre combat pour les animaux.

– En tout cas, je ferai tout pour que ton séjour chez nous se déroule dans les meilleures conditions. Je serai tout à la fois : ta servante, ton esclave, ton éleveuse, ta nourrisseuse, ta bonne fée. »

Elle s'est rapprochée de mon visage avec un rouleau de chatterton. Avant qu'elle me bâillonne, j'ai protesté mollement :

« Est-ce bien nécessaire ? Je viens de mon plein gré, Laura.

– Certes, mais ce sont les instructions de Patrick. Pour le cas où tu changerais d'avis pendant le voyage. »

Sentant que j'avais des bouffées d'angoisse, elle a passé sa main sur ma joue en murmurant des mots de réconfort :

« Ne t'inquiète pas. Patrick et moi, nous ne te voulons que du bien et nous serons comme une famille pour toi, une famille aimante. »

Elle a posé sa main sur mon crâne, puis m'a glissé dans l'oreille :

« J'ai le béguin pour toi. C'est la première fois qu'un homme m'excite à ce point...

– Plus que Patrick ?

– Plus. »

Le soir tombait, personne ne pouvait le voir, mais je vous jure que j'ai rougi violemment. Je ne doutais pas de sa sincérité. Si j'avais pu lui répondre, je lui aurais dit que moi aussi, j'avais le béguin, et plus encore.

Elle a noué mes chevilles et mes poignets ensemble comme on le fait pour les chèvres ou les moutons sur les marchés d'Orient, avant de jeter sur moi, pour me dissimuler, des sacs en toile de jute et des brassées de foin. J'ai compris que le voyage se déroulerait dans une chaleur d'étuve et que j'aurais du mal à respirer.

« Oh, j'oubliais : j'ai une bonne nouvelle pour toi, a-t-elle dit. Nous avons récupéré les fauves dont on t'avait parlé. Je suis sûre qu'ils vont t'adorer. »

Elle a ri. Ce n'était pas drôle. Mais bon, je ne l'ai pas mal pris. Désormais, Laura pouvait faire de moi tout ce qu'elle voulait. Dans une autre vie, j'aurais pu être son chien fidèle, son poisson rouge, son porc à l'engrais, tout m'aurait convenu pourvu que je vive auprès d'elle. C'est pourquoi je n'appréhendais pas, à ce moment-là, les semaines à venir, dans la camionnette qui nous emmenait dans les Alpes du Sud.

J'adorais l'idée qu'elle me prenne en charge. Au bout

de quelques kilomètres, alors que je commençais à somnoler, elle a dit :

« Avec nous, tu seras aimé, heureux, choyé comme un coq en pâte. Ce sera bien, tu verras. »

Je me suis rapidement endormi et, pendant mon sommeil, je me souviens d'avoir rêvé de Laura. Nous étions nus dans la mer avec de l'eau jusqu'au nombril et elle me pelotait, me tripotait, me bécotait en me disant des mots doux, jusqu'à ce qu'une faim affreuse commence à me tenailler.

Quand cette faim avait atteint son paroxysme, Laura m'emmenait par la main dans une maison où elle s'asseyait sur un fauteuil, me demandait de me mettre à genoux devant elle, puis avec une cuillère me donnait à manger de la semoule de manioc.

Elle se plaignait que je n'avale pas assez vite mais je grossissais à vue d'œil, comme une montgolfière, et ça faisait beaucoup rire les jeunes filles en tenue légère qui étaient présentes et qui frottaient mon corps en pâmoison avec des huiles et des crèmes aux parfums boisés.

Après le repas, je ne pouvais sortir par la double porte, devenue trop étroite pour moi. Serais-je condamné à vivre reclus dans cette maison jusqu'à la fin de mes jours ? Je commençais à m'affoler quand Laura m'a réveillé en me secouant la tête : nous étions arrivés à destination.

J'étais trempé comme une soupe et j'avais les vertèbres en compote. Après avoir enlevé le foin et les toiles de jute qui me recouvraient, elle a retiré sans ménagement les bandes de chatterton de ma bouche, puis a coupé les cordes qui liaient mes pieds. Elle m'a aidé à sortir de la camionnette, puis à me remettre debout.

Trois dobermans me tournaient autour de moi, et de leur gueule coulaient des filets de salive, comme s'ils avaient décidé que je serais leur pitance, prêts à me dévorer. Ils me donnaient la chair de poule. Laura leur a fait signe de s'éloigner.

« Oh, mon Dieu, tu es en sueur, a-t-elle dit d'une voix étonnée. Je suis vraiment désolée. »

Elle a pris un tuyau d'arrosage et m'a aspergé le visage avant de l'éponger avec un chiffon, sous la lumière du projecteur fixé au-dessus de la porte d'entrée de la ferme. Elle s'appliquait en prenant son temps, les lèvres entrouvertes. J'étais aux anges.

« Tu ne sais pas la chance que tu as, a-t-elle murmuré. Je te comblerai, dans tous les sens du mot, mon cœur.

– Merci, ai-je répondu. Pour ma part, je te donnerai à tout instant le meilleur de moi-même. »

Les dobermans étaient revenus et leurs museaux farfouillaient maintenant dans mon pantalon, comme s'ils y cherchaient quelque chose à manger. Je me sentais aussi à l'aise qu'un garenne dans leur gueule, crucifié par leurs crocs.

J'ai demandé à Laura de libérer mes mains. Elle a secoué la tête et m'a indiqué la porte vitrée de la cuisine derrière laquelle se dessinait la silhouette de Patrick :

« Vas-y, Charles. Tu es attendu. Moi, je dois vérifier l'arrosage du potager. J'arrive tout de suite. »

Les trois dobermans l'ont suivie dans la nuit.

6

Gros-Cul

« Tout sera faisable sur cette terre
à partir du moment où nous viendrons
à bout des repas de viande
et des guerres. »

George Sand

Quand Laura est entrée dans la cuisine, j'étais sur le point de retirer mon slip mais j'ai préféré le garder, moins par pudeur que par amour, l'amour que j'éprouvais pour elle : j'avais honte d'exposer mes parties génitales devant elle, sa grâce, sa beauté.

Patrick m'a ordonné d'enlever mon slip.

« Il faut que tu t'habitues. À partir de maintenant, tu seras tout le temps à poil. C'est ton destin.

– Patrick a raison, a approuvé Laura. C'est ton destin, mon beau. »

J'ai obtempéré. Je me suis alors senti offert au monde, imberbe et palpitant, comme un morceau de viande à emballer. Nous avions décidé qu'avant de venir chez eux, je devais jeûner, prendre un bain très chaud de trois heures, me récurer les vieilles peaux et me raser tout le corps, les cheveux, le pubis, les poils du torse, des bras, des jambes. Rose et lisse, je ressemblais à un cochon pelé, quand, après la saignée, ses soies ont été passées au racloir.

Le regard en biais de Laura sur ma carcasse nue m'a fait frissonner. Après m'avoir adressé un clin d'œil complice, elle a posé la mallette sur la table, puis le tableau dans son carton le long du mur.

« Y a le compte ? a demandé Patrick.

– Beaucoup plus ! Presque le double de la somme prévue.

– Et qu'est-ce qu'il y a dans le carton ?

– Un Poliakoff.

– Montre. »

Il a poussé un cri d'admiration avant de demander :

« Ça vaut combien ?

– Au moins quatre cent mille, ai-je répondu. C'est un chef-d'œuvre. Mais personne ne sait que je le possède. Il a disparu depuis longtemps des écrans radars. Il a été expertisé il y a soixante ans, le papier est derrière. Il sera très facile à vendre.

– Super, a marmonné Patrick, sans un regard pour moi. Et, dis-moi, Laura, comment s'est passé ton voyage avec Gros-Cul ? »

Pourquoi avoir choisi un surnom aussi désobligeant alors que je n'étais pas obèse, même si j'avais forci ?

« Un ange, a-t-elle répondu à Patrick. Il obéit à tout,

sans discuter. Mais il est toujours sur le qui-vive : un rien l'angoisse, il a besoin d'être rassuré.

– Comme les bêtes, finalement. »

Patrick s'est approché et m'a mis la main au panier. Je n'aimais pas ça, surtout devant Laura, mais je n'ai rien dit.

« Il est tellement vieux, a-t-il soupiré, je crains que ce ne soit immangeable. De la viande à chiens ou à fauves...

– Pourquoi dis-tu ça ? a murmuré Laura en s'éloignant, comme si elle était gênée d'évoquer ce sujet devant moi. On en a déjà parlé, mon amour. Si on décide de l'abattre après l'engraissage – ce dont il faut qu'on discute –, une chose est certaine : ce sera une viande d'excellence.

– À son âge !

– Enfin, voyons ! La meilleure viande du monde, a-t-elle poursuivi, c'est celle de la Blonde de Galice en Espagne, une cousine de la Blonde d'Aquitaine, et elle provient de bêtes très grasses et très vieilles, souvent âgées de quinze ans. »

Elle a encore baissé la voix :

« Mais crois-tu que ce soit bien de parler de ça devant lui ? »

Patrick s'est approché de moi et, après que j'ai eu fermé les yeux, a déclaré :

« Il sait bien ce qui l'attend. Cette conversation te gêne, Gros-Cul ?

– Pas du tout, monsieur. »

Il m'a donné une tape sur l'épaule puis est retourné vers Laura.

« Pardonne-moi, chérie. Je n'avais pas retenu ça, tellement ça me paraissait incroyable. Si c'étaient des humains, quel âge auraient ces vaches ? »

Elle a fait un signe dans ma direction :

« L'âge de notre invité, un âge canonique. Plus de soixante-dix ans. La maturité idéale pour une grande viande.

– Laisse-moi rigoler !

– Une grande viande, ça ne tombe pas du ciel, mon amour, comme pour un grand vin, c'est un long processus. Pour qu'elle soit tendre et goûteuse, il faut beaucoup de travail, de patience, de temps, de bien-être, des aliments de qualité. Après l'abattage, on la fait souvent rassir jusqu'à trois mois. Mais l'âge de la bête reste un atout majeur.

– Laura, as-tu vu à quoi celle-là ressemble, de près ?

– Tous les spécialistes savent que la chair des vieilles truies est meilleure, leur bacon aussi. Je pensais que tu t'y connaissais mieux en cochon, c'est étonnant que tu ne le saches pas. Avec ce sujet, tu peux me croire, on a la meilleure base possible pour arriver à obtenir une viande mieux qu'extra.

– Il y aura quand même du boulot, Laura.

– Je n'ai pas dit le contraire. Mais ses épaules et ses jambons ont un beau potentiel.

– Inch Allah ! »

*

Lors de notre réunion préparatoire, nous avions convenu que j'écrirais le journal de mon engraissage tandis que Laura tournerait un film. Elle a pris la caméra sur le buffet et m'a demandé de lui donner mes premières impressions.

« Quand je parle devant la caméra, ai-je dit, je préférerais être habillé.

– Non, mais pour qui te prends-tu ? s'est indigné Patrick. Tu fais ce qu'elle te dit !

– Pardon, monsieur. »

J'ai essayé sans succès de rentrer mon ventre et déclaré face caméra, soudain submergé par la peur, inondé de sueur :

« Une grande aventure commence pour moi et elle sera l'occasion de montrer jour après jour, à travers mon cas, l'atroce condition des bêtes à viande, vue de l'intérieur. Bien sûr, je ne suis pas naïf, je sais qu'il y aura des moments difficiles, très douloureux même, mais je m'y suis préparé. Je suis même prêt à supporter l'insupportable, parce que je sais que cette expérience ouvrira enfin les yeux du monde entier. »

J'ai baissé la tête pour indiquer que mon avant-propos était terminé et j'ai soupiré sur un ton hésitant :

« J'ai une affreuse envie de dormir, je ne tiens plus debout.

– Ça tombe bien, a dit Patrick, tu vas t'allonger. »

Je me dirigeais vers la table de la cuisine qu'il m'avait indiquée d'un geste de la main quand il a grommelé :

« Je ne voudrais pas que tu cochonnes la cuisine. Tu as fait tes besoins avant de venir ?

– Oui, bien sûr. Je n'ai rien mangé depuis ce matin

comme c'était convenu entre nous et j'ai bu très peu d'eau. D'ailleurs, j'ai très faim et très soif.

– Tu vas bientôt pouvoir te rattraper, a-t-il dit. Je t'ai demandé ça parce que ce qu'on va faire maintenant prendra un certain temps.

– C'est quoi ?

– Je ne me lasserai jamais de te répéter que les bêtes ne posent pas de questions, Gros-Cul. »

Patrick s'est approché de moi avec le couteau et une cordelette, puis m'a ordonné de me coucher sur le dos les bras en croix. Jugeant que je mettais trop de temps, il m'a poussé si brutalement en arrière que j'ai perdu l'équilibre : ma nuque a cogné le rebord de la table avec un bruit sourd. Puis il a commencé à m'attacher les quatre membres, tandis que Laura s'approchait avec un air apitoyé.

« N'aie pas peur, a-t-elle murmuré en massant ma nuque. Ce n'est pas grave, ça va aller. »

Je lui ai adressé mon plus beau sourire pendant que Patrick nouait sans ménagement mes poignets puis mes chevilles aux quatre pieds de la table. Je me trouvais dans une position très inconfortable : les cordelettes pénétraient dans ma chair et mes articulations me faisaient souffrir le martyre. Je me suis dit que le Christ sur la croix avait dû ressentir les mêmes douleurs.

La tête en arrière au bout de la table, je ne pouvais rien voir mais j'ai senti les doigts de Patrick se promener sur moi. Après m'avoir demandé d'ouvrir ma bouche pour vérifier mes dents, il a exploré mon cou comme s'il cherchait ma carotide à percer lors de l'instant fatal, a caressé mes travers, tâté ma poitrine, palpé mon filet mignon, fouaillé ma mouille, patouillé longuement mes jambons qui ont frémi de peur, surtout, mais un peu aussi de plaisir.

« Miam miam, s'est-il amusé.

– Je suis sûre, a dit Laura, qu'on est tombé sur le bon numéro. »

Patrick a pris un livre et l'a consulté en jetant de temps en temps des regards dans ma direction. C'est après coup que j'ai compris qu'il s'agissait d'un guide technique où était décrite l'opération qu'il allait me faire subir.

Laura a caressé à son tour ma mouille, en s'extasiant, puis elle s'est penchée sur moi et m'a demandé à voix basse, comme si elle voulait m'arracher un secret :

« Si tu avais le choix entre devenir un bœuf, un veau, un cochon, une oie, une dinde ou un mouton, que préférerais-tu ?

– Le cochon, ai-je répondu sans hésiter. D'ailleurs, dans une autre vie, j'ai déjà été un cochon.

– Raconte, mon cœur.

– Fais vite, a dit Patrick, on a du pain sur la planche. »

7

Copains comme cochons

> « Les chiens vous regardent tous
> avec vénération. Les chats vous toisent
> avec dédain. Il n'y a que les cochons qui
> vous considèrent comme des égaux. »
>
> Winston Churchill

Vous avez compris que je n'en menais pas large quand j'ai commencé à débiter mon histoire dans la cuisine des Glostrob. Devant leurs mines de conspirateurs, j'ai pensé que, contrairement à nos accords, ma dernière heure était peut-être imminente.

Je détestais être nu. Rien qu'à sentir leurs regards sur moi, j'étais pris d'une peur sourde, comme la bête que le porcher vient de sortir de la bétaillère et qui, à l'entrée de l'abattoir, en entendant les cris de ses congénères, se demande ce qu'elle fait là.

En racontant mon cochon, je me suis beaucoup raconté, finalement, tant nous étions fusionnels. Il avait le même caractère sociable, altruiste, hypersensible et bon vivant que moi. Parce que c'était lui, parce que c'était moi, comme disait l'autre, il n'y avait pas de secret entre nous : il lisait dans mes pensées et semblait toujours savoir avant moi ce que j'allais faire.

Il y a des personnes qui ont tout de suite de bons contacts avec les chiens, les canaris, les chats, les chevaux. Moi, c'est avec les cochons. Ils vont spontanément vers moi et, dès le premier regard, on a l'impression de se connaître depuis toujours.

Je crois à la métempsycose et à la circulation des âmes. Si je suis certain d'avoir été un cochon dans une vie antérieure, c'est que j'ai beaucoup de points communs avec les porcs. Une excellente mémoire. Une émotivité excessive. Une propension à stresser pour un oui ou pour un non. Une intelligence intuitive et absolument pas conceptuelle. Une faim maladive que j'ai passé ma vie à combattre.

« C'est vrai, a approuvé Laura. Tu as même l'expression bienveillante des cochons. »

Élevés tous les deux à la campagne, lui en Auvergne, moi dans le nord du Vaucluse, Patrick et moi avions été confrontés de la même façon à la souffrance animale. Nos samedis étaient souvent gâchés par des massacres de porcs, de veaux, de volailles, qui nous perçaient les oreilles et nous soulevaient le cœur.

Les tueurs amateurs du voisinage rataient souvent leurs bêtes et se fichaient pas mal de les faire souffrir. Leur martyre commençait au demeurant le jour de leur naissance. Certains les traitaient comme des pommes de terre.

D'autres leur donnaient des prénoms et les considéraient comme des membres de la famille jusqu'au jour où ils les menaient au couteau pour les tuer n'importe comment.

« Il ne faut pas les assommer, disaient-ils. Sinon, le sang ne coule pas et quand le sang ne coule pas, elles ne sont pas bonnes à manger. »

L'ami de Patrick s'appelait Obélix, le mien Ferdinand, en souvenir du gros jardinier de mes parents, mort d'un infarctus deux ans plus tôt. J'avais sept ans. Reprenant une tradition de sa famille, mon père l'avait acheté à un voisin « pour l'hiver », selon une expression que je ne compris pas sur-le-champ : c'était un porcelet qui, à son arrivée à la maison, avait plus d'un mois et pesait déjà quatorze kilos. Toujours en mouvement, il était d'humeur farceuse. S'il avait été un enfant, on aurait dit qu'il était surdoué ou hyperactif.

À l'époque, ça ne m'avait pas marqué mais je me souviens qu'il était castré. Il y avait en lui quelque chose de délicieusement féminin et il avait tout de suite été pris sous sa protection par Furax, notre berger allemand, qui s'était transformé du jour au lendemain en garde du corps, chassant sans ménagement tous les voisins et les chiens errants qui tentaient de s'en approcher.

Nos deux bêtes dormaient ensemble, non loin du couple de paons sur leur perchoir, dans une dépendance qu'on appelait la « bergerie » et qui abritait auparavant une chèvre et deux moutons. J'avais une photo de Furax et Ferdinand enlacés comme mari et femme après l'amour ; ils semblaient tous les deux sourire de bonheur.

Au bout de quelque temps, grâce à son régime (lait, œufs cuits, orge aplatie et pommes de terre bouillies), Ferdinand avait beaucoup forci et il commettait tellement de dégâts dans le jardin des parents – on aurait dit un motoculteur en folie –, qu'à la fin, il fallut l'enfermer dans un parc d'une trentaine de mètres carrés derrière des barbelés doublés d'une clôture électrique.

À mon retour de l'école, quand il n'avait pas plu et que la terre de l'enclos était sèche, je passais souvent un moment avec lui. Je lui donnais des morceaux de fromage ou de pain qu'il partageait volontiers avec Furax. Sans doute impressionné par son volume, notre chien cessa un jour de dormir avec lui.

Mon cochon était un sentimental. Il aimait qu'on lui parle et qu'on le caresse. Ne souriez pas, mauvais esprits : avec ce qui lui restait entre les jambons, il était incapable de quoi que ce soit. Mais bon, tout châtré qu'il fût, il réclamait toujours des mamours en couinant, en agitant son groin et son moignon de queue. Il était continuellement en manque. Je m'en voulais de ne pouvoir lui donner tout l'amour qu'il réclamait.

Un jour que j'étais allé le voir, Ferdinand n'était plus dans son parc et je compris tout de suite ce qui s'était passé, avant d'en avoir la confirmation en entrant dans la cuisine, qui ressemblait à une charcuterie avec, sur la table, des morceaux d'échine, de poitrine et des ribambelles de saucisses, de boudins.

Ferdinand était bien plus qu'un animal de compagnie ; c'était mon ami. N'étant pas anthropophage comme mes parents, que j'avais alors traités d'assassins, il n'était pas question que je le mange. J'étais monté dans ma chambre, d'où je n'étais pas sorti pour le dîner.

C'est ainsi que je suis devenu végétarien, l'interdit sur le cochon s'étendant rapidement à toutes les espèces animales, sauf les huîtres, les moules et tous les coquillages, autant d'exceptions qui avaient scandalisé Patrick.

« Allez, au travail ! » s'est-il exclamé.

8
Les joies de la porciculture

« Au fond de ma révolte contre les forts,
je trouve du plus loin qu'il me souvienne
l'horreur des tortures infligées
aux bêtes. »

Louise Michel

« Mais qu'est-ce que je fais là ? » me répétais-je en mon for intérieur comme le cochon qui arrive à l'abattoir et dont je vous parlais au chapitre précédent. Que m'était-il arrivé pour que je me retrouve sous la coupe de Patrick et de Laura ?

« Ça va aller, mon beau », a murmuré Laura, comme si elle avait lu dans mes pensées.

Si elle avait voulu que je panique, elle n'aurait pu mieux dire. Toujours ficelé à la table, j'ai senti Patrick empoigner mes bourses comme si c'étaient des fruits à cueillir qu'il voulait arracher de leur branche. J'ai adressé à Laura une grimace, à quoi elle a répondu en baissant les yeux, avec un sourire triste.

Je ne crois pas que Patrick ait surpris notre échange et je ne vois pas de lien de cause à effet dans ce qui s'est ensuivi, mais, pendant que sa femme filmait la scène, il a plongé ses deux mains sur mon scrotum affolé, a saisi un testicule dans chacune d'elles et les a pressés comme des citrons, m'arrachant un cri que je n'ai pas pu étouffer.

« Tu devrais les presser moins fort, a dit Laura.

– Mais je ne les presse pas fort, ma chérie, j'enlève les adhérences.

– Pourquoi gueule-t-il comme ça, alors ?

– On ne fait pas d'omelette sans casser d'œufs, s'est-il amusé.

– Alors, essaie de les casser gentiment…

– En fait, c'est, comme tous les cochons, un grand émotif qui a la trouille de tout. N'est-ce pas, Gros-Cul ?

– Je ne comprends pas ce que vous faites, monsieur, et ça m'inquiète », ai-je bredouillé.

Il n'a pas répondu. J'ai insisté d'une voix aiguë :

« Mais ça n'était pas dans nos accords.

– Parce que ça allait de soi. Il n'y a pas d'engraissage sans châtrage ou bistournage. Dans le monde animal, les castrés sont soumis, gentils, obéissants. Ils profitent bien, comme on dit. C'est une étape nécessaire pour que tu fructifies.

– Quel joli mot ! s'est extasiée Laura, ce qui m'a paru inapproprié.

– Fructifier, a précisé Patrick, ça veut dire produire des fruits, des récoltes mais aussi des choses heureuses, avantageuses. Une belle carcasse de viande sur son crochet, par exemple. »

Patrick a ri.

« En plus, il ne faut jamais laisser ses attributs à un homme qui vit dans une maison où habitent une femme et son mari. Sinon, on ne sait pas comment ça finit. »

Il a ri de nouveau. Je me suis indigné sans toutefois hausser le ton :

« Mais je ne veux pas être castré, monsieur. Nous n'en avons jamais parlé en discutant du contrat. J'annule tout.

– Ah bon ? » a raillé Patrick.

En guise de représailles, il a comprimé mes deux testicules, comme s'il voulait en sortir le dernier jus, et j'ai poussé un nouveau cri qui a excité les dobermans dans le jardin. Ils se sont mis à aboyer tout leur soûl : mes hurlements leur donnaient les crocs et leurs pattes griffues ont gratté longtemps la porte. Et s'ils parvenaient à entrer dans la maison ? Je flageolais comme le morceau de viande que le boucher vient de jeter sur la balance.

« Je ne comprends pas que tu te mettes dans des états pareils, a grogné Patrick.

– Je crois que c'est psychologique, monsieur. »

Laura avait arrêté de filmer et Patrick a retiré les gants roses qu'il avait enfilés. J'ai compris qu'il les avait mis pour empêcher toute identification quand le film serait diffusé. Alors que je m'agitais, il a repris :

« C'est simplement un mauvais moment à passer.

– Mets-toi à sa place une seconde, a murmuré Laura. Ça ne doit pas être agréable.

– Agréable ! s'est énervé Patrick. Parce que tu crois que c'est agréable, ce que subissent les bêtes ? C'est bien pire. Moi, au moins, je veille à ne pas le faire souffrir, je ne lui coupe pas les couilles à vif. Calme-le au lieu d'abonder dans son sens. »

Laura a bloqué ma tête entre ses coudes.

« Je ne sais pas si ça te fait vraiment mal, a-t-elle murmuré avec une bienveillance qui frisait la condescendance. Mais c'est pour ton bien. Tu n'as aucune raison de t'affoler. Tu verras, tu te sentiras beaucoup mieux après.

– Pardonne-moi, Laura.

– Détends-toi, mon cœur. »

J'étais assez détendu, en vérité : avec tous les comprimés qu'ils m'avaient fait avaler, j'étais même complètement shooté et vivais loin de mon enveloppe corporelle, devenue étrangère. J'étais en quelque sorte dérobé à moi-même.

Mais j'avais peur. Laura a caressé mon front en fredonnant une chanson, *Les Mots bleus* de Christophe, je crois, et j'ai commencé à m'apaiser. Mais après une nouvelle pression sur mes testicules, j'ai poussé encore un cri, beaucoup plus faible cette fois, le visage couvert de grosses gouttes de sueur.

« Tu es ridicule, s'est indigné Patrick.

– Je sais, monsieur. Ça m'a échappé. J'essaierai de ne plus recommencer. »

Laura m'a essuyé délicatement le visage avec la manche de sa chemise :

« Je t'en supplie, sois courageux. Chaque jour,

l'humanité se livre à un holocauste de testicules, des millions de testicules, tous les mâles doivent en passer par là. Et je ne parle pas des ovaires qui sont éradiqués !

– T'as qu'à lui fourrer un chiffon dans la gueule, a bougonné Patrick. Ça le fera taire.

– J'ai une idée », a dit Laura.

Elle est allée chercher une bouteille de calvados, a relevé ma tête et m'a fait boire plusieurs longues rasades, sous l'œil attendri de Patrick qui a laissé tomber :

« C'est une très bonne idée. Y a pas mieux que l'alcool pour désénerver les bêtes. »

Elle a remis la caméra en marche et, pendant que les mains de Patrick malaxaient mes parties génitales plutôt qu'elles ne les écrabouillaient, elle a filmé mes contorsions sur la table. Je ne criais plus mais je continuais de gigoter.

Un moment, la caméra a zoomé sur mon visage. Je n'étais pas beau à voir, mais, plus tard, quand j'ai regardé le film, il m'a semblé que Patrick avait raison : même si je ne souffrais pas vraiment, j'avais sur le visage les marques de la terreur.

9

Une crème d'homme

« La cause des animaux passe
avant le souci de me ridiculiser. »

Émile Zola

J'étais en sueur et respirais très fort pour évacuer mes angoisses. Patrick avait un ton de mépris plutôt que de colère quand il m'a demandé :

« Tu m'as gonflé, Gros-Cul. Qu'est-ce qui t'a pris de faire ce cinéma ?

– J'ai honte de moi, monsieur. Pardonnez-moi.

– Je n'ai fait que mon devoir, a-t-il dit. L'industrie de la viande déteste les mâles et, franchement, on ne peut pas lui donner tort.

– Un mâle, a renchéri Laura, c'est querelleur, prétentieux, ça gaspille les calories, ça cherche tout le temps des embrouilles et, en plus, sa viande a mauvais goût. On était obligés de t'émasculer, on ne pouvait pas faire autrement.

– Tu devrais me remercier pour ce que je suis en train

de faire, a repris Patrick. C'est une des plus belles choses qui te seront arrivées dans ta vie. Maintenant, tu vas devenir quelqu'un de plus aimable, de plus accommodant. Une crème d'homme. Merci qui ?

– Merci, monsieur. »

Après avoir transformé mes testicules en bouillie pour les chats, Patrick n'en avait pas fini avec moi : il a empoigné le bas de mon scrotum et l'a tiré très fort, les mâchoires serrées, pendant longtemps, dans sa direction. Ensuite, il a fait la même chose avec mes glandes, qu'il avait saisies au fond des bourses, avant de les remonter jusqu'à l'aine contre laquelle il les a pressées. Il a effectué ce mouvement de va-et-vient avec mes testicules à plusieurs reprises, peut-être une vingtaine de fois.

« Que faites-vous, monsieur ? » ai-je demandé en tremblant.

En guise de réponse, il a continué d'étirer mon scrotum en soufflant comme un diable. Ce n'était pas douloureux et je me demandais pourquoi il se donnait autant de mal pour agrandir mes cordons spermatiques. J'ai senti ensuite ses deux mains les frotter énergiquement, comme si elles les savonnaient, sans doute pour les débarrasser des adhérences visqueuses agglomérées autour. Le manège a duré un moment et je le supportais bien. Pour un peu, j'aurais râlé de plaisir.

J'aurais aimé qu'il continue ce labeur mais, soudain, il a posé mes parties à plat sur la table et a planté dedans l'ongle de son pouce droit. On aurait dit qu'un grattoir de canif m'était entré à l'intérieur du scrotum pour en éplucher les parois. Même si je ne ressentais quasi rien, son manège m'inquiétait et je devais avoir l'expression de l'hérétique sur la table de torture de l'inquisiteur.

Là encore, c'était une fausse alerte. Après avoir dévasté le scrotum, l'ongle du pouce s'est enfoncé en direction de l'aine où il a rencontré une résistance à la hauteur du canal inguinal. Il s'est insinué dedans sans précaution, creusant, piochant, labourant, jusqu'à l'élargir et y entrer complètement. Alors, l'ongle s'est déchaîné pour déchirer l'ouverture du canal qu'il soulevait avec une agressivité insensée, comme si sa vie en dépendait.

Patrick a poussé un juron et s'est arrêté un instant pour reprendre des forces. Je crois que son pouce lui faisait mal.

« J'avais envie de le bistourner à l'ancienne, a dit Patrick, mais c'est trop, il est trop vieux, sa chair est trop dure, on va en rester là. À mon avis, après ce que je lui ai fait, il ne lui reste plus que de la compote de couilles entre les jambes. »

Ils ont ri tous les deux. Patrick a tâté le fond de mes bourses, où gisaient mes rognures de testicules. Il m'a semblé que les cordons spermatiques s'étaient distendus et qu'ils flottaient, perdus dans l'immensité de leur sac.

« Même si je n'ai pas cassé la boutique, elle est très endommagée. Je vais passer à la phase finale. »

À ces mots, j'ai pris peur, m'attendant à de nouveaux tourments, mais j'avais tort. La suite fut, pour ainsi dire, une promenade de santé : Patrick a entortillé les cordons spermatiques pour les juguler. D'une main, il en pinçait un entre le pouce et l'index tandis que, de l'autre, il faisait tourner sur lui-même le testicule correspondant. Au quatrième tour, quand il sentait une grande résistance, il poussait la glande tout en haut des bourses, près de l'anneau inguinal contre lequel elle se lovait amoureusement pour faire corps avec, comme la moule qui a trouvé son rocher. Le bistournage terminé, il a écrasé les deux testicules si fort contre ma chair que je me suis demandé s'il ne voulait pas faire entrer dans l'abdomen l'espèce de purée qu'ils devaient désormais former.

Il a demandé à Laura de lui trouver un cordon de laine. Pendant qu'il appuyait de tout son poids sur l'anneau inguinal et son magma testiculaire, elle a noué le fil avec délicatesse, sans serrer, tout en haut du scrotum, au-dessous des testicules, laissant pendouiller mes bourses vides comme du linge mis à sécher. J'ai cru que je m'étais oublié : il y avait une légère odeur d'urine dans l'air.

Il a pris un air dégoûté et m'a grondé comme un instituteur, en levant son index :

« C'était idiot de gueuler comme ça, Gros-Cul. Tu vois que ça ne fait pas mal. À partir de maintenant, je t'interdis de toucher à tes bijoux de famille. Ils vont rapetisser et se mélanger peu à peu à l'abdomen. Sinon, je t'infligerai une punition qui te gâchera ta fin de vie. »

Puis il s'est adressé à Laura :

« Maintenant, il faut laisser Gros-Cul se reposer dans cette position pour que sa marmelade testiculaire se mélange bien à la chair de l'aine. Viens, on va regarder un film. »

J'étais heureux qu'ils partent. Je ne connaissais pas le nom des médicaments que Laura et Patrick m'avaient obligé à ingurgiter, mais leur efficacité était redoutable : malgré mes efforts, je ne pouvais plus réprimer mon envie de dormir.

10

Tempête sous un crâne

« Comment pouvez-vous avoir un animal
comme compagnon et un autre
pour le lunch ? »

Martina Navratilova

Je n'ose imaginer dans quel état j'aurais été sans les somnifères et les antidépresseurs. Peu après mon bistournage, je me suis réveillé, le cœur battant, le sang bouillant, les muscles contractés, en proie à une peur panique, comme si je venais de faire un cauchemar.

Je ne souffrais que des poignets et des chevilles, mais pas du bas-ventre, et je transpirais abondamment. Qu'est-ce qui avait pu m'embrouiller la tête pendant trois mois pour que je vienne me jeter dans le piège qui m'attendait à La Motte-du-Caire ? Mon amour pour Laura ? Même si l'amour ne m'avait jamais rendu intelligent, avec celui-là, j'étais devenu plus bête que je ne l'avais jamais été.

Je nourrissais un espoir : la veille du jour où Laura était

venue me récupérer à Marseille, j'avais dit au téléphone à ma sœur Isabelle, pour qu'elle ne s'inquiète pas de ma disparition, que je partais plusieurs semaines en randonnée dans les Alpes du Sud, du côté de Ventavon. Empégué dans mes histoires de divorce, lui avais-je expliqué, j'avais besoin de me changer les idées.

Elle pourrait me joindre, avais-je ajouté, fin août ou début septembre chez les Glostrob, des amis chez qui je comptais passer quelques jours et dont je lui avais donné l'adresse. « Ça tombe bien, m'avait-elle répondu. J'avais l'intention de passer quelques jours à Sisteron pour voir mon ex.

– Comment va-t-il ?

– Il en est à son cinquième cancer en quinze ans mais il ne lâche toujours pas l'affaire. »

Le même jour, j'avais passé un coup de fil à ma petite-fille, Alexandra, à qui je fournis les mêmes renseignements. Inconsciemment, sans doute pour me donner une ultime chance au cas où les choses tourneraient mal. C'est mon genre. Quand je sors de chez moi, je reviens souvent sur mes pas pour vérifier que j'ai bien mis l'alarme ou éteint le gaz. J'ai tendance à me méfier de tout, surtout de moi-même.

« Bonne idée, avait-elle dit. Je viendrai te voir, papet. Promis. »

Je ne pouvais pas tout miser sur les éventuelles visites d'Isabelle ou d'Alexandra. D'abord, elles pouvaient changer d'avis. Ensuite, si le programme se déroulait mieux que prévu, l'issue pourrait peut-être intervenir avant les dates que j'avais données.

Maintenant qu'il était trop tard, j'enrageais de ne pas avoir évoqué avec elles le début ou le milieu du mois d'août. Mais ne leur avais-je pas indiqué ces dates, finalement ? J'étais dans un tel état de confusion mentale que je n'étais plus sûr de rien.

J'avais beau essayer d'imaginer des projets d'évasion, ils s'avéraient tous aléatoires, sinon impossibles : au moins dans l'immédiat, toute tentative de fuite était rendue impossible par les calmants qui m'abrutissaient, les dobermans prêts à bondir et les cordelettes qui m'enserraient. Pour l'heure, la meilleure solution restait encore de convaincre les Glostrob de tout annuler, moyennant une substantielle indemnité.

Qu'avaient-ils à gagner dans cette histoire ? Si, après ma disparition, la police remontait jusqu'à eux, la justice leur demanderait des comptes et la lettre que j'avais écrite pour les disculper ne leur serait d'aucune utilité : nul ne pourrait croire qu'une personne réputée équilibrée comme moi avait pu accepter de son plein gré, sans contrainte, pareil traitement.

Si j'ouvrais la discussion dès à présent, Patrick, pour ce que je connaissais de sa personnalité, réagirait probablement mal. Il était plus judicieux de commencer par convaincre Laura, le maillon faible, qui, en plus, m'avait à la bonne.

Mon instinct me disait qu'elle se jouait de moi et faisait l'amoureuse pour m'embobiner mais une petite voix me soufflait qu'il y avait en elle trop de fraîcheur, trop de spontanéité aussi, pour que seul le cynisme dirige ses élans vers moi. Je lui plaisais, c'était une évidence. Laura était désormais mon unique chance de sortir vivant de cette histoire.

Paradoxalement, c'était à cause de mon amour pour elle que je me retrouvais ici, flapi, les testicules saccagés, ligoté sur une table de cuisine, avant de subir, par la suite, d'autres tourments. L'idée qui allait provoquer mon malheur, je l'avais lancée négligemment le soir de notre première rencontre, comme une boutade, uniquement pour lui plaire. Et peut-être aussi parce que je voulais vivre avec Laura, jusqu'à en mourir.

Qui n'a jamais été amoureux fou ne peut comprendre ce qui m'était arrivé. Chaque fois qu'un coup de foudre me tombe dessus, j'ai envie de me tuer pour prouver ma passion à l'autre en lui donnant ma vie, mon corps, mon souffle. En sautant du dixième étage ou en me jetant sous les roues d'un camion.

Éros et Thanatos, les dieux grecs de l'amour et de la mort, s'accouplaient toujours en moi. Jamais je n'avais ressenti à ce point cette double attirance pour ces forces qui mènent nos vies. Les semaines qui avaient suivi ma rencontre avec Laura, je me répétais à moi-même qu'il fallait que je me tue.

Sur le coup, j'ai éprouvé tous les stigmates du grand amour, qui ressemblent, à bien des égards, à ceux d'une grosse grippe : fébrile et fiévreux, je suais des torrents et, même si je n'ai pu le vérifier dans un miroir, j'étais sûr que mes pupilles étaient dilatées. En outre, j'étais incapable de me contrôler, au point que, pendant notre dîner végétarien, je n'ai quasiment jamais quitté Laura des yeux, sans que Patrick semble s'en offusquer.

Il a suffi que Laura plonge son regard dans le mien pour que je devienne son jouet. Je n'avais plus de libre arbitre, j'étais une loque à ramasser. J'avais quelques excuses : ma vie tournait alors au cauchemar.

11

Un « grand coup »

> « Qu'y a-t-il de plus repoussant
> que de se nourrir continuellement
> de chair de cadavre ? »
>
> Voltaire

Lors de ma première rencontre avec les Glostrob, trois mois plus tôt, ma procédure de divorce s'enlisait et mon ex réclamait la quasi-totalité de ma fortune en menaçant de rendre publiques ses accusations de viol conjugal.

Elle avait des « preuves intangibles » : les nombreuses lettres qu'elle avait écrites, elle qui n'écrivait jamais, à deux de ses amies pour se plaindre de ma « bestialité », avec des détails souvent très crus. Comme par enchantement, les enveloppes avaient été conservées, ainsi que les missives, par les destinataires, le cachet de la poste faisant foi.

J'étais fait, me répétait mon avocat : si je voulais éviter que le scandale éclate, il fallait négocier avec mon ex, c'est-à-dire me laisser dépouiller par elle. En attendant de m'y résoudre, j'essayais de conserver ce qui me restait de cervelle dans l'alcool, lequel est, pour ce faire, moins dangereux que le formol. Je commençais à boire dès le lever du soleil et continuait tout au long de la nuit, pendant mes réveils nocturnes. Ça faisait tout passer.

Vu mon état de détresse sentimentale, j'avais tenté de saisir toutes les branches qui passaient, pour ne pas couler. Sans succès. Après des mois d'échec, Laura fut la première jeune femme à ne pas me rejeter. Multipliant les avances, ce soir-là, elle est même allée jusqu'à me faire du pied. J'étais assis en face d'elle, sur la banquette du restaurant, et elle me fixait langoureusement, les lèvres entrouvertes, frottant sa jambe contre la mienne.

À un moment, quand Patrick a quitté la table pour « changer l'eau des olives », Laura est allée plus loin : elle a pris ma main, que j'avais posée à côté de mon assiette. Le sang m'est monté aux joues. J'ai senti une veine battre très fort dans ma tempe, comme si elle allait s'en détacher.

« Je vous adore », a-t-elle dit.

Que répondre à une jeune femme qui vous dit ça, alors qu'elle a une quarantaine d'années de moins que vous ? Je n'ai pas cherché à être original.

« Moi aussi, je vous adore. »

Elle a porté ma main à ses lèvres et l'a embrassée avec effusion. J'ai encore rougi.

« Vous êtes, dis-je à voix basse, le plus beau jour de ma vie.

– Vous, vous êtes ma plus belle rencontre. »

J'ai soupiré en fermant les yeux :

« Je voudrais passer avec vous le reste de mon existence. »

J'étais en lévitation mais il fallait que je retrouve mes esprits. Elle m'a fait signe que Patrick revenait des toilettes. Nous avons repris la conversation sur les bêtes qu'ils avaient recueillies dans leur refuge du Sud pour animaux abandonnés ou maltraités. Ils m'ont annoncé aussi qu'ils avaient reçu les autorisations administratives pour héberger bientôt un lion et une lionne frappés par la loi interdisant les animaux sauvages dans les cirques. Mais ils s'interrogeaient.

« On est en règle avec l'administration, a dit Laura, mais dans les conditions actuelles, je crains qu'on ne puisse les accueillir. Les fauves, c'est la ruine. À eux deux, il leur faut douze kilos de viande par jour. Cinq pour la femelle, sept pour le mâle.

– Je peux vous aider financièrement.

– Vous feriez ça ? »

J'ai hoché la tête en clignant de l'œil.

« J'ai gagné beaucoup d'argent et je suis à l'âge où l'on a envie de rendre tout ce que la vie vous a donné. »

J'ai ajouté en regardant intensément Laura :

« Et puis tout ce que je vais vous donner, c'est ça de moins qui ira dans les poches de mon ex. Elle a décidé de me ruiner. Je vais me ruiner avant. Me ruiner moi-même. »

Nous avions beaucoup bu quand Laura a dit qu'il était temps que le combat pour la cause animale sorte des sentiers battus, invente quelque chose, frappe un « grand coup ». Les vidéos d'abattoirs ne suffisant pas, si ignobles soient-elles, à couper l'appétit des mangeurs de viande, j'ai développé ma vieille idée : engraisser et même abattre un humain dans les mêmes conditions qu'un animal de boucherie, pour faire honte à notre espèce.

Patrick a fait la moue de quelqu'un qui vient de sucer un quartier de citron.

« Vous pouvez développer ?

– L'idée est de montrer le processus d'avilissement avec un récit, un livre de photos, un film et des vidéos sur les réseaux sociaux. Avec un humain, il y aura *a priori* plus d'empathie qu'avec un veau ou un porc.

– Dans l'absolu, a-t-elle dit, l'idéal serait d'utiliser un enfant ou même un bébé, comme tous ceux qu'on mange, les veaux, les chevreaux, les agneaux.

– On n'a pas besoin d'aller jusque-là. Un adulte peut faire l'affaire. »

Laura s'est levée et a brandi son verre en s'exclamant, dans un état proche de l'hystérie :

« C'est une idée géniale ! Je suis sûre que l'impact dans l'opinion sera énorme. Il faut lancer tout de suite un appel à candidatures.

– Inutile, ai-je dit. Je suis candidat.

– Vous ? »

Silence gêné.

« Il y a longtemps que j'y pense, ai-je repris. J'ai reçu trop de coups, ces temps-ci, et je préfère être utile à quelque chose avant que la vie me quitte. Je sens dans mon corps que la mort approche et, tant qu'à faire, j'aimerais que la mienne serve à quelque chose, par exemple à dégoûter les humains de la viande.

– Vous êtes prêt à mourir pour ça ?

– L'idée de sacrifice m'excite. Celle d'engraissage aussi. »

Laura a saisi de nouveau ma main et l'a serrée très fort. J'ai frissonné à plusieurs reprises.

« Qu'est-ce que je vous admire ! a-t-elle dit. Vous n'avez jamais peur de rien, vous, c'est incroyable ! »

Elle avait forcé le ton. Nouveau silence gêné, que j'ai interrompu :

« Vous pourriez être les maîtres d'œuvre de cette opération.

– Mais on n'a pas assez d'argent pour se lancer dans une aventure pareille, a objecté Patrick. Il nous faudrait du matériel, beaucoup de nourriture.

– On est venus à Paris pour taper les parents de Patrick, a ajouté Laura, mais nous allons revenir quasiment bredouilles. Ils n'ont plus un radis.

– Qu'à cela ne tienne, ai-je murmuré, je vous ai dit que j'avais de l'argent.

– Combien pourriez-vous nous donner ? a demandé Patrick.

– Je ne sais pas... Quelques dizaines de milliers d'euros... Je vous les apporterais en liquide au début du programme... »

On s'est levés et on a trinqué. C'est à ce moment que nous avons noué ce pacte étrange qui allait me conduire dans une cage à truie, loin du monde, au milieu des montagnes.

Quand on s'est quittés, Laura a dit :

« Je voudrais formuler deux demandes. Puis-je vous tutoyer ? Et puis-je vous embrasser ? »

Pour garder son baiser sur moi, je ne me suis pas lavé la joue en rentrant le soir et il m'a obsédé toute la nuit, au point que je me suis réveillé plusieurs fois avec la sensation étrange que nous venions de nous embrasser.

12

Le rendez-vous d'Arenc

« Le don de soi est un achèvement. »

Rainer Maria Rilke

Le lendemain matin, avant qu'ils retournent à La Motte-du-Caire, nous nous sommes revus tous les trois, au Train bleu, la brasserie de la gare de Lyon, et nous avons réglé les derniers détails techniques.

Patrick m'a annoncé que le père de Laura était mort pendant la nuit. Je lui ai présenté mes condoléances. Elle a haussé les épaules :

« Quand je pensais à lui, ces dernières années, je me disais : "Qu'il crève !" Je ne vais pas faire semblant de le pleurer maintenant. Sa mort ne me fait rien. Croyez-vous que je sois un monstre ?

– Vous êtes une victime, Laura.

– Non. Nous vivons dans un siècle où tout le monde est une victime, du bas en haut de l'échelle. J'ai le sentiment de l'être beaucoup moins que d'autres. Et je suis consciente de ma chance : j'ai tellement d'amour autour de moi. »

Elle a embrassé Patrick en me regardant et puis nous avons travaillé. Dans la nuit, j'avais écrit un contrat qu'ils ont amendé et que nous avons signé. J'avais également rédigé une lettre, celle dont je vous ai parlé précédemment, où j'expliquais que je leur appartenais « corps et âme » et que c'était à ma demande qu'ils m'engraisseraient « comme une bête à viande » sans préciser comment je mourrais, si je devais mourir. Je préférais rester dans le flou, pour ménager l'avenir.

« C'est hypocrite, a objecté Patrick. Pourquoi se cacher derrière notre petit doigt ? »

J'ai approuvé Laura quand elle lui a répondu :

« Ne nous prenons pas la tête maintenant, il sera toujours temps d'aviser le moment venu.

– Si on va jusqu'au bout de l'engraissage, a insisté Patrick, on ne pourra pas échapper à un tuage.

– Je n'en suis pas sûre, a dit Laura en secouant la tête.

– Ne nous voilons pas la face, c'est la logique des choses, on n'engraisse pas pour le plaisir d'engraisser. À un moment donné, il faudra bien finir notre travail, on n'aura pas le choix. »

Ils se sont tournés vers moi, pour que je me prononce. J'ai haussé les épaules :

« Nous avons été tous les trois d'accord pour dire qu'à partir du moment où je serai chez vous, je ne compterai pas plus qu'un animal. Ce sera à vous de trancher, si j'ose dire. »

Il y a eu un silence, puis leurs visages se sont éclairés quand j'ai proposé de leur apporter, en arrivant chez eux pour l'engraissage, soixante mille euros en liquide et un tableau de Poliakoff facile à revendre. Auparavant, j'aurais procédé à un virement d'une somme substantielle sur le compte bancaire de l'association des Glostrob, le Refuge des Martyrs de l'Humanité.

J'avais à peine fini ma phrase que Laura s'est levée pour m'embrasser avec effusion :

« Tu es notre sauveur ! »

– Je ne sais comment vous remercier, a renchéri Patrick. On va essayer de faire en sorte que tout ça se passe au mieux. À propos, quelles sont vos mensurations ? »

J'ai pris un air étonné.

« C'est pour établir les mesures du box où vous serez installé, a-t-il dit.

– Un mètre quatre-vingt-deux. »

Nous avions convenu de laisser passer trois mois pendant lesquels nous n'entretiendrions aucun contact. En cas d'urgence, je pouvais néanmoins communiquer avec un portable que je devais jeter sitôt l'appel terminé, comme les truands. Après quoi, au début de la troisième semaine de juillet, je me rendrais au rendez-vous au port d'Arenc, à la sortie de la bretelle de l'autoroute, pour être récupéré par Laura.

Avant le rendez-vous d'Arenc, je ferais d'autres dons à d'autres associations pour brouiller les pistes et j'évoquerais devant le plus de monde possible la randonnée que je prétendrais avoir décidé de faire dans les Alpes du Sud, de sorte que mes proches ne s'inquiètent pas de ma disparition. Tout au long de cette période, je n'ai cessé de penser à Laura. J'étais convaincu qu'elle était mon dernier amour, celui qui rachèterait tous les autres, qui ensoleillerait ma fin de vie. Je lui parlais toute la journée, parfois à voix haute, et je lui écrivais au moins un poème par jour.

Pas question de faciliter le travail des enquêteurs : je donnais à la destinatrice de mes poèmes le prénom d'Éliette, celui de l'une des femmes que j'avais le plus aimée dans ma vie mais qui ne l'avait jamais su. Même si je m'étais emballé pour Laura, je restais un homme prudent. On ne se refait pas.

À quatre semaines de notre rendez-vous, je n'en pouvais plus, il fallait que j'entende le son de sa voix. J'ai acheté un portable jetable dans une boutique du IVe arrondissement de Marseille et j'ai appelé Laura :

« Tu es seule, je peux te parler ?

– C'est bon, vas-y. Patrick est dehors, il s'occupe des bêtes. »

Je me suis lancé :

« Je voulais te dire que tu me manques. Je pense à toi tout le temps, c'est de la folie.

– Moi, c'est pareil, chuchota-t-elle, et je n'en peux plus d'attendre. Quand tu es parti, j'ai fait quatre-vingt-onze barres sur mon agenda et j'en coche une chaque jour. Il n'en reste plus que vingt, je crois.

– Vingt et une.

– Je ne me sentirai bien que quand tu seras près de moi.

– Platon a dit que nous sommes tous coupés en deux, que ça explique notre vague à l'âme. Tu es mon autre moitié et je sais que j'aurai trouvé l'harmonie quand nous serons enfin ensemble, Laura.

– J'ai hâte, tellement hâte… »

Nous avons confirmé le jour et l'heure de ma prise en charge par les Glostrob. Elle a senti une hésitation dans ma voix.

– Tout se passera bien, mon lapin. »

Pendant que les souvenirs défilaient, les cordelettes aux poignets et aux chevilles me faisaient toujours souffrir le martyre, sur ma table de bistournage. J'ai souri en pensant à Laura, puis je me suis rendormi.

13

L'inhumanité de notre espèce

« Rien ne prouve que l'homme
soit plus important qu'un papillon
ou qu'une vache. »

Isaac Bashevis Singer

Je marchais nu avec Laura dans un peignoir en mousseline rose transparente, sur une plage de Camargue. Mon ventre proéminent que je tenais à deux mains de peur qu'il ne tombe attirait les regards. Au bout d'un moment, un grand attroupement se formait autour de moi.

Ils étaient bientôt cent, deux cents admirateurs. J'appelais Laura. Elle avait disparu. Tout le monde voulait me toucher et j'éprouvais un malaise grandissant devant ces visages concupiscents, ces regards de gastrolâtres, ces bruits de bouche, ces filets de bave qui dégoulinaient de toutes ces lèvres ouvertes dans ma direction.

Plusieurs chiens accouraient et me fixaient en haletant, les crocs à l'air, la queue frétillante, comme s'ils attendaient l'ordre de bondir et de me déchirer le ventre. Soudain, la foule s'ouvrait pour laisser passer un grand moustachu qui portait des bottes crème et un tablier en plastique de la même couleur. Il s'approchait de moi avec un grand sourire débonnaire. Il avait un seau dans une main et un couteau effilé dans l'autre.

Il me faisait un signe et, après que je m'étais agenouillé devant lui, il appuyait sur mon épaule pour que je me mette à quatre pattes. J'obtempérais en me confondant en excuses et en tremblant de tous mes membres, tandis que montait autour de moi une rumeur joyeuse, la rumeur qui précède les agapes. C'est alors que la voix de Patrick m'a réveillé :

« Tout va bien, Gros-Cul ? »

Même si ce n'était pas vrai, j'ai répondu :

« Oui, monsieur, ça va très bien, merci. »

À peine sorti de mon cauchemar, je me suis détaché de mon corps. Je ne me sentais plus aucun point commun avec le ramas de viande ligoté sur la table de la cuisine.

Patrick a ouvert une porte dans la pièce d'à côté. J'ai entendu un long clapotis de fontaine, puis un bruit de chasse d'eau. Il a fait quelques pas. Dans le réfrigérateur, il a pris une bouteille, l'a décapsulée et a commencé à la boire à petites gorgées en revenant vers moi. Une bière.

« Avant que tu viennes chez nous, je lisais ton livre sur saint François d'Assise. Respect. Voilà pourquoi je ne suis pas à l'aise avec toi, Gros-Cul : tu m'impressionnes.

– Il ne faut pas vous laisser impressionner, monsieur.

– Tu m'as appris que saint François était un petit malin

qui a su passer à travers les gouttes, alors qu'il aurait dû finir sur le bûcher avec son panthéisme et son animalisme, les mêmes convictions que les nôtres, finalement.

– C'est pourquoi je ne me sens pas rabaissé que vous vouliez faire de moi un cochon, monsieur. »

Je serais même fier, ai-je ajouté, de devenir un cochon, animal qui se reconnaît dans les miroirs et qui est doté d'une réelle conscience de soi.

« Ça ne sera pas difficile, a dit Patrick, nous sommes déjà tous des cochons. »

Il avait raison. Le porc figure très haut dans les classements d'intelligence des animaux, toujours derrière les chimpanzés, mais souvent au niveau, voire au-dessus des éléphants ou des grands dauphins, très loin devant les chiens. Cet imbécile de Descartes comparait les bêtes à des horloges, mais le porc aussi est, j'en suis sûr, capable de se dire comme nous : « Je pense, donc je suis. »

Il est, comme les membres de notre espèce, sujet à l'obésité, aux maladies d'Alzheimer ou de Parkinson. Biologiquement, il est tellement proche de nous que les diabétiques ont longtemps survécu grâce à l'insuline porcine (ou bovine) avant que les laboratoires élaborent une insuline de synthèse, à la fin du siècle dernier. Nombre d'humains sont encore vivants grâce à des greffes de valves aortiques de cochons (ou de veaux). En attendant que la médecine, toujours en quête de greffons, réussisse à greffer leurs organes sur nous.

Avant de passer un jour à l'homme, la médecine expérimente déjà la transplantation à des primates de plusieurs organes de porc : le cœur, le foie, les reins. S'il est avéré que le cochon est la chair de notre chair, en manger ne relève-t-il pas, d'un point de vue scientifique, du pur cannibalisme ?

« Ne te prends pas la tête, m'a chuchoté Patrick à l'oreille. Laisse vivre et prospérer le cochon en toi. »

Il m'a rappelé que, de tous les animaux de ferme, le porc est, à cause de sa psychologie, de son empathie et de sa mémoire, le plus proche de l'homme. Mais comme s'il y avait un lien de cause à effet, c'est aussi le moins respecté par notre espèce, le plus martyrisé, mis plus bas que lisier.

« Vous n'allez pas me martyriser, monsieur ? ai-je demandé, inquiet.

– Fais-nous confiance, Gros-Cul, tu seras mieux traité qu'un porc, ce ne sera pas difficile. »

Depuis la nuit des temps, la castration des mâles par ligature ou ablation à vif est la règle, tout comme celle des femelles par arrachement des ovaires, et je passe les détails, les couinements de fin du monde quand les châtreurs n'ont pas pris soin de ficeler les groins. Il paraît que la loi commande aujourd'hui de les insensibiliser avant de les émasculer mais, dans le secret des porcheries, ça continue, bien sûr, comme avant.

Longtemps, les porcs ont été élevés dehors mais ignobles étaient les tracasseries inventées par les humains, par exemple pour les empêcher de fouger la terre afin d'y chercher des racines, des insectes, leur activité favorite. La première méthode consistait à passer à travers leur groin une petite barre de fer dont les deux extrémités ressemblaient à des flèches aux pointes retournées l'une contre l'autre, ce qui interdisait les fouissements.

L'autre méthode était de couper les deux tendons des muscles releveurs du groin. On incisait la peau, on les sortait à l'aide d'une aiguille et on en retirait un centimètre au milieu, de crainte que les bouts ne se raccordent un jour. Le porc se retrouvait ainsi avec, en lieu et place du groin, un machin ramollo et pendouillant qui ne lui servait plus à rien.

« Je vomis, me suis-je écrié, les élevages industriels, usines mortifères, hontes de la jungle, mais je n'éprouve néanmoins aucune nostalgie pour les temps anciens, quand les porcs étaient engraissés au fond d'une étable, dans l'obscurité complète, avec une mangeaille fermentée, de plus en plus épaisse, en veillant à ce que, sur la fin, ils ne puissent quasiment plus rien bouger, fors leur mâchoire.

« De toutes les espèces, ai-je conclu, la nôtre est la moins respectable, la plus inhumaine, n'est-ce pas, monsieur ? »

Patrick n'a pas répondu, même quand je lui ai reposé ma question en haussant la voix. J'avais parlé tout seul, je ne l'avais pas entendu partir. Je me suis rendormi.

14

Une viande « plus tendre et savoureuse »

« L'homme est le plus cruel de tous
les animaux. Il est le seul capable
d'infliger une douleur à ses congénères
sans autre motif que le plaisir. »

Mark Twain

Je ne sais pas combien de temps j'ai encore dormi. Laura m'a réveillé en caressant mon visage :

« Patrick ne t'a pas trouvé en forme. Mais ça n'a pas l'air d'aller si mal, après toutes ces émotions.

– J'ai très soif », ai-je gémi.

Je me sentais comme le Christ sur la croix attendant l'éponge de vinaigre allongé d'eau qui allait l'abreuver. Laura a relevé ma tête d'une main et, de l'autre, a approché le verre de mes lèvres, versant dans ma bouche le contenu que j'éclusais à petites gorgées.

« Le film était bon ? ai-je demandé.

– C'était *Voyage au bout de l'enfer* de Michael Cimino.

Je l'ai déjà vu cinq ou six fois. J'adore. Après, Patrick a mis une série. Ça m'a soûlée.

– Quand est-ce qu'on me libère ? J'ai trop mal partout, je n'en peux plus...

– Ne t'inquiète pas, Patrick arrive bientôt.

– C'est quoi, les comprimés qu'il m'a donnés quand je suis arrivé ? De la drogue ?

– Sans doute encore des antidépresseurs pour que tu ne nous fasses pas une crise de panique et, surtout, des antivomitifs.

– Pourquoi des antivomitifs ? ai-je demandé.

– Pour qu'il n'y ait pas de problème quand on t'enfoncera le tuyau de gavage dans le gosier.

– Quoi ? Vous allez me gaver ? Mais on n'avait jamais parlé de ça !

– Et alors ? Oh, j'y pense, il faut que je te fasse tes piqûres... »

Elle a disparu un moment et est revenue avec deux seringues. Quand elle a enfoncé la première aiguille dans ma chair, je lui ai demandé ce que c'était.

« T'inquiète, a-t-elle répondu, c'est pour ton bien. De l'hormone de croissance. Je veux que tu me fasses du muscle. »

Après quoi, elle a fait une deuxième piqûre :

« Comme tu ne vas plus bouger, c'est pour empêcher les phlébites. Je vais te piquer souvent. »

La dernière piqûre était, m'a-t-elle dit, la plus importante.

« Ça, c'est une grosse injection d'œstradiol, une hormone

féminine pour te faire des beaux jambons et une chair plus tendre, fondante en bouche. Tu n'en auras plus d'autre.

– Tu me fais le coup du veau aux hormones ?

– Non, c'est juste pour te démarrer. Pour que tu prennes tout de suite la bonne direction. La viande de mâle, ça pue, elle est dure, on apprend ça dans tous les manuels de boucherie.

– Je vais avoir des nichons ?

– Pour en avoir, tu vas en avoir, ducon. Mais ça se cuisine bien, tu sais. Les pis de vache, de brebis, c'est délicieux avec du paprika. »

Pourquoi m'appelait-elle « ducon » ? Sans doute mon statut commençait-il à se dégrader en attendant que je passe de celui d'animal humain à celui d'animal non humain, comme dirait Darwin.

Après avoir posé les seringues sur le buffet, elle est revenue vers moi et m'a demandé en caressant mon front :

« Tu as vraiment l'air de souffrir…

– Si j'étais détaché, ça irait mieux.

– Patrick voulait que tu restes comme ça un moment pour que les matières qu'il a épluchées dans ton scrotum s'agglomèrent bien aux testicules collés en haut. »

Elle a passé plusieurs fois son index sur mes lèvres. Excité et aux anges, j'ai embrassé le doigt.

« Je ne comprends pas pourquoi il m'a castré, ai-je dit quand elle a cessé son manège.

– Bistourné, a-t-elle corrigé.

– Ce n'était pas prévu.

– On a fait ça parce qu'il fallait le faire. Tiens, pour

que tu comprennes, je vais te lire l'introduction d'un livre dont Patrick s'est servi pour te bistourner. »

Elle est allée chercher le *Traité de la castration des animaux domestiques* de Jean Gourdon, paru en 1860, un grand classique de la littérature vétérinaire qui détaille toutes les techniques de châtrage avec des illustrations. Après avoir tourné quelques pages, elle a lu d'une voix douce, aimante l'un des passages sur les bienfaits de cette opération chez notre cousin le porc :

« "La castration a pour but essentiel d'accroître son aptitude nutritive, ses facultés assimilatrices et de le mettre ainsi en état d'utiliser le plus possible les substances dont il se nourrit, et en même temps d'accélérer son engraissement." »

Elle a cherché un autre extrait, puis :

« "Le train postérieur chez le bœuf offre plus de développement. Le rein est plus long, la croupe plus musclée et plus large, les jambes plus allongées, modifications dans les formes de l'animal tout à l'avantage du producteur, en ce sens que ce sont précisément les régions les moins appréciées à la boucherie qui ont diminué, au profit de celles qui ont le plus de valeur.

« La castration, en outre, donne à la viande des qualités. En favorisant le développement des tissus cellulaires, elle rend la partie musculaire moins dense, moins rouge, moins coriace. Le bœuf [...] donne un plus grand nombre de morceaux de qualité, une viande toujours plus tendre et plus savoureuse." »

« Plus tendre et plus savoureuse », a-t-elle répété.

Puis elle a soupiré, comme si je l'avais déçue :

« Au départ, je n'étais pas emballée mais je me suis rangée aux arguments de Patrick. On t'a châtré pour ton bien. Tu voulais être traité comme une bête de boucherie. Eh bien, c'est exactement ce qu'on a fait. Qu'il soit porcin ou bovin, le mâle est systématiquement castré pour que la chair soit meilleure. En plus, c'est très bon pour son caractère. Il devient plus sympa. Ça facilite l'engraissage.

– Je le sais, Laura. Mais nous aurions pu en parler avant. Je suis quand même le premier concerné.

– Non, mon lapin, je suis désolée de te le dire mais c'est nous qui sommes les premiers concernés.

– Nous aurions pu discuter des modalités, ç'aurait été la moindre des choses. Et qu'est-ce que c'est que cette histoire de gavage ? »

Il y a eu un silence, puis elle a haussé le ton :

« Crois-tu qu'on demande au veau ou au porcelet l'autorisation de le châtrer ? Et à l'oie ou au canard l'autorisation de les gaver ? Au lieu de pleurnicher, tu ferais mieux de te préparer aux épreuves qui t'attendent pour ton bien et pour la cause. Tu dois accepter ton sort avec dignité : c'est quand on se donne que la vie sert à quelque chose et la tienne va servir à notre cause, dont tu seras l'emblème.

– Le martyr, aussi.

– Un martyr consentant, excuse-moi. On n'est pas allés te chercher, c'est toi qui es venu à nous. »

Elle a posé un baiser sur mon front.

« Je suis fière de la mission qui m'est échue : te filmer tout au long de ton parcours de bête à viande. »

Nous avions prévu tous les trois que Laura filmerait toutes les étapes du programme : mon engraissage et, si les Glostrob en décidaient ainsi, mon abattage, le jour venu, puis mon éviscération et ma découpe avant que je termine, du moins en ce qui concerne mes parties nobles, dans une assiette. Des images scandaleuses, horrifiantes, qui réveilleraient le genre humain, témoigneraient de l'horreur de la condition animale, interpelleraient tous les humains carnivores.

Elle m'embrassa encore :

« Nous allons faire l'Histoire, mon cœur. »

15

Les meilleurs morceaux

> « Nous aimons les animaux parce qu'ils
> ne mentent pas. C'est pour cela
> que l'homme les a mis en esclavage :
> ils lui rappelaient la vérité. »
>
> Henry de Montherlant

Que Laura ait parlé avec amour de ma viande, cela signifiait que les Glostrob envisageaient mon abattage à la fin du programme. J'ai voulu en avoir le cœur net :

« Vous comptez me manger pour de vrai ? »

Tout en me caressant le visage, Laura a soupiré, les yeux rêveurs, les narines frémissantes, comme si elle était sous l'emprise d'un fumet lointain :

« Si nous te laissions mourir de ta belle mort, tu pourrirais sur pied, tu ne serais probablement pas mangeable. Sinon, comme je suis depuis peu végétarienne, contrairement à Patrick qui est un ayatollah végane, j'adorerais pouvoir faire honneur à tes meilleurs morceaux.

– Ce serait la moindre des choses ! »

Elle m'a annoncé qu'elle avait pris une option sur ma langue et ma cervelle. Au cas où ils choisiraient de me tuer, elle préparerait la première à la sauce ravigote avec des câpres ; la seconde au beurre noir, toujours avec des câpres. Deux plats que sa grand-mère faisait souvent et qui lui rappelleraient son enfance. Elle comptait aussi pocher l'une de mes fesses façon jambon d'York.

Mes jambons frissonnèrent d'aise. Sans doute étaient-ils heureux d'avoir entendu dire que l'un d'eux au moins serait cuisiné, sinon désiré.

« Si on prend le parti de te tuer, m'a-t-elle dit, tout le monde va se régaler, les chiens, les fauves et moi, dans mon cas par respect, pour garder un souvenir. Quand on te voit comme ça, franchement, tu n'es pas appétissant : on dirait une vieille bique, bonne pour l'équarrissage. Mais dans quelques semaines, à la fin du programme, quand tu seras bien rose et bien gras, je suis sûre qu'on aura envie de vérifier si tout ça est aussi bon que ça en aura l'air...

– J'aime quand tu me parles comme ça. »

Elle s'est frotté les joues contre les miennes et j'ai soupiré d'aise, puis j'ai poussé des petits halètements de plaisir.

« Mais si me vous laissez en vie, qu'est-ce qui se passera, Laura ?

– Tu mourras, de toute façon. D'étouffement, immolé dans ta propre graisse. Ce sera une mort lente, atroce, humiliante.

– Mieux vaudra me sacrifier, alors ?

– C'est ce que je pense mais Patrick et moi, ça nous effraie un peu, je ne te le cache pas.

– En attendant, si c'est votre choix, sache que je serai heureux de vous régaler… »

Elle a ri, un rire comme un tintement de clochettes :

« Tu as hâte aussi que je te crotte, ducon ? Tu ne crois pas que tu en fais un peu trop ? »

Elle a ri de nouveau.

« Patrick te trouve très lèche-cul. Il a raison.

– Non, je suis intimidé, on le serait à moins. Il me déteste, n'est-ce pas ?

– Non. Il te respecte, il a même de l'admiration pour toi. Essaie de comprendre. Patrick avait un grand-père paysan qui disait : “Il ne faut jamais s'attacher aux bêtes qu'on va tuer.” S'il est fasciné par le projet, il pense qu'il n'est pas l'homme de la situation. Trop sensible, trop impressionnable. Il craint de n'avoir pas le geste sûr si on décide de te saigner, il a peur de mal faire.

– De mal me saigner ? Mais enfin, c'est à la portée de tout le monde, il suffit de savoir se servir d'un couteau.

– C'est moi qui te trancherai la carotide s'il n'arrive pas à le faire. Mais je crains de ne pas la trouver du premier coup : saigner est un art, une science, ou les deux. »

16

Le lion a faim

> « Qui s'est abaissé devant la fourmi,
> n'a plus à s'abaisser devant le lion. »
>
> Henri Michaux

Un rugissement a retenti, puis un autre. Le garenne qui vient d'entendre les clochettes des chiens de la battue n'aurait pas été plus terrifié que moi-même à cet instant.

« Le lion a faim, ai-je murmuré, quand je me suis ressaisi.

– Non, il marque son territoire, a dit Laura, il cherche à intimider.

– C'est réussi. »

J'avais la chair de poule. J'ai repris notre conversation où nous l'avions laissée :

« Est-ce que je me trompe quand j'ai le sentiment que Patrick se comporte avec moi comme un mari jaloux ? »

Après avoir secoué la tête en rougissant, Laura a chuchoté, les yeux baissés :

« C'est vrai qu'après notre première rencontre, il m'a demandé si j'étais amoureuse de toi.

– Et qu'as-tu dit ? »

Elle est restée absorbée un moment, les sourcils froncés.

« J'ai dû lui répondre par une question : "Ah ! C'est ce que tu penses ?" Et puis on n'en a plus reparlé. Pardon, si, une autre fois, c'était cette après-midi, avant que je parte te chercher à Marseille, j'étais tout excitée. Il m'a dit : "Je ne comprends pas ce que tu lui trouves."

– C'est pour ça qu'il tenait tant à me châtrer.

– Il avait raison. Il faut émasculer les mâles si l'on veut que la viande soit meilleure.

– Laura, ai-je marmotté, j'aurais tellement aimé garder mon intégrité pour toi, pour notre amour.

– Ça ne change rien pour moi, tu sais. Châtré ou pas, je t'aime. »

Laura a commencé à fouailler mon cou avec son pouce. Elle s'est arrêtée très vite sur la carotide, qui battait son sang chaud, effusant. Elle l'a embrassée avant de la mordiller. J'ai fermé les yeux pour mieux savourer mon bonheur.

« Ça me donne faim », a-t-elle rigolé.

Quand Laura a commencé à caresser la peau de mon crâne, de mes tempes, de ma nuque, j'ai gardé mes yeux fermés en étouffant des petits cris de jouissance, une manière de lui demander de continuer son manège. Je me sentais grisé par son sourire maternel et la légère odeur de citronnelle qu'elle répandait.

Quand elle s'est arrêtée, j'ai protesté :

« Encore ! »

J'étais de plus en plus excité, dans un état second que j'imputais aux piqûres et aux pilules ingurgitées.

« Encore ! » ai-je répété d'une voix aiguë.

Elle s'est mise derrière moi et a commencé à papouiller ma nuque, mes épaules, mes seins.

« Oh, mon Dieu, s'est-elle écriée, y en a un qui est drôlement content. »

Dans ma position, je ne pouvais pas le voir mais j'ai compris que mon vit était en érection, une légère érection qui s'est affirmée quand Laura a commencé à le caresser.

« Ça m'ouvre des perspectives, s'est-elle amusée.

– Je ne pensais pas que je pourrais jouir à nouveau.

– Les eunuques n'éjaculent pas mais ils bandent, m'a glissé Laura. Bande, mon cœur. »

Elle a passé un doigt sur mes lèvres et, malgré les cordelettes serrées trop fort qui endolorissaient mes chevilles, mes poignets, je me suis pâmé de plaisir.

« Je suis quand même furieux que Patrick m'ait castré, ai-je maugréé, c'est un abus de pouvoir.

– C'est une obsession, ma parole ! Tourne la page et vois le bon côté des choses. Maintenant qu'on t'a débarrassé de ton pot de crème, tu pourras te concentrer sur tes prises de poids et devenir une machine à fabriquer de la viande. C'est désormais ta vocation, tu pourras t'y consacrer pleinement sans te disperser, ni penser à autre chose, par exemple à un joli petit cul comme le mien.

– Je me sens diminué.

– Au contraire, tu pourras mieux t'agrandir. »

Laura s'est penchée sur moi et m'a embrassé la joue. Après avoir relevé la tête, elle s'est ravisée, l'a baissée et m'a embrassé, cette fois sur les lèvres, où un petit bout de langue furtif s'est frayé un passage.

« Pardonne-moi mes cris de tout à l'heure, lui ai-je dit quand elle s'est redressée. Je m'en veux tellement.

– Laisse-toi aller, a-t-elle murmuré, fais-moi confiance et tout ira bien. »

Elle a jeté ses lèvres sur les miennes et m'a embrassé avec une fougue adolescente avant de caresser mon visage, puis mon vit, que j'ai senti s'ébrouer. J'aurais été le plus épanoui des hommes si, à ce moment, les dobermans n'avaient encore gratté la porte de la cuisine.

17

Dans ma cage

« Les animaux n'ont pas,
comme l'homme, l'orgueil de se croire
les rois des animaux. »

Théodore Monod

Laura était en train de caresser mon crâne nu comme un genou quand Patrick est entré. Dans ma position, je ne pouvais pas le voir mais, à en juger par sa voix, il semblait de bonne humeur quand il a dit :

« Eh bien, je vois que vous prenez du bon temps, les amoureux.

– Je l'aide à se détendre, a lancé Laura en se redressant.

– C'est important. Comme disait mon grand-père, il n'y a de bonne viande qu'heureuse. Je tiens à ce que tu sois heureux, Gros-Cul. Tiens, pour me faire pardonner. »

Il avait à la main un paquet de biscuits qui ressemblaient à des petits sandwichs : une garniture de crème blanche et sucrée entre deux galettes au chocolat. Des Oreo.

« Tu aimes ça ? m'a-t-il demandé.

– Pas trop.

– C'est bon pour ce que tu as. »

Il a tiré quatre Oreo du paquet et me les a mis en même temps dans la bouche en appuyant dessus pour les tasser. C'était trop. J'étais au bord de l'étouffement.

« À partir de maintenant, a-t-il dit, je veux que tu sois sans arrêt dans l'excès, l'outrance. »

J'avais la bouche trop pleine pour pouvoir répondre mais j'ai hoché la tête avec ostentation. Il a poursuivi en me tournant le dos :

« Désolé. J'ai peut-être été un peu dur avec toi tout à l'heure. »

J'ai de nouveau hoché la tête mais il ne pouvait pas me voir. Il a caressé les cheveux de Laura, est revenu vers moi, a sorti encore quatre Oreo du paquet et les a introduits sans ménagement dans ma bouche alors que je n'avais même pas fini les premiers.

« Je ne veux pas être dans l'empathie, tu comprends. Ça pourrait tout ruiner. Je te traiterai comme le paysan élève le porc qu'il va tuer à la fête de la Saint-Cochon : il n'y aura aucun sentiment entre nous. Je te le répète, je ne veux pas que tu me regardes ni que tu m'adresses la parole. Tu n'as que le droit de répondre à mes questions. Pour moi, tu n'es plus qu'un trou à remplir. »

Il y a eu un silence, le temps que je déglutisse les Oreo.

« Vous pouvez compter sur mon dévouement, monsieur.

– Il ne faut jamais regarder la personne que l'on va tuer. Quand tu me vois, tu baisses les yeux, compris ?

– Là, dans ma position, ai-je gémi, je ne peux pas baisser les yeux, et puis je souffre le martyre. Je vous en supplie, libérez-moi.

– Il suffisait de demander. »

Il a dénoué les cordelettes. Laura m'a aidé à me redresser mais, après un instant debout, je me suis écroulé par terre, en larmes. Je ne tenais plus sur mes jambes.

« Mille excuses, Gros-Cul, a soufflé Patrick. Avec mes cordelettes, je t'ai niqué les articulations et j'ai bien peur qu'elles ne se remettent pas de sitôt. C'est pas de chance, il va falloir que tu ailles à quatre pattes dans ton box d'engraissage.

– Où est le box ?

– Dehors mais n'aie pas peur des chiennes, tu n'as rien à craindre avec elles. Sauf, bien sûr, si tu essaies de te sauver. »

Laura ouvrait la marche. Patrick la fermait. En chemin, il m'a donné plusieurs coups de pied dans le derrière. Pas pour me faire mal mais pour bien me montrer, au cas où j'en aurais douté, qu'il me dominait, que j'étais désormais la balle dans laquelle il pourrait taper à loisir, si tel était son bon plaisir.

Quand nous sommes sortis de la maison, les dobermans m'ont fait l'une des plus grandes peurs de ma vie en se jetant sur moi pour lécher la sueur de ma peau. Leur gloutonnerie grondeuse me terrifiait mais elle a amusé mes propriétaires qui se sont arrêtés et ont observé le manège des chiennes en rigolant.

« Ça vous donne faim, les filles ? a demandé Patrick. Vous y aurez droit un jour mais ce n'est pas pour tout de suite. »

Après avoir senti des crocs entrer dans la chair de ma cheville, j'ai poussé un cri déchirant et mes maîtres, furieux, ont chassé les chiennes, qui sont parties en pleurnichant, comme si elles étaient victimes d'une odieuse injustice.

Laura s'est inquiétée et a examiné ma cheville après avoir activé la torche de son portable, mais je l'ai rassurée : j'avais crié avant que les crocs s'enfoncent et elle me l'a confirmé. J'avais surtout très mal aux genoux et j'ai demandé à faire une pause qui m'a été accordée.

« Mon Dieu, a-t-elle soupiré, tes genoux saignent. Je t'achèterai des genouillères. Ce sera plus facile pour te déplacer. »

Patrick est allé chercher une brouette, dans laquelle il m'a aidé à me hisser, puis m'a emmené dans la porcherie. Un bâtiment flambant neuf, sans fenêtre, avec l'air conditionné.

« C'est beau, me suis-je esbaudi.

– Une chance, dit Laura. Les anciens propriétaires venaient de tout refaire quand ils nous ont vendu. »

À l'entrée, une quinzaine de cages à barreaux étaient alignées pour des truies en gestation. J'ai compris que le premier box était pour moi. Plus petit que les autres, il avait été reconfiguré pour limiter le plus possible mes mouvements.

Patrick m'a fait signe d'entrer. En pénétrant dans ma

cage par l'arrière-train, j'ai vite vu que je ne pourrais pas me retourner et que ma situation deviendrait de plus en plus compliquée au fur et à mesure que je gagnerais du poids.

« Tu vas être très bien là-dedans, a osé dire Laura.

– Un peu à l'étroit quand même.

– Pas tant que ça », a objecté Patrick.

En bas, près du sol, il y avait un espace d'une quinzaine de centimètres pour laisser passer les bassines de bousin ou la pelle qui les récurerait mais aussi pour me permettre, a expliqué Patrick à Laura, de passer mes jambes dessous quand je dormirais.

« Dans quelle position doit-il dormir ? a-t-elle demandé, alors qu'elle connaissait sûrement la réponse.

– Comme les cochons, sur le côté, en chien de fusil, a dit Patrick, continuant à m'ignorer.

– Qu'est-ce qui va se passer quand il aura beaucoup grossi ?

– Plus il va forcir, moins il aura envie de bouger. Il restera tranquille, les jambes toujours un peu pliées. Ce sera bon pour les jambons. »

Patrick a ri, comme s'il trouvait drôle que je passe le reste de ma vie couché ou à quatre pattes devant mon auge, sans pouvoir m'allonger vraiment.

La position assise ne serait possible qu'à condition que l'on m'ouvre un clapet par lequel je sortirais la tête avant qu'y soit enfoncé dans mon gosier l'embuc, c'est-à-dire le tube du gorgeoir qui allait me remplir de pâtée jusqu'aux dents et faire de moi la volumineuse bête que j'aspirais à devenir.

Avant d'arriver à La Motte-du-Caire, je m'attendais à vivre les dernières semaines de ma vie dans le cadre d'un engraissage à l'ancienne quand, nourri comme un roi, l'animal à manger était reclus dans un logis sombre où il pouvait aller et venir, s'ébrouer à sa guise. Dans l'espace où Patrick m'avait confiné, je me retrouvais comme dans ces élevages industriels où la vue des bêtes s'arrête à l'auge, pour ne pas gâcher les calories, au nom de la productivité.

Laura a lu dans mes pensées :

« Au début, tu auras peut-être du mal à t'habituer, m'a-t-elle dit, mais c'est pour ton bien, mon cœur. Il faut que tu mutes, tu comprends. Que tu deviennes une usine à fabriquer de la viande. C'est quand même le but, non ? »

J'ai hoché la tête. Avant mon installation dans la cage, elle m'a demandé un commentaire pour le film. Elle s'est accroupie et à quatre pattes face caméra, j'ai dit :

« Je suis très ému. C'est un grand jour pour moi. Désormais, je n'ai plus d'autre ambition dans la vie que de m'accroître, comme une bête à viande. L'épreuve qui m'attend est celle que vivent des milliards d'animaux, nos sœurs et nos frères exploités de par le monde. Vite, que je croisse ! Que je m'empâte ! Que je forcisse ! »

D'un léger coup de pied sur l'épaule, Patrick m'a intimé de finir d'entrer à reculons dans le box. J'ai obtempéré. Sitôt à l'intérieur, j'ai caressé le sol de ma nouvelle demeure : du caillebotis en béton avec des ouvertures ajourées pour évacuer les déjections.

« C'est bien, non ? »

Je n'ai pas répondu.

« J'ai travaillé comme un fou pour te faire ça, a-t-il soupiré. Ne me dis pas que ça ne te plaît pas !

– C'est nickel chrome, monsieur. Merci beaucoup. Pourrai-je sortir de temps en temps pour me dégourdir les jambes ?

– Nous verrons. Mais avec ce que nous allons faire de toi, je ne crois pas que tu aies tellement besoin d'entretenir tes jambes. Elles ne nous seront plus d'aucune utilité. Ce qui comptera pour nous, c'est tout le reste : les jambons, les épaules, les joues, l'échine, le plat-de-côtes. »

Je n'ai pas aimé cette réponse.

« Un conseil, a-t-il ajouté. Je veux que tu fasses tes besoins dans les bassines. Sinon, tu vas t'en mettre partout. Pour t'éviter des désagréments, je te conseille aussi d'essayer de te vider les intestins avant les gavages. »

Mon sang n'a fait qu'un tour.

« Monsieur, avec tout le respect que je vous dois, pourquoi est-ce qu'on n'a jamais parlé de gavage avant ? ai-je demandé.

– C'est vrai, on aurait dû, mais on n'y avait pas pensé, à l'époque. Et tu n'es pas à l'abri d'autres surprises, Gros-Cul ! »

Les trois chiennes sont revenues et se sont assises devant la cage. Elles me regardaient avec impudeur, en bavant tout leur soûl. C'était très gênant, j'allais dire obscène. Je n'aimais pas être nu devant elles mais je n'ai pas osé le dire.

18

Les délices du gavage

« On n'a pas deux cœurs, un pour les animaux et un pour les humains. On a un cœur ou on n'en a pas. »

Lamartine

Châtrage et gavage : aucun de ces deux mots n'avait été prononcé entre nous, quand nous avions évoqué le programme d'engraissage, à la gare de Lyon, trois mois plus tôt.

« Même si je n'ai pas d'explication à te donner, a fait Patrick, je tiens à te dire que ces gavages ont pour objectif de te faire démarrer en beauté. Ce sont les boosters de la fusée Gros-Cul qui va décoller.

– Et ces gavages seront faits aux petits oignons, ne t'inquiète pas, a renchéri Laura. On a calculé les calories à l'unité près. »

Patrick a fermé la porte de la cage avec un gros cadenas dont il serait le seul, m'a-t-il annoncé, à détenir la clé. Encore un obstacle à un éventuel projet d'évasion.

« Maintenant, a-t-il repris, je vais procéder à ton premier gavage, que Laura filmera pour la postérité.

– Mais je ne suis pas une oie ! ai-je protesté.

– Tu n'es qu'une bête, s'est-il amusé. Rien qu'une bête. »

Le gavage des oies et des canards est une pratique qui remonte à l'Égypte ancienne, reprise sous l'Empire romain, qui consiste à engraisser les animaux en leur faisant absorber de force une alimentation pharaonique et hypercalorique. Dans l'Antiquité, on les bourrait de figues. Aujourd'hui, on les remplit d'une mixture à base de maïs entier ou broyé.

Il y a quelques années, j'avais écrit un roman qui se déroulait dans une usine à foies gras. Sachant qu'une oie pèse généralement sept ou huit kilos, on lui fait avaler contre son gré un, parfois un kilo et demi de nourriture, à raison de trois repas quotidiens pendant la quinzaine ou vingtaine de jours que dure la finition.

La dose journalière de l'oie gavée représente plus d'un dixième de son poids, ce qui, dans mon cas, ferait au moins dix kilos quotidiens. Moi, je n'étais qu'un humain. Je ne voyais pas comment il serait possible de me remplir autant.

Le gavage n'est pas une partie de plaisir ni une promenade de santé. Au début, les oies et les canards se débattent souvent avant qu'on leur enfonce l'embuc. Après, ils s'habituent. À cause du foie qui leur comprime les poumons, leur respiration devient de plus en plus difficile quand ils ne halètent pas. Au bout de quelque temps, ils n'arrivent plus à se déplacer et ont même du mal à se tenir debout, préférant rester avachis, serrés les uns contre les autres, dans leurs fientes, entre les gavages.

Les oies et les canards sont des migrateurs dont le métabolisme est capable d'emmagasiner beaucoup de graisse avant leurs voyages bisannuels : les gavages provoquent ainsi une hypertrophie du foie dont le volume quadruple, au minimum. N'étant pas un oiseau migrateur, il n'était pas sûr que je les supporte facilement.

Laura avait perçu mon malaise. Elle a tenté de me rassurer, sur un ton pédagogue :

« Il faut que tu saches qu'on ne va pas te gaver jusqu'à la fin du programme. Notre objectif est d'agrandir énormément ton estomac dans un premier temps et ensuite, en accélérant le rythme des gavages, d'habituer ton ventre à digérer très vite beaucoup de matière en même temps. »

Pour la première fois depuis longtemps, Patrick s'est adressé à moi plutôt gentiment :

« Tu vas passer un moment difficile, excuse-moi d'avance, mais c'est pour ton bien. Je veux te dompter, tout anéantir chez toi. Ton moi, tes désirs, ton intelligence, ton libre arbitre, pour que tu ailles au-delà de toi-même, que tu t'affranchisses de tes limites.

– Je serai votre homme, monsieur. »

Il y a eu un silence pendant que Patrick et moi attendions le retour de Laura partie chercher le gorgeoir et le seau de pâtée. Je me sentais très bête dans ma cage. Bête, faible et fragile.

« Ce soir, une autre vie commence pour toi, a repris

Patrick. Les gavages dureront quelques minutes à tout casser mais ta vie va tourner autour d'eux, dans les prochains jours. Il faut que tu les réussisses. Pour ça, il faut que tu les acceptes.

– Vous pouvez compter sur moi, monsieur.

– Voilà qui est bien parlé, connard.

– Merci, monsieur. »

Il a caressé ma tête avec affection. J'aurais tant aimé que ce moment dure mais Patrick a arrêté quand il a entendu les pas de Laura qui revenait.

Elle a rigolé en regardant les trois chiennes qui me fixaient :

« Dis-moi, tu leur plais beaucoup, tu sais. »

Sous la gueule de chacune d'elles s'étalait une flaque de salive.

19

Mon ami le gorgeoir

« Ce que l'homme fait à l'homme,
l'animal ne le fait pas. »

Charles Aznavour

« Voilà ton nouvel ami. »

Ainsi Patrick m'a-t-il présenté mon gorgeoir.

« C'est la chose dont tu vas être le plus proche, ton compagnon des bons et des mauvais moments. Embrasse-le. »

Je me suis exécuté. L'appareil se présentait comme un entonnoir surmontant un long tube de moins de deux centimètres de diamètre, destiné à pénétrer dans l'œsophage. En actionnant une manivelle au sommet de l'appareil, une vis sans fin ferait descendre, avec son fil de fer tire-bouchonné, la pâtée dans mon estomac.

La tête sortie par le clapet, alors que je me tenais prêt, le cœur battant, la bouche grande ouverte, à accueillir le tube de gavage, le lion a rugi et j'ai tressailli comme une gazelle dans la savane à l'heure du crime. Toutes les fibres de ma carcasse ont été prises de panique. Patrick s'en est rendu compte et m'a caressé gentiment le crâne, le temps que je me calme.

« Excuse-moi, dit Laura. Je viens de me rendre compte que j'ai oublié de réchauffer ta pâtée. Mais elle a l'air très bonne. C'est Patrick qui l'a préparée.

– Ça ira, ai-je soufflé. Il fait tellement chaud. »

Patrick m'a tiré légèrement l'oreille pour me signifier qu'il avait quelque chose d'important à me dire :

« Quand je commencerai à te bourrer la panse, je voudrais que tu grouines comme un cochon qui se goinfre, pour me dire ton contentement. À la fin de la séance, si tu as mal, tu auras le droit de pousser des gémissements. Mais essaie, autant que tu peux, d'exprimer du plaisir.

– Entendu, monsieur.

– Ton modèle dans la vie, à partir de maintenant, ce doit être le porc charcutier, synonyme de réjouissances, d'agapes familiales. Je veux retrouver chez toi la même bonne humeur, la même fringale permanente, le même sentimentalisme débile. »

Il m'a pincé le nez :

« Essaie de grouiner. »

J'ai obéi. Une moue a contracté ses lèvres.

« Non, il faut émettre des tas de grouinements à la suite, comme si tu essayais d'exprimer quelque chose. »

J'ai essayé encore. Cette fois, il a apprécié.

« Ça y est, a-t-il rigolé, tu es un vrai porc charcutier. On va pouvoir passer aux choses sérieuses. »

Il s'est frotté les mains, a enfilé ses gants roses, puis a

poussé délicatement l'embuc dans ma gorge. Décisif fut l'effet des antivomitifs ingurgités dès mon arrivée : badigeonné d'huile d'olive, le tube s'est frayé aisément son chemin sans spasme ni tressaillement.

L'embuc de gavage des oies et des canards est en plastique dur. Il peut faire des dégâts. Pour ne pas endommager mon œsophage et glisser aisément à travers mes sphincters supérieur et inférieur, le mien était moins large et en plastique souple.

On aurait dit qu'une chose vivante s'était introduite dans ma gorge pour faire corps avec moi et cette sensation n'était pas si désagréable.

« C'est un plaisir de voir comme vous faites la paire, l'embuc et toi », s'est amusé Patrick.

Il n'avait pas tort. Quand l'embuc est arrivé à destination, tout en bas du gosier, il était devenu une partie de moi-même au même titre que la langue, l'estomac, les intestins. Mais en me transperçant de haut en bas, il me donnait, je crois, l'air idiot.

Laura a filmé l'événement en prenant mon visage sous tous les angles, la bouche à demi ouverte, avec une passion qui me ravissait, comme si j'allais accomplir quelque chose d'exceptionnel alors que je me contenterais de rester passif. Pour que je le sois plus encore, Patrick m'avait attaché les mains, les coudes, les cuisses, les genoux aux barreaux de ma cage. Je devais ressembler à un rôti dans sa ficelle.

« Est-ce bien nécessaire ? avait demandé Laura.

– Pas sûr. On verra comment ça se passera. »

Avant de commencer à verser la pâtée dans le gorgeoir, Patrick a dit :

« Ça va être très sportif et il faut que tu penses à bien travailler ta respiration, comme si tu faisais une course d'endurance. Évite les saccades, les précipitations. Pour bien t'oxygéner et limiter ton stress, tu dois respirer par le ventre, la partie basse des poumons, avant d'expirer lentement, beaucoup plus longuement. Allez, Gros-Cul, on y va. »

*

Je dois à la vérité de dire que j'ai éprouvé une sorte de griserie quand, au début, j'ai senti la mouture couler en moi comme un petit Jésus en culotte de velours. En tournant la manivelle, Patrick m'emplissait d'onctuosité, d'enchantement.

Pour ne pas croiser son regard, comme il me l'avait ordonné, je fermais les yeux dans un état d'abandon absolu. J'essayais de me mélanger mentalement à la pâtée qui m'envahissait. Se répandant jusque dans les recoins de mon appareil digestif, elle me remplissait de douceur. J'étais la plage ; elle était la marée.

C'était comme de l'amour. Depuis longtemps, je n'avais pas connu à ce point la sensation enivrante de me dilater, de m'élargir, de m'ennoblir, de vivre au-dessus de moi-même. Je grouinai bruyamment pour dire mon plaisir et ma gratitude à Patrick.

« Tu grognes aussi bien qu'un cochon, m'a-t-il félicité. J'adore ! »

La pâtée s'écoulait en moi quand, soudain, mon ventre a émis un léger craquement. J'ai fermé les yeux et poussé un petit cri de gorge, exprimant la surprise plutôt que la douleur. Une main, probablement celle de Patrick, a commencé à masser ma gorge, pour me rassurer, sans doute aussi pour faciliter le flux de nourriture qui continuait à se déverser.

« Tout se passe bien ? » a demandé Laura.

J'ai vaguement hoché la tête. En même temps qu'une douleur me labourait le ventre, j'éprouvais un délicieux sentiment de satiété qui s'est prolongé un moment. Plus Patrick me farcissait de sa mixture, plus je m'envolais et me détachais de mon enveloppe corporelle, pesante, transpirante.

J'ai senti un deuxième craquement dans le ventre. Il m'a fait sursauter. Les yeux toujours fermés, j'ai secoué la tête plusieurs fois de suite pour transmettre le message à Patrick : j'étais au maximum de mes capacités stomacales, je ne pourrais pas supporter davantage de pâtée. Il a fait semblant de ne pas comprendre.

Soudain, je me suis mis à transpirer à grosses gouttes. Je me sentais dévasté, englouti.

« Y a quelque chose qui ne va pas, Gros-Cul ? » a-t-il demandé en continuant à tourner la manivelle, tandis que Laura versait peu à peu la pâtée dans le gorgeoir.

J'ai poussé un nouveau cri de gorge. Il m'a tiré l'oreille :

« Arrête ce cinéma. On n'a pas fini, Gros-Cul. »

J'ai secoué la tête.

« Je veux que tu te donnes, tu comprends. Tu sais ce

que ça veut dire, se donner ? En ce moment, excuse-moi de te le dire, tu te comportes comme un enfant gâté, égocentrique. Pourquoi tu te bloques ? »

Si la pâtée ne coulait plus dans l'embuc, ce n'était pas ma faute. Même si je savais que c'était inutile, j'essayais de me décontracter pour qu'elle continue de descendre. En vain.

« Ça y est, a interrompu Laura, l'index levé. Je sais ce que c'est. Un bouchon de grumeaux ou de feuilles de salade.

– Passe-moi le manchon. »

Patrick a introduit le manchon dans l'entonnoir et un coup a suffi à rétablir le flux de pâtée. Une inondation m'a emporté et je me suis senti comme un noyé qui coule, tandis que je faisais sous moi.

J'allais bientôt mourir, me disais-je : mon estomac était sur le point d'éclater, les limites semblaient franchies. Mais j'avais tort. Elles étaient sans cesse repoussées. Je découvrais la vraie nature de mon corps, flexible, extensible, étirable, toujours à la merci de Patrick qui en faisait ce qu'il voulait.

Après avoir poussé plusieurs cris gutturaux, j'ai failli tourner de l'œil.

« Reste avec nous », a-t-il dit.

À ce moment-là, j'ai compris que Patrick était en train de détruire tout ce qui, en moi, pouvait ressembler à du respect de soi. Sous son emprise, je ne m'appartenais plus : j'étais dans un état étrange, un mélange d'affolement, de contentement, de transpiration, de panique, de désordre des sens, d'envie de dormir.

*

Après avoir émis le halètement plaintif de la chienne que le mâle besogne contre son gré, il m'a semblé que Patrick était arrivé à la fin du seau : je ne sentais plus rien couler dans le gorgeoir.

« Fais le cochon », m'a-t-il ordonné.

J'ai grouiné un peu, puis je me suis évanoui. Laura m'a réveillé en me donnant des petites claques.

« Tu es trop crispé, m'a-t-elle dit en posant une main sur mon front. Détends-toi, je t'en prie. Un gavage, c'est comme un marathon. Quand on te remplit, tu ne dois penser qu'à une chose, mon cœur : ta respiration. C'est parce qu'elle était désordonnée que le stress t'a fait tomber dans les pommes.

– Écoute-la bien, Gros-Cul, ça te servira pour la prochaine fois.

– Tout se passera bien si tu respires comme il faut. D'abord, tu respires un bon coup en gonflant ton ventre et ensuite, comme les coureurs de fond, tu expires en prenant ton temps et en rentrant ton ventre autant que tu le peux. »

Rentrer mon ventre ? L'embuc empalant ma gorge, il m'était impossible de baisser la tête pour regarder mon bedon mais je savais qu'il commençait à ressembler à celui d'une truie au début de l'engraissage. J'étais en train de quitter le monde des animaux humains.

20

Le couteau dans la plaie

> « L'homme est si peu le roi de la nature
> qu'il est le seul de tous les animaux
> qui ne puisse rien faire sans payer. »
>
> Alphonse Allais

Après avoir retiré l'embuc, Patrick m'a tapoté tendrement le front. Observant qu'il était trempé, il a murmuré :

« Je t'ai donné des émotions, hein ? Qu'est-ce que tu transpires, c'est fou ! Tu ressembles à un jambon qui sue. J'espère quand même que tu te sens mieux maintenant ? »

J'ai hoché la tête. Il m'a caressé la nuque, puis les épaules, comme pour me dire son affection, et les larmes me sont montées aux yeux, des larmes de félicité, de gratitude.

« Bonne bête, va. »

Une grande bouffée de bonheur a gonflé ma poitrine et j'ai grouiné comme il aimait.

« Ce n'était pas si mal, pour une première fois, a-t-il repris. J'ai joué le rôle du méchant, il fallait que j'obtienne le maximum de toi, tu comprends.

– Mais j'ai un reproche, m'a dit Laura. Tu as été beaucoup trop sensible, trop agité.

– Comme les cochons, a ironisé Patrick.

– Sois zen. Un gavage, ce n'est quand même pas la fin du monde. »

Sur la vidéo que j'ai visionnée plus tard, j'apparais, pendant ce premier gavage, totalement perdu, tétanisé, déchiré entre mes deux allégeances : d'un côté, mon corps révolté de toutes ses fibres contre le déferlement de la pâtée qui déborde en lui ; de l'autre, ma volonté de satisfaire les désirs de mes maîtres au-delà du raisonnable. Sur mon visage, une épouvante raidit tous mes traits, comme si j'avais vu le démon. Mes yeux exorbités font penser à ceux du bœuf, au dernier stade de la terreur, quand il arrive dans le box d'abattage qui sent la mort, le sang.

Après le gavage, j'ai gardé la bouche ouverte comme si je venais de réaliser un effort surhumain et ma langue pendait bêtement, comme celle d'un veau égorgé.

Laura s'est penchée sur moi et a murmuré :

« Rentre-moi cette langue, ça te donne l'air stupide. »

Comme je tardais à obtempérer, elle l'a enfoncée dans ma bouche, comme si c'était quelque chose à manger.

« Je crois que tu n'as pas compris l'esprit du gavage, a-t-elle critiqué. C'est une performance à dépasser sans cesse, un record que nous devrons battre chaque fois. Ensemble.

– Pour te pousser au maximum, a ajouté Patrick, on a besoin de connaître ton extrême limite. Dans cette affaire, tu dois donc être notre complice, Gros-Cul. On n'est pas tes ennemis !

– Entre nous, il faut un rapport de confiance, mon cœur. Le gavage, il doit se faire non pas l'un contre l'autre, mais à deux, avec un objectif commun : obtenir le plus possible de ton corps. »

Même si je les trouve tous les deux très injustes, j'ai marmonné d'une voix à peine reconnaissable, que l'arrachage de l'embuc avait rendue rauque :

« Pardonnez-moi.

– Si tu ne progresses pas, a dit Patrick, je te donnerai vivant aux chiens ou aux fauves, Gros-Cul.

– Je ne suis pas d'accord ! » s'est écriée Laura.

Elle a pris ma tête entre ses bras et l'a serrée très fort, comme pour me protéger des crocs des bêtes. Du cinéma. Mais ça m'a fait du bien.

« Tu peux compter sur moi, mon beau, a minaudé Laura. Je l'en empêcherai. »

Patrick a posé sa main sur l'épaule de Laura et m'a fixé, ce qui m'a obligé à baisser les yeux :

« C'était un test. Depuis le jour de notre première rencontre, je sais que tu es sensible au charme de notre ami.

– De grâce, Patrick, ne recommence pas », a protesté Laura.

Il s'est encore adressé à moi :

« Ne t'inquiète pas, Gros-Cul. Tu as le droit d'être amoureux de ma femme, je ne te le conteste pas, et puis c'est la preuve que tu as bon goût… »

Patrick a saisi la tête de Laura entre ses deux mains, l'a

approchée de sa bouche, a semblé boire dedans, puis l'a embrassée fougueusement. Elle s'est laissé faire, les yeux fermés.

« Je ne veux pas remuer le couteau dans la plaie, Gros-Cul, a-t-il repris à mon intention, mais il faut que tu saches qu'au lit, elle est ce qu'on peut faire de mieux sur cette terre.

– Je t'en supplie, Patrick !

– J'ai pris des vidéos d'elle pendant ses orgasmes, il faudrait que tu voies ça.

– Tu n'as pas le droit, Patrick ! »

Quelque chose sonnait faux dans leur querelle. Ils avaient du mal à garder leur sérieux et ont échangé deux ou trois sourires complices.

« Je te ferai une petite séance vidéo un de ces jours, m'a promis Patrick. Quand elle aime, tu verras, ce n'est jamais à moitié. Mais je ne suis pas sûr que tu aies adopté la bonne stratégie pour lui plaire. Regarde-toi un peu, Gros-Cul, on dirait un cochon qui sort de sa soue. »

J'ai jeté un œil derrière moi. Mes jambons étaient maculés d'excréments.

« Voilà bien la preuve que tu n'as plus aucune dignité. Mais bon, il te sera beaucoup pardonné parce que tu grouines bien. C'est déjà ça. »

J'ai grouiné longtemps, avec emphase. Je n'ai pas osé le regarder mais je l'ai entendu rire en sortant.

*

Une fois Patrick sorti de la porcherie, j'ai éclaté en sanglots. Il aurait été content de me voir ainsi : je présentais tous les signes d'émotivité d'un porc charcutier après un gros stress.

Laura a posé la caméra par terre, a dénoué les cordes qui m'entravaient, s'est approchée de moi et a caressé mon crâne rasé :

« Ne te prends pas la tête, mon cœur. Patrick n'est pas un sadique. Il y a une explication à son comportement. La mauvaise conscience. Pendant qu'on regardait le film, il m'a dit qu'il regrettait de t'avoir bistourné. »

Je me suis senti comme un veau qu'on lâche dans le pré.

« Pourquoi ne pas tout arrêter, alors ? » ai-je demandé d'une voix qui ne cachait pas ma joie.

Il y a eu un silence et son regard m'a refroidi :

« Parce que c'est impossible après ce qu'on a fait, chéri : on est déjà allés trop loin.

– Laura, on efface tout, vous me libérez et je vous laisse l'argent. Ce sera tout bénéfice pour vous.

– Patrick et moi, on en a parlé ensemble : il n'est pas question qu'on abandonne alors qu'on vient à peine de commencer !

– Je peux rallonger la mise. Je suis prêt à tout, Laura.

– Une fois sorti d'ici, tu te retournerais contre nous.

– Je vous donnerai tout ce que j'ai.

– N'insiste pas, on ne peut plus reculer. On arrête la discussion, d'accord ? »

Elle a caressé mes joues et mes lèvres mouillées :

« La bonne nouvelle, c'est que tu as de bonnes dispositions. Patrick t'a pris par surprise en t'envoyant d'un coup les trois kilos de base du gavage et, ensuite, il a forcé. Tu as assuré. »

Elle a laissé sa main sur mon crâne, comme si elle voulait me faire passer de bonnes ondes. Je pleurais toujours : je devais avoir l'air ridicule. Elle a essuyé mes larmes avec un chiffon.

« Ce sont des larmes de chagrin ? »

J'ai secoué la tête :

« Oui, mais aussi des larmes d'amour, de joie, de stress, de gratitude. »

Elle s'est accroupie près de moi, a glissé sa main entre les barreaux et l'a posée sur mon vit, qui est resté de marbre.

« Même si Patrick m'a demandé de garder le secret, a-t-elle chuchoté, je préfère te prévenir : tu ne vas pas fermer l'œil de la nuit, tellement il y avait de sel dans la pâtée dont il vient de te remplir. Dans un moment, tu vas être pris d'une soif démente sans pouvoir te désaltérer. Je vais te faire lambiner jusqu'à te rendre hystérique.

– Vous voulez que je devienne fou ?

– C'est un peu l'idée. Ne t'en fais pas, je finirai par t'apporter un seau de bière et d'eau au petit matin et, alors, tu vas boire comme tu n'as jamais bu de ta vie. Ce qui ne m'empêchera pas de te gaver après. Avec ce régime, ton estomac va très vite quintupler de volume. »

Elle a ri comme si elle venait de raconter une bonne blague.

« Pendant les premiers jours du programme, a-t-elle continué, tout sera fait pour que l'engraissage puisse se dérouler dans les meilleures conditions. En élargissant ta capacité stomacale et intestinale au-delà de tout ce qu'on peut imaginer. En t'inoculant, grâce à des stimulants d'appétit, une faim vertigineuse, de l'autre monde. En assurant avec des surdoses de sel, beaucoup de vinaigre et des piments dans la mouture une excitation de ton appareil digestif, un conditionnement psychologique qui te feront vite perdre la tête : tu auras toujours peur de manquer, tu ne seras bientôt plus qu'un estomac inquiet, affamé. Même rempli jusqu'à ras bord de pâtée, mon cœur, tu en redemanderas toujours ! C'est une grande aventure qui commence, mon lapin. »

21

Il n'est bonne chère qui n'ait souffert

> « Si les abattoirs avaient des murs de verre, tout le monde serait végétarien. »
>
> Paul McCartney

Laura s'est levée, s'est approchée du clapet, a empoigné ma tête et m'a enfoncé le tuyau de gavage dans la gueule. J'ai paniqué et elle a murmuré à mon oreille, d'une voix maternelle :

« Rassure-toi, je ne vais pas te gaver encore, chéri. Je veux simplement que tu considères l'embuc comme une partie de toi, l'instrument de ta raison d'être, de ton bonheur sur terre. Comme les oies, les canards. N'as-tu pas observé comme ils ont l'air contents quand l'embuc entre dans leur gosier ? »

Ce n'était pas vrai, j'avais pu le constater quand j'avais fait mon enquête avant d'écrire mon roman.

« Est-ce que tu aimes ça ? » a-t-elle dit.

J'ai fermé les yeux pour signifier que oui. Grâce aux

antivomitifs, je jouissais de sentir au creux de moi le tuyau qui montait et descendait. On aurait dit que Laura me ramonait l'œsophage ou essayait de le déboucher. J'aimais bien l'idée de n'être plus qu'un trou. Quand elle a accéléré le rythme, j'ai tangué en tentant d'étouffer les cris de plaisir ou de désarroi qui montaient du fond de moi.

Elle m'a donné une tape affectueuse sur la tête :

« Tu as l'air beaucoup moins dévasté que tout à l'heure. Finalement, tu t'es vite remis du gavage, hein ?

– Il était beaucoup moins éprouvant que je n'aurais cru. Au début, c'était presque délicieux, même si, à la fin, c'est devenu sportif, violent, effrayant.

– Tu veux dire que tu as aimé ça ?

– Dans la première phase, oui, c'est sûr, j'éprouvais un sentiment de plénitude, d'harmonie. Après, non.

– Les gavages, a-t-elle dit, ce seront d'abord des batailles que tu perdras chaque fois contre toi-même. Ensuite, à force d'être vaincu, ton corps se fera une raison et n'offrira plus aucune résistance. Tu seras alors totalement soumis à ma volonté et nous atteindrons ensemble notre objectif : te transformer en bonne chère. Tu verras, mon cœur, tout se passera bien.

– J'en suis sûr.

– Mais on n'a rien sans rien, tu sais bien. Dans la viande comme dans la vie, la réussite est très souvent le résultat d'une souffrance plus ou moins grande. »

Elle avait raison. La même chose était vraie dans tous les domaines de la gastronomie. La vigne ne donne ses meilleurs vins que quand elle souffre à mort, menacée par le gel, à la limite septentrionale de ses possibilités. Même chose pour l'olivier. La bonne viande ne s'accouche pareillement que dans la douleur. Faire le foie gras est un supplice pour les oies et les canards qui, après le gavage, tremblent comme des feuilles. Le veau pleure dans son mini-box : il n'aime pas l'espèce de mixture grumeleuse que l'on voudrait lui faire prendre pour du lait. Même si ce n'est pas la règle, m'ont dit naguère des bouchers, le plaisir que l'on peut ressentir en dégustant une viande est souvent proportionnel à la souffrance qu'a éprouvée la bête pendant l'élevage.

Laura est allée chercher un tuyau d'arrosage pour me nettoyer le popotin. À genoux sur le caillebotis pour lui exposer mon derrière, j'adorais les caresses du jet dessus. Je grouinais en frémissant de plaisir. Quand elle a coupé l'eau, je l'ai interrogée :

« En dehors du sel, qu'y avait-il dans la pâtée ?

– On en parlera plus tard. Il faut que j'y aille.

– Je me sens très fatigué. Quelle heure est-il ?

– Je n'ai pas de montre. »

C'était faux. J'avais vu sa montre pendant qu'elle me filmait et, après plusieurs tentatives, j'avais même fini par lire le nom de la marque. Une Tissot.

Elle m'a demandé de rentrer ma tête à l'intérieur de la cage et a fermé le clapet d'un coup sec, comme si elle était pressée de partir, alors qu'à cet instant, après ce premier gavage, il aurait fallu encore me parler, me rassurer, m'encourager, me consoler. J'aurais tant aimé qu'elle reste pour me prodiguer des câlins et répondre à toutes les questions que je me posais.

« Bonne nuit, a-t-elle murmuré. Enfin, aussi bonne et douce que possible... »

J'ai cru déceler une certaine ironie dans sa voix. Elle a fermé les lumières de la porcherie, et je me suis couché sur le flanc, la position préférée des cochons, pour m'endormir aussitôt : ce gavage m'avait éreinté, mon appareil digestif avait beaucoup de travail devant lui. Grossir fatigue.

22
Bouillon de cervelle

« Le chemin qui mène à l'amour
des animaux passe forcément par l'amour
des humains. »

Brigitte Bardot

Il m'a semblé que je venais à peine de m'endormir quand j'ai été réveillé par des grattements sur la porte de la porcherie, accompagnés de couinements et de pleurnichages. À intervalles réguliers, elle était aussi ébranlée par des grands coups sourds, comme si quelqu'un essayait de la forcer.

C'étaient les trois chiennes qui voulaient entrer dans le bâtiment, sans doute pour me boulotter. Elles ne me lâcheraient donc jamais. Je ne doutais pas de finir dans leur ventre si, par malheur, elles parvenaient à accéder à la cage dans laquelle je tremblotais comme la bête de boucherie dans son couloir d'abattoir.

Au cas où les dobermans réussiraient à entrer dans la

porcherie, je redoutais que la distance entre certains barreaux soit assez large pour leur permettre d'entrer la gueule dans la cage et de m'arracher des morceaux. J'ai poussé des cris mais, heureusement pour moi, ils ne sortaient pas de ma bouche. Sinon, je les aurais encore plus excitées.

J'ai fondu en pleurs. Plus je faisais travailler les rares neurones que les somnifères et les antidépresseurs avaient laissés en état de marche, plus il m'apparaissait que je ne pourrais pas m'enfuir. Apparemment, j'étais condamné à rester cadenassé jusqu'à la mort dans ma cage, gardé par trois dobermans qui n'avaient apparemment qu'un but dans la vie : me manger vivant.

Comment convaincre les Glostrob de me relâcher ? Que pourrais-je leur offrir en échange, qu'ils ne pourraient refuser ? Devant l'absence de solution, mon cœur battait de plus en plus fort. Il a failli me lâcher quand le lion a poussé un rugissement assourdissant. Dans mon état, rien ne pouvait m'épouvanter plus que ce cri effrayant qui peut retentir jusqu'à huit kilomètres à la ronde : il fait cent quatorze décibels, soit vingt-cinq fois plus de bruit qu'une tondeuse à gazon. Dans le monde animal, il n'y a que la baleine qui fasse mieux, avec près de cent quatre-vingt-dix décibels.

Je n'étais plus qu'un grand tremblement dans la nuit. Autant dire que je n'ai pas fermé l'œil. La chaleur et la soif n'ont jamais fait bon ménage. Je ressentais les symptômes de ce que Laura m'avait annoncé. La carcasse couverte de suées, je respirais bruyamment comme un bronchiteux qui court, en souffrant de nausées et de brusques bouffées de chaleur que j'attribuais aussi au châtrage et à la piqûre d'hormones féminines.

En inspectant mon entrejambe qui me faisait souffrir, j'ai constaté que mes parties avaient au moins doublé de volume. Était-ce la gangrène ? Faudrait-il procéder à une ablation du scrotum ? Quelle chose affreuse étais-je en train de devenir ? Je me détestais et ma seule source d'estime de soi était mon ventre, énorme, majestueux, tendu comme un arc. Un chef-d'œuvre en puissance. Tandis que je le caressais pour me remonter le moral, d'autres questions se sont bousculées dans ma tête.

Si je ne pouvais m'échapper, qui ou quoi pourrait me sauver ? Ma sœur Isabelle dont j'attendais la visite ne pourrait-elle pas me sortir de là si elle passait plus tôt ? Les Glostrob refuseraient-ils jusqu'au bout de me donner la moindre information sur mon programme d'engraissage ? S'ils avaient décidé de me castrer ou de me gaver sans me demander mon avis, n'étaient-ils pas capables de n'importe quelle abomination ?

Ils me traitaient comme un jeune homme, alors que j'étais un vieillard arthritique qui allait sur ses soixante-treize ans. Soudain, je me suis souvenu qu'Alexandra n'oubliait jamais mon anniversaire, qui tombait le 3 août. Depuis que j'avais passé la soixantaine, je refusais qu'on me le fête ou même qu'on me le souhaite par téléphone. C'était comme si la mort montait crescendo chaque année, je sentais son souffle sur ma nuque tandis qu'on me complimentait sur ma forme physique – les seniors me comprendront. Je ne souffrais d'exception que de la part de ma petite-fille.

Alexandra vivait avec sa petite amie, vétérinaire comme elle, dans une dépendance de ma propriété et, chaque anniversaire, elles passaient toutes les deux me voir avec des cadeaux, comme à l'improviste, à l'heure du petit déjeuner. Je faisais toujours semblant d'être surpris. Pourquoi dérogerait-elle, cette année, à notre rite annuel ?

Le 3 août, après les deux premières semaines du programme, serais-je encore moi-même ? Alexandra me reconnaîtrait-elle si elle s'avisait de venir à La Motte-du-Caire ? Ma cervelle bouillait, mon angoisse tournait en boucle, j'avais le visage couvert de sueur et de larmes, au paroxysme de la paranoïa et de la confusion mentale. Tel est l'effet de l'excès de sel. Je ruminais et me faisais du mauvais sang en chassant les mouches, les moustiques, terrorisé par les bruits des chiennes, quand Laura est entrée et a allumé les néons.

23

La guerre du sel

> « Le premier des droits de l'homme est celui de pouvoir manger à sa faim. »
>
> Franklin Roosevelt

« C'est un mélange d'eau et de bière », a dit Laura en passant une bassine en plastique sous les barreaux de ma cage, à côté de mon auge. J'en aspirai le contenu à quatre pattes, quasiment d'une traite, en faisant sous moi.

« Excuse-moi, ai-je dit. Je me dégrade. En plus du reste, mes bourses ont beaucoup grossi pendant la nuit. Regarde, c'est affreux… »

Sous le cordon noué au-dessus, mon scrotum était en effet violet, d'un violet foncé, la couleur de la mort.

« Rien d'anormal, a-t-elle soufflé. C'est dû à un afflux de sang. Ne t'en fais pas, ça se résorbera tout seul.

– Ne faut-il pas retirer tout de suite le cordon ? C'est ce qui favorise la congestion, non ? »

Elle a porté sur moi un regard sévère, supérieur.

« Écoute, mon chéri. Ça ne te regarde pas. Tu dois apprendre à rester à ta place. Tu attends que Patrick retire le cordon, ce qu'il ne va pas tarder à faire. D'accord ?

– Ne m'en veux pas, je ne sais plus ce qui m'arrive... Je panique...

– Bois, m'a-t-elle intimé. C'est bon pour ce que tu as et, après le gavage de Patrick, ça va élargir davantage encore ton estomac. »

Elle a rempli de nouveau la bassine, que j'ai bue jusqu'à la moitié.

« Ne me fais pas croire que tu es désaltéré, a-t-elle dit d'une voix suave. Allez, vas-y, bois encore... »

J'ai bu le reste de la nouvelle bassine.

« C'est bien, m'a-t-elle félicité. Tu as bu plus de trois litres, tu te rends compte ? »

Elle m'a caressé la nuque.

« Je me sens mal, ai-je soupiré.

– C'est normal. C'est le sel.

– J'ai très peur, Laura. Je ne sais pas si je pourrais tenir à ce rythme jusqu'au bout.

– On est dans la phase la plus difficile, mon lapin. Mais ça ira mieux après, tu verras.

– Laura, ai-je dit sur un ton pathétique, je ne crois pas que je sois l'homme de la situation.

– Ça n'est pas grave, a-t-elle ironisé, puisque tu n'es plus un homme.

– J'ai tourné la chose dans tous les sens, il vaudrait mieux que vous me rendiez ma liberté. »

J'ai tendu la tête vers elle, au-dessus de moi. L'air scandalisé, elle a sifflé entre ses dents :

« Qu'est-ce que tu es en train de me dire ? Que tu n'es même pas capable de te comporter comme des milliards de bêtes sur cette terre qui acceptent leur sort sans moufter ? Je ne te crois pas ! »

Elle m'a donné en exemple les animaux de boucherie qui, dans les élevages, y mettent tous du leur, avec frénésie, parfois même avec furie. Sinon, ils n'atteindraient pas ces performances incroyables, toujours en progression, pour le bonheur de l'industrie de la viande : trois mois au maximum pour faire un poulet de deux kilos trois en moyenne, entre cinq et six mois pour faire un porc de quatre-vingt-dix à cent dix kilos, deux ans pour faire un bœuf de moins de six cents kilos.

« Au lieu de gémir, a-t-elle conclu, prends exemple sur eux. »

*

Laura s'est accroupie près de moi et a caressé ma cuisse, tendre comme un gigot de huit heures.

« Je sais que nous vivons dans la civilisation de la jérémiade mais tu n'as pas le droit de te plaindre. Tu as de la chance. Tout va devenir plus aisé, maintenant. Regarde comme ton estomac s'est dilaté, je sens qu'il va nous étonner…

– C'est vrai. »

Au lieu de m'alarmer de ce ventre qui commençait à

devenir monstrueux, je m'en réjouissais comme si je venais de réaliser l'une des plus grandes performances sportives de ma vie. Alors que j'entrais dans un processus de dégradation générale, il devenait ma grande, ma seule fierté.

Feignant d'être subjuguée, Laura a passé sa main à travers les barreaux de ma cage et l'a caressé en poussant des soupirs d'admiration :

« Quelle métamorphose ! Tu m'épates ! »

Il y avait quelque chose de faux dans sa voix. Agenouillée près de la cage, elle pelotait mon ventre avec amour mais était-ce bien de l'amour ? Ne voulait-elle pas simplement vérifier les effets de mon premier gavage ? J'étais prêt à passer beaucoup d'autres nuits comme celle-là pour avoir droit à ses effleurements exquis qui ont culminé quand sa main a glissé sur mon vit, lequel, apparemment, a apprécié.

« Mon Dieu… que c'est bon, ai-je marmonné.

– Dis-toi que je ferai ça chaque fois que je serai contente de toi. Quelle est ta pâtisserie préférée ?

– Le baba au rhum.

– Je t'en apporterai quand tu auras été coopératif et puis tu auras droit aussi à des pâtisseries de toutes sortes. Je vais te gâter, tu verras. »

Elle a plongé sa main dans sa poche pour y prendre quelque chose.

« Ferme les yeux et ouvre la bouche », a-t-elle dit.

J'ai obéi et elle a fourré dans ma bouche un rocher praliné Suchard au lait que j'ai englouti très vite, comme si j'avais très faim.

« Est-ce que je peux te faire une suggestion, Laura ?

– Ne te gêne pas. C'est ton jour.

– J'adore l'ail, ai-je dit. Une journée sans ail est une journée perdue.

– Tu en auras autant que tu veux. En plus, ça donnera un bon goût à la viande. Si tu as d'autres désirs, dis-les, je suis là pour les satisfaire.

– J'adore les truffes.

– C'est très cher mais tu en auras peut-être si tu es très gentil. Quels sont tes plats préférés ? »

J'ai répondu lentement, pour n'en oublier aucun :

« L'houmous, les pommes de terre au four, les pâtes au pesto, la salade de tomates, les coquillettes au gruyère râpé et, surtout, la tarte aux pommes.

– Je préparerai tout ça, mon cœur. Tu vas te régaler. Quand on en aura fini avec la phase des gavages, notre idée, c'est aussi que tu aies de bons moments. J'essaierai de varier tes repas.

– Merci, mon amour. Et que pourrais-je faire pour te rendre tout le bien que tu vas me faire ?

– Manger et ne plus penser qu'à manger jour et nuit, comme une bête d'élevage. »

24

Le « réflexe auge »

« Avec tout ce qu'on nous dit
sur la viande, pour continuer à en manger
aujourd'hui, il faut vraiment
être boucher ! »

Laurent Ruquier

J'étais comme les trous noirs qui dévorent l'univers. Quand Laura a rempli mon abreuvoir d'eau, au-dessus de l'auge, j'ai recommencé à boire à la pipette, avec cette espèce de rage propre aux cochons ou aux humains : on aurait dit que je n'avais pas bu depuis le jour de ma naissance.

« Ce sel m'a rendu dingue, ai-je dit. Je ne me maîtrise plus.

– Ça tombe bien. C'est à moi de te maîtriser, désormais.

– Je suis prêt à boire les mers et les fleuves.

– Ne te gêne pas, chéri. »

Elle m'a fourré un deuxième rocher praliné Suchard dans la bouche. Je l'ai savouré en fermant les yeux.

« Maintenant, a-t-elle dit, je vais te laisser tranquille. Je reviendrai dans un moment pour un nouveau super-gavage que je vais te préparer. En attendant, tu pourras te régaler avec ce que je vais te donner. »

Elle a regardé le contenu du seau qu'elle avait apporté :

« Il y a du pain perdu, des tomates de plein champ, deux pains au chocolat, des épluchures de carottes, des pommes de terre bouillies, un éclair au café, des pelures d'oranges, des tourteaux pour bétail, des granulés pour porcelets, de la levure de brasserie, le tout arrosé d'un coulis de fraise. Tu vas adorer ! »

Elle a versé tous ces aliments dans mon auge. J'ai bien aimé le bruit d'éboulement qu'ils ont fait. Ça ne m'a pas donné faim pour autant.

« Là, je suis plein, ai-je dit. Mais après un petit roupillon, je me ferai une joie de faire un sort à tout ça.

– Je crois que tu n'as pas compris. Tu vas commencer tout de suite.

– Tout de suite ? Mais je n'ai pas faim, Laura !

– C'est ce qu'on va voir. Tu n'es pas obligé de finir maintenant, mais je veux que ton auge soit vide, bien léchée, quand je reviendrai dans quelque temps. Sinon, je serai obligée de te punir. Chaque fois qu'il restera quelque chose dedans, tu perdras vingt points et, au bout de cent points, je te couperai quelque chose. Un doigt, le nez, une oreille, que sais-je.

– C'est très violent.

– On a une mission à accomplir et je suis garante de sa réussite. J'utiliserai tous les moyens, la carotte comme le bâton, pour te transformer en machine à engraisser, obsédé de mangeaille, affolé de l'estomac, puits sans fond, jamais rassasié. C'est mon devoir, mon chéri.

– Je te promets, je ferai tout ce que je peux, Laura.

– Tu le feras, parce que tu n'auras pas le choix : je veux que tu aies le « réflexe auge », comprends-tu ? Dès que tu te réveilles ou que tu as un moment, allez hop, tu te précipites dessus et tu la finis. Ça doit être ton obsession permanente et ce te sera d'autant plus facile qu'en plus des tourteaux de colza ou de tournesol, je mettrai dedans des tas de choses délicieuses. »

Elle a tenté de me mettre l'eau à la bouche en citant les produits qui « égayeraient », selon son expression, mes futures collations. En plus de mes plats préférés qu'elle connaissait maintenant, j'aurais droit à des parts de flan, des risottos au parmesan, des tartes aux fraises, de la crème de marron, du beurre de cacahuètes *crunchy*, de la mayonnaise en portion de cinq cents grammes, soit deux mille quatre cents calories.

Elle m'a annoncé qu'elle parsèmerait souvent ma boustifaille de nougats, de bonbons acidulés, de chocolats, de chips, d'amandes grillées, de gousses d'ail cuites, de coulis de fraise, de noix de cajou, de crème anglaise, de cacahuètes. Ma pitance devait être *fun*, excitante, pour que j'acquière le « réflexe auge » et que soit sans cesse attisée ma curiosité pour les nouveautés, les surprises.

« Je veux que tu t'amuses, tu vois ? L'engraissage doit être ludique. »

Pour la finition, m'a-t-elle signalé, quand le programme serait bien avancé et que je serais continuellement tenaillé par la faim, mon régime privilégierait alors la qualité et se limiterait surtout aux fruits, légumes, pois, fèves, orge, maïs, tourteaux, levure de brasserie, généralement bio. Sans parler des plats qu'elle me cuisinerait à la demande.

« Allez, a-t-elle dit, qu'est-ce que tu attends ? Régale-toi ! »

J'ai commencé à me repaître dans l'auge, de la mangeaille plein le groin, le visage, jusqu'aux yeux, en soufflant comme un porc charcutier.

« Tu apprécies, au moins ?

– C'est comme si je mangeais du bonheur.

– Oh, le poète ! s'est-elle moquée. C'est tout ce que tu auras à faire, en dehors des gavages : manger, boire et puis aussi te masser. Bientôt, je t'apporterai des bouteilles de bière et de cognac. Quand tu auras fini ton auge, tu te masseras les chairs, surtout les jambons et les épaules. C'est très important. Ça donnera un bon goût à ta viande… »

Elle s'est levée et, après avoir éteint la lumière, est sortie de la porcherie, me laissant soudain penaud et malheureux comme un cochon au milieu de ses déjections.

J'ai attendu qu'elle ferme la porte pour émettre deux énormes rot et pet simultanés. Elle a tout entendu, car elle a eu un petit rire adorable.

25

Fausses alertes

« Le Christ est avec les bêtes avant d'être avec nous. »

Fiodor Dostoïevski

Je n'avais plus de doutes : Alexandra viendrait forcément me rendre visite pour me souhaiter un bon anniversaire avec un de ces cadeaux dont elle avait le secret, un livre rare sur les animaux, une gravure ancienne de bête de ferme, une sculpture africaine d'antilope, d'hippopotame, etc.

« C'est de la folie, m'exclamerais-je. Comment as-tu pu acheter ça, ma chérie ? C'est beaucoup trop cher !

– J'économise toute l'année, papet. »

Mon bureau était ainsi devenu, au fil des ans, un mélange de zoo et de musée. J'aimais en faire le tour et m'arrêter devant chaque objet, notamment devant le rhinocéros en ébène, le moins cher de la collection, offert pour mes soixante-sept ans, que j'aimais caresser en travaillant.

Mon anniversaire était un tel rite pour Alexandra que je ne la voyais pas s'y soustraire au moment où, après mon troisième divorce, je donnais des signes de faiblesse morale, physique, générale.

« Tiens-toi droit, papet ! »

C'était son leitmotiv. Aussitôt, je me redressais, comme pris en faute. Alexandra avait raison. Sans elle à mes côtés, je crois que j'aurais sombré quand ma troisième épouse m'avait quitté pour son professeur de tennis. Veillant sur moi, ma petite-fille avait trouvé les mots qu'il fallait pour me remonter :

« Te rends-tu compte que si elle n'était pas partie, tu aurais passé le reste de ta vie avec cette pouffiasse ? »

En évoquant mon séjour à La Motte-du-Caire avec les Glostrob, j'avais oublié que mon anniversaire tombait pendant cette période, le 3 août. Une chance de cocu, c'était le cas de le dire. Mais après deux semaines d'engraissage, serais-je encore présentable ? Sans doute pas mais je devais veiller à ce que mon corps reste en état de marche. C'est pourquoi j'ai décidé de faire régulièrement des pompes et du gainage.

J'espérais qu'Alexandra viendrait avec sa petite amie, Tiphaine, qui avait deux longues nattes blondes, des grands yeux perpétuellement étonnés et le sourire d'une enfant de dix ans. J'avais joué plusieurs fois le juge de paix mais il me semblait que leur relation était en train de tourner au vinaigre.

Tiphaine avait compris qu'on ne réussit bien sa vie qu'à condition de ne jamais tuer l'enfant qui est en nous.

C'était sa force. C'était aussi sa faiblesse, notamment dans son rapport avec les autres. Elle était trop entière, incapable de faire des compromis, comme toutes les personnes que l'on dit immatures.

Alexandra ne supportait pas que Tiphaine fasse passer sa « ménagerie » d'animaux blessés avant toute chose, y compris avant elle. Depuis des années, Tiphaine récupérait les bêtes éclopées. Il y avait dans leur maison et le jardin attenant trois pigeons aux ailes cassées, un lapin cul-de-jatte, un chien manchot, une chèvre à deux pattes et deux chats à trois. Sans parler du mouton aveugle, quasi grabataire, ni du cochon sous antidépresseurs qui, malgré tout, avait de temps en temps des crises d'angoisse. Pour ne rien arranger, elle autorisait certains de ses animaux à dormir dans leur lit.

Je m'étais dit qu'elles ne vieilliraient pas ensemble quand Alexandra m'avait confié, accablée, quelques jours avant que je parte à La Motte-du-Caire : « Crois-tu qu'il soit agréable d'être réveillée par un cochon ou un chien qui dort dans ton lit et vient te lécher la figure tous les matins pour que tu descendes lui ouvrir la porte de la maison parce qu'il a envie de faire ses besoins ?

– Tu as de la chance de vivre avec Tiphaine.

– Essaie-la, si tu veux, papet. Moi, je n'en peux plus. »

Ce n'était peut-être pas une boutade mais sa proposition arrivait trop tard pour moi. Il y a deux catégories de vieux : ceux qui croient qu'ils ont toujours vingt ans ; ceux qui ont compris que leur avenir est derrière eux. Depuis mon dernier divorce, j'étais entré dans la deuxième catégorie.

Que se passerait-il si Alexandra débarquait au Refuge des Martyrs de l'Humanité avec son cadeau d'anniversaire ? Il était possible que tout se déroule au mieux. Elle partageait beaucoup de choses avec les Glostrob. Ils appartenaient à la même génération. Elle était sérieuse, végane et bien-pensante. Ils étaient faits pour s'entendre.

J'étais de plus en plus certain qu'elle viendrait me retrouver. Souvent, j'entendais le son de ses pas sur le gravier, devant la porcherie, ou son petit rire cristallin que la brise poussait sous la porte quand il ne se faufilait pas jusqu'à moi par les ventilateurs. C'étaient toujours des fausses alertes. Mais je savais que je pouvais compter sur elle. Cela rendait beaucoup plus supportable ma vie en cage.

26

La reine des mouches

« La pitié reste toujours le même sentiment, qu'on l'éprouve pour un homme ou pour une mouche. »

Léon Tolstoï

Dans mon box j'étais devenu la proie d'une armée de mouches. À croire qu'elles s'étaient toutes donné rendez-vous sur moi. D'abord, sur mon visage, mes yeux chassieux. Ensuite, sur mon fessier barbouillé qui, apparemment, leur donnait faim. Pour ce que je pouvais en voir, il ressemblait tellement à l'arrière-train bouseux des bovins qu'elles ne pouvaient, bien sûr, résister à l'envie de le visiter, de s'en repaître, en attendant, peut-être, d'y pondre pour fonder une famille. J'étais la reine des mouches.

Ce fut la première fois de ma vie que je regrettais de n'être pas pourvu, comme mes ancêtres d'avant l'*Homo sapiens*, d'une grande queue qui chasse, cingle, assomme les insectes volants. J'en étais réduit à attendre le tuyau d'arrosage de Laura en espérant qu'elle le balaie sur mon popotin avant que mes fèces aient séchées dessus. Mais quand elle est revenue me voir quelque temps plus tard, ce n'était pas pour me nettoyer. Elle tenait d'une main le seau de pâtée à gaver et, de l'autre, encore une casserole de nourriture pour l'auge.

Le lion a rugi à trois reprises. Tremblant comme s'il en avait après moi, j'étais dans le même état de terreur qu'une mésange entre les crocs d'un chat.

« N'aie pas peur, mon cœur, a dit Laura. C'est un lion très gentil, tu sais.

– J'aimerais bien le voir un jour.

– Il faudrait que j'en parle à Patrick. Mais je ne crois pas que ça va être possible.

– Vous pourriez au moins m'accorder une sortie une fois.

– Qu'est-ce que tu me fais, là ? Tu ouvres le cahier de doléances ?

– J'ai encore une doléance, la plus importante de toutes : mon derrière me brûle, Laura. Un jet d'eau lui ferait du bien…

– T'occupe. On a des choses plus urgentes à faire avant. »

Comme Patrick, Laura détestait que je formule des desiderata. Je n'avais qu'un droit, celui de me laisser remplir.

Pour assurer un « bon conditionnement psychologique », selon son expression, elle m'a demandé de simuler la joie quand, pour le deuxième gavage de ma vie, après celui de Patrick, elle m'enfoncerait l'embuc dans la gorge, ce que j'ai fait. Après ça, elle a cessé de me calculer.

J'avais eu la faiblesse de croire que ces instants avec Laura – si intenses et difficiles soient-ils – seraient des moments de complicité entre nous, mais elle ne m'a jamais demandé si tout allait bien en cherchant, comme je m'y serais attendu, une réponse dans un clignement d'yeux, un hochement de tête. J'aurais tant donné pour un regard aimant.

Contrairement à Patrick, Laura a néanmoins veillé à ce que son gavage reste « humain » et ne tourne pas à l'épreuve de force. Soucieuse de ne pas me violenter, elle a procédé à plusieurs pauses pour me laisser respirer et a accompagné l'écoulement de la pâtée de paroles rassurantes :

« Tu verras, dans quelque temps, tu vas adorer cette douceur, cette tiédeur qui se répandent en toi. Tu les réclameras ! Ne sens-tu pas déjà un bonheur qui monte, une sorte d'euphorie ? »

J'ai fermé les yeux en signe d'acquiescement mais, à cet instant, je ne ressentais rien de ce genre. Après avoir bu des litres d'eau, j'étais au maximum de mes capacités stomacales et je souffrais mille morts. Je me sentais comme un ballon gonflable qui risquait d'exploser à tout moment.

J'ai fait plusieurs fois sous moi.

Mais pourquoi ne m'a-t-elle pas gratifié, pendant l'épreuve, d'une caresse ni d'une parole charitable ? Elle me traitait comme une bonbonne qu'on remplit. Soumis à sa volonté, je débordais de partout. Il me semblait que la pâtée ressortait, y compris, si bizarre que ça puisse paraître, de mes oreilles, de mes trous de nez.

J'étais dans un demi-rêve. Soudain, j'ai entendu la voix de Laura qui semblait venir de loin :

« Que se passe-t-il ? Je sens comme une résistance. »

Quelle résistance ? L'aurais-je voulu, je ne pouvais m'opposer au flux de pâtée qui dévalait en moi.

« C'est une résistance psychologique, a-t-elle précisé, comme si elle avait lu dans mes pensées. Tu as les sourcils tout froncés et plein de rides sur le front, comme si tu étais agressé, alors que ça devrait être le contraire. Au lieu de te fermer, je veux que tu t'ouvres. Sois généreux avec ton corps. Ne te recroqueville pas. Je ne te veux que du bien, ducon. Ce ne sont que des bonnes choses que je verse en toi, chéri, accueille-les, elles vont t'agrandir, t'élargir, t'embellir. Est-ce que tu peux comprendre ça ? »

Non, je ne comprenais pas ce qu'elle voulait dire. Je lui avais tout donné, ma panse, ma dignité, mon libre arbitre, et, en plus, je m'abandonnais au flux qui m'envahissait. J'avais même suivi à la lettre les instructions de Patrick et grouiné comme un cochon au début de la séance mais, tout à coup, ce fut plus fort que moi, du fond de ma gorge empalée, j'ai poussé des halètements et des geignements de douleur qu'une oreille non avertie aurait pu confondre avec des manifestations de plaisir.

Le gavage a été crescendo puis est arrivé le moment de la « finition », comme disait Laura, j'ai alors commencé à pleurer à petites larmes, tant je me sentais humilié, dans un état de dégradation totale, tandis qu'elle me massait le cou pour faciliter l'écoulement de la pâtée. Sa main m'empoignait la gorge sous la mâchoire puis descendait sans ménagement le long du gosier pour m'embourrer au maximum.

«Je t'en ai mis jusqu'aux dents de devant, a-t-elle rigolé. Maintenant, il va falloir me digérer tout ça. Bonne chance, mon gros ! »

C'était comme si la pâtée était remontée jusque sous mon crâne d'où elle avait chassé toute la cervelle. Je ne parvenais plus à penser à rien. À cet instant, je devais avoir l'intelligence d'un seau, et encore.

27

L'homme-fontaine

« Tous les animaux connaissent ce qui leur est nécessaire, excepté l'homme. »

Pline l'Ancien

Après avoir retiré le tuyau, Laura m'a laissé en plan un long moment avant de revenir avec la caméra.

Le gavage avait été si intense que, cette fois encore, j'avais la bouche ouverte et la langue pendante. Elle m'a grondé :

« Tu ne peux pas te montrer dans cet état. Pense à l'image que tu vas laisser de toi. »

J'ai rentré ma langue et fermé ma bouche mais, entre-temps, Laura avait fourré dedans un millefeuille industriel qu'elle a écrasé. Une fois que je l'ai eu, non sans mal, dégluti, elle a pointé sa caméra sur moi et m'a demandé ce que je pensais de ce dernier gavage.

J'avais du mal à parler, je mangeais mes mots.

« C'est mon deuxième gavage, ai-je dit après m'être

raclé la gorge, et celui-là non plus n'a pas été facile. D'un côté, c'est sûr, un gavage est un combat contre soi-même, tout le corps se braque contre ce déferlement insensé de nourriture, on a le sentiment que ses tripes vont péter, se déchirer, c'est inhumain. D'un autre côté, j'éprouve une certaine fierté à partager le martyre des oies et des canards quand cette pâtée tiède entre en moi pour agrandir mon corps jusqu'à la folie. J'aime l'idée de partager ce voyage au bout de l'enfer avec une belle personne, mon engraisseuse. Tout seul, je ne serais arrivé à rien. J'ai besoin de me sentir soutenu, bousculé, pris en charge. Merci à elle de me sortir de ma condition, de m'élever au niveau des bêtes qu'on martyrise pour honorer nos assiettes. Son regard me guide. J'en ai besoin, il me permet de tout supporter. »

Cette dernière phrase était un message adressé à Laura qui, à en juger son regard précisément, l'a reçu. Une fois la caméra éteinte, j'ai osé :

« J'ai très mal au derrière…

– Oui, je sais, a-t-elle dit, exaspérée.

– Est-il possible de faire quelque chose contre toutes ces mouches ?

– Il n'y a pas de bête de ferme sans mouches. Il faudra s'habituer, ducon.

– Et les moustiques ?

– Pareil. »

Je l'agaçais. Quand elle a enfoncé dans mon bras l'aiguille d'une seringue que je n'avais pas vue venir, je lui ai demandé si c'était encore une piqûre contre la phlébite, et elle a explosé :

« Arrête de me poser sans cesse des questions. C'est énervant, à la fin. Là, ducon, c'est de l'hormone de croissance et je t'en injecterai, pendant encore quelque temps, pour booster ton développement musculaire et diminuer ta matière graisseuse. On est très ambitieux pour toi, on veut que tu nous fasses une belle chair persillée dans une robe grenat, tu comprends. On ne veut pas de viande blanche ni de rétention d'eau. Pas trop de lard non plus. »

Dans la foulée, Laura m'a donné à siffler au goulot un demi-litre de jus de cranberries, a jeté dans ma bouche une poignée de gélules de pissenlits et m'a ordonné de boire ensuite un litre d'eau.

Tout en surveillant que j'observais bien ses instructions, elle a rempli l'auge et, en bon élève, je me suis empressé de mâcher ma collation.

« J'adore regarder manger les bêtes à viande, a-t-elle dit. C'est très apaisant. Tu te repais comme elles avec des mouvements réguliers de mastication, comme si tu avais fait ça toute ta vie. Il te manque la fureur d'engloutir mais ça viendra, j'en suis sûre. »

*

Sa main est entrée dans la cage et m'a caressé le crâne pendant que je mangeais.

« Aujourd'hui, tu m'as déçu, mon chéri.

– Je ne comprends pas, Laura. Je t'obéis au doigt et à l'œil. Dans la position où je suis, je n'ai pas le choix.

– Tu ne dois pas te contenter d'accepter la pâtée, je

veux que tu la réclames de tout ton corps, comme si tu la désirais ardemment. À l'avenir, j'aimerais que tu sois plus fougueux, plus romantique.

– Mais un gavage, c'est très dur, Laura.

– Ce n'est pas une excuse, mon beau. Tu dois le voir comme un dépassement de soi, quelque chose de joyeux, de métaphysique, qu'on partage ensemble. Au lieu de tout attendre de moi, je voudrais sentir de la passion, de l'enthousiasme. »

Laura était déjà à la porte quand je lui ai demandé l'heure.

« Je ne sais pas, a-t-elle répondu comme elle l'avait déjà fait la veille.

– Mais tu as une montre ! »

Elle a feint de la consulter :

« Elle ne marche pas. »

J'ai compris que je n'aurais décidément plus jamais le droit de connaître l'heure ni le jour ni rien de ce qui aurait pu me concerner, pour n'être plus qu'un ventre sourd et aveugle au monde derrière les barreaux d'une cage de porcherie. Sans doute Patrick et Laura avaient-il décidé cela ensemble. Ils auraient pu m'en parler avant. Mon chagrin s'est rapidement fondu dans un sommeil consolateur.

Laura m'a réveillé peu après en déposant près de moi une bouteille de bière et un fond de cognac dans un flacon.

« N'hésite à te masser énergiquement, a-t-elle dit, il faut que l'alcool pénètre profondément dans les chairs pour les aromatiser. »

Je me suis massé un quart d'heure, puis me suis de nouveau endormi. Mais j'ai été rapidement tiré de mon sommeil par une furieuse envie d'uriner. Je me suis lâché et, sous l'effet des cranberries en jus et en gélules, je crois que j'ai pissé, dans les heures qui ont suivi, toute l'eau de mon corps. Après avoir été un homme-pâtée, j'étais devenu un homme-fontaine.

28

Le cerveau et l'estomac

> « Les jours sont des fruits et notre rôle est de les manger. »
>
> Jean Giono

Laura m'a réveillé en me tirant l'oreille et en me criant dessus. Elle était très en colère.

« Il reste plein de tourteaux dans ton auge.

– Je n'aime pas ça, Laura. C'est très gras.

– Ce sont les résidus des graines de colza broyées et pressées pour faire de l'huile de table. Il reste un tiers de matières grasses dedans. Les bêtes adorent ça, d'habitude. Ça te fait vingt points de moins. Quand tu arriveras à cent, ce sera la punition. »

Elle a ouvert le clapet et j'ai sorti ma tête.

« Allez, ouvre grand ta gueule que je t'enfonce le tuyau dedans. On n'a pas de temps à perdre, je dois aller en ville. Une des chiennes est malade. Elle crache du sang.

– Quelle heure est-il ?

– Je ne saurais te dire. L'heure, ça change tout le temps, tu sais bien.

– Pourquoi n'ai-je même pas le droit de connaître l'heure ? »

Laura a baissé la voix :

« Pour te déshumaniser, si je peux te parler franchement. Il faut que tu te concentres sur ton engraissage, tu ne dois penser qu'à ça jour et nuit. Nos sujets de conversation avec toi ne doivent porter que sur ta digestion, tes gains de poids, la meilleure façon d'améliorer nos performances.

– *Nos* performances ?

– Oui, *nos* performances et plus les miennes que les tiennes, figure-toi. Sois un peu lucide, regarde-toi : tu n'es plus qu'un tas de viande destiné à devenir de plus en plus volumineux. Moi, je suis le cerveau, la volonté, l'intelligence.

– Et moi ?

– Toi, tu es le ventre, l'estomac, l'anus. »

Tout en me tirant la tête en arrière, elle a glissé le tuyau de gavage dans ma gorge, puis m'a demandé :

« Tu t'es bien massé à la bière et au cognac, j'espère ? »

J'ai opiné du chef puis grogné comme un cochon à son affaire, dans son auge.

« Je compte sur toi. J'aimerais que tu me montres que tu es enfin prêt à te défoncer comme tu me l'as promis. »

J'ai fermé les yeux pour lui signifier ma bonne volonté.

« Je veux que tu te donnes à plein, mon cœur. Tout ce que je fais, je te le rappelle, c'est pour toi. »

J'ai éprouvé un frisson de plaisir quand, une fois le tuyau en moi, la pâtée a commencé à dévaler dans mon estomac. « Encore ! Encore ! » s'écriait chaque fibre de mon corps. J'aimais l'idée de devenir vaste, proéminent, protubérant, quasi infini et je me suis abandonné sans retenue à cette pâtée qui prenait possession de moi jusque dans mes derniers retranchements.

*

Soudain, mes tripes se sont débondées. Je ne pouvais me retourner pour vérifier l'étendue du désastre mais j'ai eu tellement honte, que j'ai fermé les yeux. Tout en continuant à me gaver, Laura s'est amusée :

« Ne t'en fais pas, mon chéri. Je te pardonne. Tu n'es plus qu'une bête, désormais. Tu n'y peux rien, tu es comme les vaches, c'est mécanique, tu ne décides rien, tu ne te contrôles plus, tu n'as plus rien d'humain. Si ça rentre par un côté, il faut bien que ça ressorte par l'autre… »

Je n'ai pas entendu la suite, je me suis endormi. Quand je me suis réveillé, Laura poussait la pâtée dans l'entonnoir avec un manchon. Il m'a semblé que mon ventre était plein à craquer et j'ai secoué la tête dans tous les sens pour le lui montrer mais elle n'a rien voulu entendre.

« Il y a encore de l'espace libre dans ton bedon, a-t-elle protesté. Je me trompe ? »

J'ai hoché la tête pour lui faire plaisir.

« Ça va être un grand jour pour toi, a-t-elle dit. Je vais

te bourrer comme tu ne l'as encore jamais été, plus encore que la première fois avec Patrick. »

Un déluge m'a submergé et je n'ai pas de souvenirs de ce qui s'est passé ensuite. Je me suis assoupi. Quand j'ai repris conscience, ma tête sortait encore du clapet, j'avais l'embuc enfoncé dans l'œsophage et Laura versait toujours de la mouture dans l'entonnoir. J'ai mis un moment à comprendre qu'il s'agissait là d'un nouveau gavage, le quatrième de ma vie.

J'ignorais ce qui s'était passé entre-temps, je faisais de la confusion mentale. Apparemment, après le troisième gavage, j'étais resté endormi, la tête hors du clapet. Un engraissage, c'est largement aussi usant que du sport de haute compétition. J'avais beaucoup trop demandé à mon corps, ces temps-ci. Il me lâchait.

Quand je m'en suis inquiété auprès de Laura, elle a répondu :

« C'est bien. Ça veut dire que ta carcasse s'abandonne, on va pouvoir faire du bon travail. Mais tu es en retard d'une auge, mon beau, et je vais être obligée de mettre ça à ton débit. En attendant, tu vas finir celle-là, et vite fait. »

Je n'avais plus les idées claires et me disais que la brusque montée de graisses en moi était en train de boucher tous les vaisseaux sanguins de mon cerveau. Tout occupé à faire de la viande, j'aurais été incapable de soutenir quelque conversation que ce soit, en dehors d'un seul sujet : mon engraissage.

29

Histoire de ma métamorphose

« Il est évident que la nourriture normale
de l'homme est végétale. »

Charles Darwin

Il faisait tout le temps nuit. Depuis combien de jours étais-je dans cette cage ? Sept, huit ou plus encore ? J'avais beau me concentrer, il m'était complètement impossible de le dire.

Vivant dans le noir, sauf quand Laura ou Patrick me rendaient visite et allumaient les néons, je confondais les jours et les nuits, j'avais perdu le sens de l'espace et du temps. Les deux avaient été abolis.

J'étais réduit à mon système digestif, comme les animaux qui sont parqués dans des bâtiments d'élevage intensif où ils ne voient jamais la lumière, hormis quand les nourrisseurs viennent remplir les auges. Comme ces bêtes-là, je n'arrivais pas, malgré tous mes efforts, à faire la différence entre le soir et le matin.

Patrick passait régulièrement me peser ou récurer le caillebotis de ma cage mais je n'aurais pu dire à quel moment ni dans quel intervalle. Même chose pour la nourriture : je ne savais rien sur le rythme de mes gavages, mon gain de poids quotidien ou la quantité d'aliments que je devais ingérer en vingt-quatre heures.

Patrick m'ayant interdit de poser des questions, je tentais souvent, par des moyens détournés, de soutirer des informations à Laura. Mais la plupart du temps, elle ne voulait rien entendre.

« C'est à nous de gérer l'intendance, m'a-t-elle répondu une fois. Ne te prends pas la tête avec ça. Toi, il faut que tu manges, c'est la seule chose qui compte.

– J'aimerais simplement savoir où j'en suis, mon amour, rien que pour vous aider.

– Patrick et moi, on a pensé que c'était mieux que tu te concentres sur ton travail, qui est de t'engraisser. Tu as assez à faire avec ça, mon cœur. Fais-nous confiance. »

Elle s'est accroupie et a commencé à me caresser.

« Allez, grouine pour me dire que tu es heureux. »

J'ai grouiné.

« Tu fais ça tellement bien, mon chéri, a-t-elle minaudé. Tu n'as pas encore des jambons de cochon mais je sens qu'ils arrivent et, en attendant, tu parles déjà comme un cochon. »

Mes chairs ont frémi d'aise et, après l'avoir remerciée, j'ai profité de ce moment d'harmonie entre nous pour lui demander :

« J'aimerais bien avoir une machine à traitement de texte, comme il était convenu entre nous, pour raconter l'histoire de ma métamorphose.

– Il faut que j'en parle à Patrick. »

30

La truie amoureuse

> « L'homme est le seul animal qui peut être
> l'ami de ses victimes jusqu'à
> ce qu'il les dévore. »
>
> Samuel Butler

Une fois, après un gavage, Laura a poussé brutalement ma tête dans la cage, fermé le clapet et montré l'auge qui débordait de tourteaux, de granulés pour porcelets, de maïs bouilli, de crème brûlée, de gros morceaux de pain complet trempé dans du lait, de brie de Meaux, de pommes de terre au four, de têtes d'ail cuites, de figues blettes et de tomates si mûres qu'elles étaient en bouillie, le tout arrosé de Nutella et de sirop de framboise. Elle était furieuse.

« Tu n'as pas touché à ton auge après ton dernier gavage !

– Évidemment, je me suis endormi.

– C'est la deuxième fois. Ça te fait quarante points de moins, maintenant. Fais attention, la punition approche.

– Je vais finir ça, ai-je promis en enfouissant mon groin dans l'auge.

– Bonne bête. J'aime quand tu es comme ça.

– Comment va la chienne ? ai-je demandé, la bouche pleine de tomates au Nutella.

– Bien, m'a-t-elle répondu. Mais pourquoi m'en parles-tu maintenant ?

– Parce que ça me revient.

– Franchement, tu aurais quand même pu me poser la question avant. J'ai l'impression que tu perds la boule, mon cœur.

– C'est à cause du rythme que tu m'imposes, Laura. Il est dur à suivre, tu sais.

– Est-ce un reproche ?

– Non. Merci de tirer le meilleur de moi. »

Quand je lui ai dit au revoir, elle n'a pas répondu. J'aurais tant aimé qu'elle reste et s'occupe de mon derrière qui me démangeait atrocement mais je savais qu'il ne fallait pas, ce soir-là, aborder ce sujet ni aucun autre.

Avant qu'elle sorte de la porcherie, je me suis écrié :

« Merci pour ce moment, Laura. »

Quelque temps plus tard, Patrick m'a réveillé en hurlant à mon oreille.

« Tu as des drôles de couilles, m'a-t-il dit. On dirait des pruneaux avariés. Ça craint. »

En passant ses mains à travers les barreaux, Patrick a tâté mes ersatz de testicules, dans le haut de mon scrotum : ils s'étaient fondus dedans. La chose faite, il m'a demandé de sortir la tête par le clapet.

« Allez, grouine, fais la truie qui a faim. »

J'ai obtempéré. Il a ri.

« La truie amoureuse. »

Ça l'a bien amusé.

« La truie qu'on saigne. »

Je n'ai pas été convaincant.

« Tu ne grouines pas quand on te saigne, espèce d'idiot, il faut couiner ! Essaie ! »

Là encore, j'ai raté mon imitation. Il m'a dit que j'étais nul en tout avant de me reprocher ma saleté, notamment mon incapacité à faire mes besoins dans les deux bassines disposées derrière moi, dans chaque coin de la cage.

« Les cochons sont bien plus propres que toi, a-t-il dit.

– Je ne peux pas me retenir, monsieur.

– Alors, ne te plains pas si tu es couvert de bouses. Tu pourrais au moins essayer d'être propre par respect envers ma femme. Elle le mérite. Regarde… »

*

Patrick a sorti une tablette qu'il a posée devant mon visage.

« Voilà, dit-il, c'est *Vingt et un*, le court métrage que je t'avais promis. Vingt et un orgasmes de Laura que j'ai filmés pendant que je la lutinais. Elle ne voulait pas que je te le montre. C'est très personnel, à ce qu'elle prétend. C'est aussi une œuvre d'art, tu vas voir. Ne lui dis jamais que tu l'as vu dans son dos, elle ne supporterait pas. Il faut que ça reste un secret entre nous. »

C'était une suite de gros plans sur le visage de Laura, pris sous tous les angles, pendant l'orgasme. Il exprimait tour à tour le bonheur, la stupeur, la pureté, la surprise, le ravissement, la souffrance aussi. Un coup, elle était au septième ciel, la bouche ouverte au monde. Une autre fois, elle était en panique, les yeux exorbités, comme si elle avait vu le loup. Les cris aussi étaient variés. Ils disaient ses joies, ses plaisirs, ses étonnements devant des sensations encore jamais éprouvées. Ses effrois, parfois.

L'« œuvre d'art » durait une quinzaine de minutes. J'ai demandé à Patrick de la repasser. Il ne s'est pas fait prier.

« Elle est belle, ma femme, hein ?

– Très belle, monsieur.

– Par moments, je trouve qu'elle a les mêmes expressions que toi quand je te gavais ou que je te bistournais. La même expression d'affolement. C'est drôle, non ? »

Je n'ai pas répondu. Après avoir glissé la balance sous les barreaux, il m'a pesé, puis a noté mon poids sur son carnet avant de me palper les épaules, l'échine et les jambons en chantonnant *Le Sud* de Nino Ferrer.

« Vous êtes toujours fâché contre moi, monsieur ? ai-je demandé, les yeux fermés.

– Pas pour le moment. Je suis heureux de voir que tu as pris de belles formes : Laura fait un boulot sensationnel.

– Vous trouvez ? ai-je dit sans pouvoir cacher ma joie.

– Je crois que tu es parti.

– Parti ?

– Parti dans la bonne direction : rien ne va plus arrêter ta prise de poids, Gros-Cul.

– Ce sera une course effrénée, monsieur. Vous pouvez compter sur moi.

– Tu n'as plus le choix : tu as atteint le point de non-retour. »

C'était dit comme une sentence de mort. Quand il a fermé la porte de la porcherie sans me dire au revoir, mon cœur a battu du tambour et j'ai été pris d'une envie folle de m'enfuir. Oui, mais comment sortir de ma cage cadenassée ? Laura accepterait-elle de me donner, un jour, la clé ?

31

La transsubstantiation du pain et du vin

« Ceci est mon corps, ceci est mon sang. »

La Bible

Une voiture s'est arrêtée. J'ai tout de suite pensé à la Polo blanche d'Alexandra. Il m'a semblé avoir reconnu le bruit du moteur de la voiture de ma petite-fille : raisonnable, tranquille, sans esbroufe. Un bruit allemand.

Les chiennes ont aboyé et une portière a claqué. J'ai entendu la voix d'Alexandra. Je me suis retenu de crier et de l'avertir du danger qu'elle courait. Les Glostrob m'avaient prévenu : ils me donneraient aux dobermans après m'avoir infligé d'affreuses souffrances si je m'avisais de crier au secours depuis ma cage.

Quant au visiteur, s'il n'acceptait pas, par malheur, les explications des Glostrob, il finirait son existence dans la cage aux fauves, déchiré par leurs crocs. Il n'était pas question de mettre en danger la vie d'Alexandra. Je me tiendrais coi.

Il m'a semblé qu'elle était venue seule, sans sa petite amie. Avaient-elles rompu ? J'ai passé un long moment à attendre, la bouche sèche, le cœur battant, à l'affût du moindre bruit. Au bout d'une heure ou deux, Patrick et Laura sont entrés dans la porcherie avec Alexandra et les trois chiennes, qui se sont assises devant moi pour me mater. Sans oublier de guigner de temps en temps ma petite-fille.

J'étais paniqué, pas seulement à cause des dobermans, mais aussi à cause de l'image que je donnais de moi-même à Alexandra. Impossible de cacher mes chairs bouffies et flageolantes qui faisaient saliver sans pudeur les trois chiennes. Soudain, j'ai été submergé par ce sentiment visqueux qu'on appelle la honte.

Les Glostrob et Alexandra sont restés tous les trois à une distance respectueuse de mon box. Sans mes lunettes, je n'ai pas pu saisir l'expression de ma petite-fille quand j'ai dit sur un ton dégagé :

« C'est un plaisir de te voir ici, Alex. Tu as vu, j'ai beaucoup grossi, hein ?

– C'est incroyable, a-t-elle bredouillé. Au moins, tu as l'air en bonne santé.

– On s'occupe bien de moi, ma chérie. Je suis gâté. »

Alexandra s'est approchée et m'a tendu un paquet :

« Bon anniversaire, papet !

– Merci, Alex. »

Elle a passé le cadeau entre les barreaux et je l'ai ouvert : un bronze de sanglier, animal que je place très haut.

« Pourrai-je le garder avec moi ? ai-je demandé aux Glostrob.

– Ce n'est pas une bonne idée, a répondu Laura. Il pourrait se transformer en objet contondant. Mais on va le mettre à côté de la cage, d'où tu pourras le contempler autant que tu veux… »

Alexandra s'est accroupie près du box. Quand je l'ai vue de plus près, j'ai constaté que son visage exprimait un mélange d'effroi, de désarroi, d'abrutissement aussi.

« Est-ce que tout va bien ? » m'a-t-elle demandé d'une voix pâteuse.

Laura a répondu à ma place :

« On a montré à ta petite-fille les contrats qu'on a signés avec toi avant de t'accueillir ici. Peux-tu lui confirmer que tu es venu de ton plein gré ? »

J'ai approuvé avec effusion :

« C'est la stricte vérité, Alex. C'est même moi qui ai eu l'idée, pour faire avancer la cause animale, qui est aussi la tienne.

– Ils m'ont dit ça mais je n'arrivais pas à y croire. »

Alexandra ne semblait pas dans son état normal. Était-elle shootée, comme je l'étais aussi ? J'ai tenté de la rassurer :

« Il ne faut pas me plaindre, Alex.

– J'ai peur pour toi, papet.

– C'est idiot, il ne faut pas, s'est écriée Laura sur un ton de psychopathe. Il n'y a aucune raison ! »

Elle avait crié comme une scie et pour la première fois je

me suis interrogé sur sa santé mentale. Alexandra n'avait, elle, aucun doute : elle roulait de grands yeux horrifiés.

Je lui aurais bien dit que j'aimais l'idée de subir une transsubstantiation, comme quand le pain devient le corps du Christ et le vin, son sang. Mais elle n'aurait pas compris. Je ne sais quelle substance les Glostrob lui avaient fait avaler, elle n'était plus que l'ombre d'elle-même.

Tout à coup, Laura a fait signe à Alexandra de se lever. Elle a obtempéré et ils sont tous partis, suivis par les chiennes.

*

J'ai rêvé que Laura m'avait emmené chez ma sœur Isabelle, à Nice. Nous étions couchés tous les trois dans le même lit et entre les deux dernières femmes de ma vie, je ne savais pas où donner de la tête. Elles se penchaient sur moi en souriant, comme si elles allaient m'embrasser, quand j'ai été réveillé, soudain, par le bruit de la porte qu'on ouvrait.

Laura est entrée, un seau dans chaque main.

« Je veux retourner chez moi avec Alexandra, ai-je lancé.

– Ne m'énerve pas, ducon. On a déjà discuté de ça. Et il faudrait d'abord qu'Alexandra soit d'accord.

– Je sais ce qu'elle pense. Où est-elle ?

– Ne me parle plus d'elle, OK ? Et, d'abord, pourquoi lui as-tu donné notre adresse ?

– Je voulais qu'elle vienne quand tout serait fini et qu'elle fasse votre connaissance.

– Patrick est furieux. D'autres personnes sont-elles au courant ?

– Oui, ma sœur, mais elle ne viendra pas avant longtemps.

– Tu es vraiment irresponsable, ducon. »

J'avais sorti la tête du clapet tandis que Laura arrivait derrière moi. J'ai entendu qu'elle posait ses seaux, puis elle a dit en recouvrant mes yeux d'une main :

« Tout ça mérite une grosse punition. En attendant, j'ai un cadeau pour toi, en récompense de tout le travail déjà accompli. »

Avec l'autre main, elle m'a fourré un baba au rhum dans la bouche. Il était plantureux à souhait et, au lieu de le mâcher, je l'ai laissé glisser peu à peu dans mon gosier en râlant de bonheur, les yeux fermés.

« On est le soir ou le matin ? ai-je demandé après l'avoir englouti.

– Si tu le savais, tu profiterais moins. »

Laura a frotté sa joue contre la mienne. J'ai eu envie de l'embrasser. Plus je m'empâtais, plus mon amour pour elle grandissait. Il y a souvent une sainte qui se cache derrière l'engraisseuse. Celle-là faisait preuve à mon égard d'une patience et d'un dévouement infinis qui me faisaient oublier ses sautes d'humeur. Elle me nourrissait, m'abreuvait, me nettoyait, me caressait, m'encourageait. Que demander de plus ?

Sainte Laura, mère de Dieu. J'éprouvais pour elle

l'affection et la gratitude que les bêtes ressentent pour celui ou celle qui les engraisse. Je comprenais mieux les rapports ambigus qu'entretiennent les uns et les autres, leur entente, leur tendresse réciproques.

Alors que j'allais me mettre en position de gavage, j'ai eu un choc : mes pieds et le bas de mes jambes étaient écarlates ; une explosion de vaisseaux sanguins les avait dévastés.

« C'est grave ? ai-je demandé.

– C'est normal. Es-tu conscient du rythme qu'on impose à ta carcasse ? Évidemment qu'elle morfle ! On n'a rien sans rien. Si tu veux mon avis, les ennuis ne font que commencer. En revanche, il va falloir s'occuper de tes genoux. Ils risquent de s'infecter. »

La position à quatre pattes devant mon auge ne me réussissait pas. À force de me tenir dessus, mes genoux étaient devenus sanguinolents, croûteux. Laura m'a donné les genouillères qu'elle m'avait promises le premier jour et qu'elle venait d'acheter à la pharmacie de Sisteron. J'ai été ému aux larmes.

Soudain, elle m'a fusillé du regard :

« Mon Dieu, tu as encore laissé tes tourteaux !

– Je n'arrive pas à les manger.

– Il faut que tu te forces. Tu as perdu soixante points, maintenant. Et tu ne vas pas t'en sortir comme ça : je me donne du mal, tu dois t'en donner toi aussi. Je veux que tu me bouffes tous ces tourteaux avant que je commence le gavage. »

Je me suis exécuté.

32

Le jour où je serai « arrivé »

« Rien ne pourra être plus bénéfique
à la santé humaine ni accroître les chances
de survie de la vie sur Terre
qu'une évolution vers un régime
végétarien. »

Albert Einstein

« Où est Alexandra ? »

Laura n'a pas répondu. Le gavage terminé, elle a fourré dans ma bouche une tablette de chocolat au lait Lindt qu'elle avait cassée en trois ou quatre, avant de passer ma carcasse au jet d'eau et de me masser à la bière avec un gant de crin pour qu'elle pénètre bien ma chair. Elle me frictionnait sans délicatesse quand j'ai répété ma question, avec inquiétude :

« Où est Alexandra ?

– En sécurité, mon cœur.

– Tu ne peux pas m'en dire plus ? »

Elle a secoué la tête, mutique. J'ai élevé la voix :

« Je veux savoir ce que devient Alexandra. C'est mon droit, non ? »

Laura m'a giflé, une petite gifle, pour le principe, avant de dire entre ses dents :

« N'utilise plus jamais ce ton avec moi, d'accord ?

– Je te demande pardon, Laura.

– Si ça peut te rassurer, ta petite-fille va très bien. Elle se promène en toute liberté dans le refuge avec les trois chiennes qui ne la quittent pas d'une semelle. Ce sont ses anges gardiennes, en quelque sorte.

– Pourquoi ne vient-elle jamais me voir ?

– On le lui a interdit. Pour ne pas te perturber. Il faut que tu te concentres sur ta mission.

– Vous l'avez droguée ?

– Un peu. Tu nous connais, mon lapin, on n'a pas pu s'en empêcher.

– Mais pourquoi ne la laissez-vous pas rentrer chez elle ?

– On préfère qu'elle reste ici. C'est plus sûr. »

Patrick, que je n'avais pas entendu entrer, s'est planté devant moi. Il était en rogne :

« Tu nous a mis dans de sales draps en donnant notre adresse à ta petite-fille. Qu'est-ce qu'on va faire d'elle maintenant ?

– Elle est très gentille, monsieur. Elle ne dira rien, je vous jure.

– Avant de venir, elle n'a parlé à personne, déjà. Une chance. Et il est peu probable qu'on puisse jamais retrouver sa trace : j'ai jeté sa voiture dans le canal de Provence, à Lançon, et j'ai laissé son portable dans la cathédrale de Cavaillon. D'ici à ce que la police retrouve sa trace jusqu'ici… »

Quand Patrick s'est baissé, j'ai fermé les yeux pour ne pas commettre le sacrilège de croiser son regard.

« Et il paraît qu'on risque aussi de voir débarquer ta sœur, s'est-il écrié. C'est une réunion de famille ou quoi ?

– Si ma sœur vient, monsieur, ce ne sera pas avant fin août, début septembre.

– Avec tes bêtises, tu nous obliges à mettre les bouchées doubles, Gros-Cul.

– Mais ce ne serait pas humain de me remplir encore plus que vous le faites déjà !

– Si, si, tu vas voir, c'est possible. N'importe comment, on n'a pas le choix. »

Dès qu'il est parti, j'ai demandé à Laura comment ils comptaient accélérer le rythme de l'engraissage. Elle a répondu que ça ne me regardait pas.

Il y avait trop longtemps que je me retenais, j'ai éclaté en sanglots. Mes larmes l'ont émue. Elle s'est approchée et les a épongées avec un chiffon.

J'ai pleuré de plus belle.

« Arrête de chialer, a-t-elle dit. Si tu te fais du souci pour ta petite-fille, tu as tort. J'en prends l'engagement : il ne lui arrivera rien. »

Elle est allée chercher une boîte de Lexomil à la maison et m'en a fait avaler trois d'un coup.

« Après ça, dit-elle, tu vas voir la vie en rose.

– Ce sera difficile, vu comme on me traite. »

Je lui ai dit que je ne supportais plus d'être considéré comme une chose, jamais au courant de ce qui le concernait au premier chef.

« Je n'ai même pas le droit de savoir quand et comment vous allez en finir avec moi.

– Ce sera quand tu seras "arrivé", ducon.

– Qu'est-ce que ça veut dire, "arrivé" ?

– Quand tu seras devenu toi-même en passant de l'état d'animal à celui de masse inerte : tu n'arriveras plus à bouger ni à crier, tu ne ressentiras plus la faim ni la satiété ni la douleur, comme les porcs quand ils sont prêts. Ils deviennent ahuris, débiles. Je te percerai la peau du dos avec un ongle pour vérifier qu'elle se fend facilement et si tu ne ressens rien, ce sera le signe que tu es bon pour le couteau.

– À ce moment-là, combien de kilos pèserai-je ?

– Un quart de tonne, peut-être beaucoup plus. Patrick dit qu'on t'abattra, si c'est la décision qu'on prend, quand tu seras au maximum. On essaiera d'aller jusqu'à quatre cents kilos, mais je ne crois pas que ça le fera. Tu es trop vieux.

– J'aimerais que vous me préveniez un peu avant…

– Mais ce n'est pas encore sûr qu'on te sacrifie. Si c'est le cas, quand ton heure sera venue, tu le sauras : on te fera jeûner vingt-quatre heures avant. »

Je me suis inquiété :

« Un jeûne est-il vraiment nécessaire, Laura ?

– Ça te purifiera. Avant une tuerie, c'est toujours mieux

de vider les intestins du sujet. Sinon, on court le risque que des excréments souillent sa viande et la rendent inconsommable. C'est ce que tu veux ?

– Non, ai-je soupiré. Mais je sens que ça va être très dur, de garder mon ventre vide, vu le rythme qui lui a été imposé. Je vais devenir fou de faim et je déteste l'idée de ne pas avoir une journée de tranquillité avant de quitter ce monde.

– De toute façon, sache que si on choisit de te tuer, tu ne pourras pas profiter de tes dernières heures : tu les passeras à crotter parce que, en plus du jeûne, pour bien te purifier, je te ferai boire des litres de Macrogol, le liquide qu'on ingurgite avant les coloscopies. »

J'ai fait une grimace. Elle m'a tapoté le crâne en souriant.

« Après ça, a-t-elle dit, tes intestins seront comme des sous neufs et sentiront bon. Ce laxatif ne laissera même pas d'odeur : c'est une substance inerte que le corps ne peut pas absorber. Ainsi, tu feras honneur à tous ceux qui, comme moi, se repaîtront de toi s'ils le désirent. Il faut que tu sois pur pour le grand jour. »

Elle s'est accroupie à côté de moi. Sa main a pris mon vit, l'a tripoté, l'a caressé, l'a amignonné avec une telle douceur que j'ai rapidement émis des râles de chatte en chaleur, sans doute mes premiers râles à consonance sexuelle depuis mon arrivée à La Motte-du-Caire.

« Je t'aime, ai-je murmuré. Je t'aime tous les jours un peu plus. »

Un sourire a éclairé son visage qui me semblait plus beau et plus lumineux que d'ordinaire.

« Quand je te regarde, a-t-elle dit, c'est bizarre, ça me donne faim, je pense à ce qu'on va manger quand tout sera fini. »

Sous ses caresses, j'étais de plus en plus agité et mes jambes ont repris le mouvement de pédalage qu'elles avaient souvent à la fin des gavages, quand mes sens luttaient entre eux dans un paroxysme de plaisir, d'angoisse, de joie, de souffrance.

« On dirait que tu es en plein coït, a-t-elle remarqué. Un jour, je te ferai une fellation, mon chéri.

– Ce sera le plus beau jour de ma vie.

– Je suis la reine des fellations, tu sais.

– Pourquoi ne pas m'en faire une maintenant ? ai-je demandé.

– Mieux vaut attendre un peu, mon cœur : plus tu t'empâtes, plus tu m'excites. »

*

Laura s'est assise et m'a demandé ce que je voulais encore savoir. La composition de la pâtée, ai-je répondu. Elle m'a appris qu'elle était à base de farine de maïs, d'orge cuite et de bière blonde.

« Pourquoi de la bière ? me suis-je étonné.

– Ça déstresse, stimule ta satiété, imprègne tes tissus musculaires. Les massages à la bière, eux, favorisent la pénétration de la graisse dans le muscle, comme on le fait pour les bœufs de Kobé. Ça rend la chair plus goûteuse, plus persillée, avec un arôme de beurre et de noisette. Ta viande aura aussi un beau marbré. Il ne faut pas seulement qu'elle soit bonne, mais aussi belle à regarder, comme la viande de Galice.

– Qu'y a-t-il d'autre dans la pâtée ?

– Pour équilibrer ta mangeaille, j'ajoute, selon les jours, de la farine de poisson, des pois, des fèves, des carottes, des coquilles d'œuf cassées. Pour parfumer ta viande, j'y mets aussi du thym et du romarin. Pour éviter les baisses de moral, quatre comprimés de millepertuis par séance de gavage. Sans parler d'autres compléments alimentaires.

– Quel genre ?

– Très souvent, quand je sens que tu as un coup de spleen, je te donne une grosse dose de poudre de soufre avec de l'antimoine, un truc de grand-mère. C'est un purgatif et un narcotique. Voilà pourquoi tu es si serein, mon cœur.

– Serein, c'est vite dit. Tu m'imposes un rythme démentiel !

– Tu as vu des élevages ? Les bêtes sont surexcitées. C'est vrai des gorets qui crient tout le temps famine et qui attendent leur pitance comme le messie. C'est vrai aussi des veaux qui se ruent sur le petit-lait comme la misère sur le monde. Au lieu de te crisper quand j'arrive, tu devrais être aussi affamé qu'eux.

– Je le suis. Malgré tout ce que tu me mets dans le ventre, quand je me réveille, j'ai toujours une faim de loup.

– Montre-le, alors ! Je fais tout pour te creuser l'appétit. Dans ta pâtée, il y a des stimulants d'appétit, du sel et du sucre, un truc de l'industrie alimentaire. J'ajoute aussi, selon les fois, de la cannelle, du houblon, du persil, du raifort, du piment, de la gentiane jaune et beaucoup de levure de bière.

– Tout est naturel, donc ? »

Elle a souri, un sourire tordu que je n'ai pas aimé.

« Non, dit-elle. J'ai un secret de fabrication, un produit sensationnel qui crée une sensation d'insatiabilité chez les bêtes d'élevage : le Vegachol.

– Le Vegachol ? ai-je répété, horrifié. C'est donc ça qui me rend boulimique ?

– Ne fais cette tête, mon cœur. Ce n'est qu'un accélérateur de croissance très répandu et très efficace.

– Mais c'est un produit très dangereux.

– Oui, à cause du chlorure de choline qui, à hautes doses, peut provoquer des arrêts cardiaques. Mais, rassure-toi, je n'en abuse pas. Tu n'as droit qu'à trente millilitres par jour. Parfois, quand je sens du relâchement chez toi, je peux monter à cinquante, voire soixante, mais jamais plus. C'est pourquoi tu ressens toujours ce sentiment d'insatisfaction.

– J'ai de plus en plus l'impression que mon estomac a pris le contrôle de mon cerveau.

– C'est logique, mon cœur. Tu es devenu une bête d'élevage : ton cerveau ne sert plus à rien. Tu es gouverné par ton estomac qui est lui-même gouverné par moi-même. Tu as disparu de la chaîne de commandement, tu comprends ? Désormais, ton engraissage ne te concerne plus vraiment : c'est une histoire entre ton ventre et moi. »

Un sourire a traversé son visage :

« Une autre question, mon ange ?

– Je suis toujours étonné de pouvoir digérer de telles quantités d'aliments. Comment est-ce possible ?

– Très simple. Pour faciliter ta digestion, j'ajoute dans ta pâtée beaucoup de poudre de curcuma mais aussi de l'anis, de la coriandre et de l'ail frais. Sans oublier le Vegachol qui stimule bien ton métabolisme digestif. En fait, c'est grâce à lui que tu es devenu ce gouffre vivant, insatiable.

– Merci, Vegachol », ai-je grincé avec un sourire jaune.

Elle m'a montré l'auge :

« Regarde ce que j'ai apporté pour toi. »

Une tarte aux pommes pour quatre personnes trônait au-dessus des aliments qu'elle venait de verser. Je me suis précipité dessus en poussant des petits grognements de joie. C'était une explosion de beurre, de cannelle, de bonheur.

33

Un goût d'huître sucrée

« Je ne vois pas comment je pourrais
digérer de l'agonie. »

Marguerite Yourcenar

J'avais fini la tarte aux pommes quand Patrick est entré pour la pesée. Il a tourné autour de la cage comme le chevillard qui soupèse sa bête mentalement :

« Quelle bonne surprise ! Il n'arrête pas de forcir, Gros-Cul ! Il doit dépasser largement le quintal et demi maintenant !

– C'est grâce à vous, monsieur. Je suis toutes vos instructions. »

Patrick a eu un rire gras :

« Mais qu'est-il arrivé à Gros-Cul ? Il est en train de muer, ma parole. Notre châtré va bientôt avoir une voix de soprano.

– Je n'avais pas remarqué, a dit Laura, mais je crois que tu as raison. C'est vraiment un eunuque, maintenant.

– Voyons à quoi ça ressemble. »

Patrick s'est approché de moi, a examiné minutieusement mon scrotum, tripoté mon magma testiculaire. Après avoir peloté mes jambons frémissants, il s'est exclamé :

« Hé bé, ça m'a tout l'air d'être de la bonne viande, fondante et généreuse. Elle a raison, Laura. J'ai vérifié : la meilleure viande du monde, c'est la viande de vieille carne de Galice.

– Ah ! Tu vois ! s'est rengorgée Laura.

– La viande, c'est comme tout. Plus c'est vieux, meilleur c'est.

– Il faudra veiller à son moral, a dit Laura. Ces temps-ci, il a du vague à l'âme.

– Tu n'as pas le droit, Gros-Cul ! On fait tout pour toi ! Que veux-tu de plus ? Est-ce à cause de la visite d'Alexandra que tu déprimes ? »

J'ai hoché la tête avec un sourire malheureux.

« Ne t'en fais pas. Tu vas bientôt la revoir, Alexandra. »

Patrick a passé la balance entre les barreaux et m'a demandé de grimper dessus. Avant de noter mon poids sur un petit calepin, il a poussé un sifflement d'admiration : on avait bien travaillé, Laura et moi. Elle m'a donné une tape affectueuse sur l'épaule.

« Je suis tellement heureuse », a-t-elle dit avant de sortir avec Patrick.

Quelque temps après, il est revenu avec des tubes en fer, qu'il a forgés au chalumeau pour reconfigurer le box le plus éloigné du mien : j'allais bientôt avoir de la compagnie.

Quand Laura est revenue pour le gavage suivant, je lui ai demandé s'ils avaient prévu d'installer Alexandra à côté de moi. Elle a haussé les épaules comme si j'avais posé une question débile :

« Mange-moi ça au lieu de dire des bêtises… »

Elle a sorti d'un seau une barre géante de nougat qu'elle a introduite sans précaution dans ma bouche. J'ai eu du mal à la mâcher, comme si mes dents se noyaient dedans. Elle n'a pas attendu que j'aie fini de déglutir pour commencer à tourner une nouvelle vidéo. Ma bouche était comme prise dans de la colle quand j'ai marmotté face caméra :

« Nous sommes maintenant en vitesse de croisière et les gavages sont de plus en plus poussés. Par respect pour les oies et les canards auxquels je pense souvent, je m'efforce, pendant qu'on me remplit, de lutter contre moi-même en travaillant de conserve avec l'entonnoir et l'embuc : nous sommes trois complices qui obéissons au doigt et à l'œil à ma gaveuse. »

J'ai posé mes mains sur mon ventre, qu'elle a pris en gros plan, et j'ai continué :

« Regardez-moi cette bonne viande. Vous allez dire que je suis au comble de l'aliénation. Et alors ? N'y a-t-il pas de quoi pavoiser quand on voit ça ? Je me félicite que nos efforts soient couronnés de succès. Après en avoir tant bavé, c'est gratifiant de savoir qu'il y a déjà en moi de quoi faire bombance, jusqu'à s'éclater le péritoine. J'entends d'ici vos mâchoires qui branlent devant ma mouille, mon cul de ménage et mes poignées d'amour. Eh bien, je n'ai pas honte de dire que ça m'excite autant que ça m'effraie. Oui, je le reconnais, malgré mes moments de bonheur – il y en a –, je suis habité par la trouille, une trouille immense, indéfinissable, comme toutes les bêtes qui vivent ma condition. »

La caméra a tourné autour de ma carcasse qu'elle a filmée sous tous les angles. À mon grand déplaisir, elle s'est arrêtée un moment sur mes pauvres parties avant de s'attarder, Dieu merci, sur mes jambons que j'ai exhibés avec une fierté non dénuée de vanité.

« Tu as bien parlé, a murmuré Laura. On aurait dit un premier prix au concours de boucherie en train de faire son discours de remerciement. Sais-tu que je te trouve de plus en plus ragoûtant ? »

Après avoir posé la caméra, elle s'est approchée de moi et a mis sa bouche sur ma nuque qu'elle a mordue subitement jusqu'au sang. J'ai poussé un cri de terreur, une sorte de couinement primal, mais, en dépit de mes efforts, je n'ai pas pu rentrer dans la cage ma tête qu'elle tenait entre ses mains.

« Qu'est-ce que tu fais ? » ai-je hurlé.

Laura n'a pas répondu. Sa bouche est restée collée un long moment à la blessure et s'est repue du sang qui glougloutait, puis ses dents ont déchiqueté mes chairs vivantes, une sensation étrange, moins désagréable que je ne l'aurais cru.

Après un premier mouvement de surprise, j'ai fini par accepter mon sort, d'autant que ses incisives n'entraient pas profondément dans ma chair. Tout en suçant mon sang, Laura me grignotait avec respect, lenteur, délicatesse.

Au fur et à mesure qu'elle m'arrachait des petits bouts de chair, elle les mastiquait doucement, sans se presser, pour mieux me savourer. Comme elle était derrière moi, je ne pouvais observer de visu son contentement mais elle le manifestait en me caressant le front, les joues, le cou.

Avant de se dégager, Laura m'a arraché d'un coup de dent un dernier lambeau de viande, plus consistant que les précédents, et un nouveau cri s'est échappé de ma gorge. J'ai été saisi de honte.

« Pardonne-moi, m'a-t-elle dit la bouche pleine, en essuyant avec la main ses lèvres maculées de sang, mais je n'ai pas pu résister : tu m'échauffes tellement les papilles !

– Je comprends. C'est moi qui suis au-dessous de tout. J'ai surréagi, je ne sais pas ce qui m'a pris de crier comme ça. »

Ses sourcils étaient froncés, ses mâchoires hésitantes, attentives, comme quand on mâche quelque chose pour la première fois.

« C'est bon ? ai-je demandé.

– Sublime. J'adore l'idée de manger quelque chose de vivant qui palpite et se contracte comme une huître. »

Elle a dégluti en soupirant d'aise, puis :

« D'ailleurs, je trouve que ça a un goût d'huître, mais sans le sel, avec un arrière-goût sucré. C'est un miracle de tendreté qui fond dans la bouche comme de la confiture. On a vraiment bien travaillé, mon lapin. T'ai-je fait mal ?

– Franchement, un peu mais pas trop. C'est très supportable.

– Me donnes-tu l'autorisation de recommencer ?

– Tu n'as pas d'autorisation à me demander, tu te sers quand tu veux, c'est à toi. Je t'appartiens corps et âme, tu le sais bien : tu as table ouverte.

– Il ne faudra pas me le dire deux fois, hi, hi.

– Je suis heureux que tu m'aies apprécié, Laura. Tu n'imagines pas le plaisir que ça me fait. C'est étrange, j'étais sûr que tu étais végétarienne.

– Après avoir mangé ce que je viens de manger, ce n'est plus possible. »

Elle a ri d'un rire plein de sang.

« Avant de connaître Patrick, le steak tartare était mon plat préféré. Je suis devenue végétarienne à cause de lui et me revoilà carnivore grâce à toi.

– Merci, tu ne pouvais me faire un plus beau compliment. Profite, Laura. Je suis là pour ça. »

34

La clé des champs

« Les bêtes sont au bon Dieu,
mais la bêtise est à l'homme. »

Victor Hugo

Laura a nettoyé ma blessure à la Bétadine et posé un pansement dessus. J'étais moins fier que mal à l'aise : je pouvais désormais m'attendre à tout moment à une nouvelle incursion dentue dans ma chair. J'étais comme le morceau de viande en sursis sur l'étal de la boucherie.

Sitôt après cet incident, je me suis endormi et mon sommeil a été très léger, comme celui des lièvres ou des chevreuils sans cesse sur leurs gardes, les oreilles levées, et qui, la nuit tombée, sentent le danger partout, jusque derrière le moindre craquement de feuilles. Je me réveillais à intervalles réguliers, la bouche sèche, les membres tremblants, avec la chair de poule et une grosse boule visqueuse dans le ventre.

J'ai été tiré du sommeil par Alexandra. Chapeautée et

vêtue d'une robe en lin blanc, elle était là, devant la cage, entourée par les trois dobermans qui, quand ils ne la zieutaient pas, me reluquaient, la gueule ouverte, baveuse. Elle avait un sac dans une main et un drap dans l'autre.

« J'ai la clé, papet. »

J'ai poussé un petit cri de joie. Pendant qu'elle ouvrait le cadenas de la porte de ma cage, je lui ai demandé, étonné :

« Mais comment as-tu su que c'était la bonne clé ?

– Parce qu'elle était restée dans la porcherie, à côté de la cage, et qu'hier, Laura l'a rapportée en disant à Patrick que c'était imprudent de la laisser là, avant de l'accrocher à un clou dans la cuisine. Elle n'a pas remarqué que j'avais tout vu et tout entendu.

– Je ne comprends pas. Laura m'a dit qu'elle ne savait pas où elle était, que c'était Patrick qui la gardait.

– Il faudra que tu aies une explication avec Laura. Il y a des choses que tu n'as pas comprises. »

Elle a jeté un regard effrayé sur le haut de mon échine :

« Qu'est-ce que c'est que cette blessure ?

– C'est Laura. Elle a voulu goûter.

– Elle est vraiment folle à lier, celle-là. »

J'aurais bien continué la conversation sur le sujet mais ce n'était pas le moment. À peine sorti de ma cage, j'ai tenté de me mettre debout en m'agrippant aux barreaux. Cela n'a pas été sans peine. Je soufflais comme un bœuf.

Alexandra avait l'air fatiguée, ramollo. Quand j'ai été à sa hauteur, j'ai remarqué qu'elle avait aussi les yeux morts. J'ai compris que les Glostrob l'avaient gavée de Xanax, de

Valium, de Lexomil, de saloperies de ce genre. Apparemment, l'effet était le même.

« Quel est le plan ? ai-je dit.

– On file, papet. Il n'y a pas une seconde à perdre.

– Et les chiennes ?

– Elles viennent avec nous.

– Elles vont nous bouffer, Alex. Tu vois comment elles nous regardent, toi en particulier…

– C'est un risque à prendre. »

Elle a jeté le drap sur mes épaules et l'a disposé de telle sorte qu'il recouvre mon anatomie.

« C'est tout ce que j'ai trouvé, papet. Il n'y a plus rien qui te va. Allez, ne perdons pas de temps. »

Elle m'a montré la porte arrière de la porcherie. La main sur son épaule, j'ai marché avec précaution, en valdinguant, balancé par mes chairs qui me portaient, c'était selon, à droite, à gauche, en arrière, en avant. J'étais comme un bateau cerné par des courants contraires, qui risquait de gîter à tout instant.

Quand Alexandra a ouvert la porte, j'ai eu un mouvement de recul : aveuglé par la lumière blanche, je me suis senti percé par les flèches du soleil et il s'en est fallu de peu que je ne tombe. Quand j'ai eu repris mes esprits, elle m'a montré la forêt de hêtres et de pins qui dégringolait la croupe la montagne, devant nous. Une des trois chiennes m'a donné un coup de museau sur la jambe, pour me faire signe d'avancer.

Je marchais lentement, en prenant appui sur Alexandra. Je savais bien qu'elle ne m'empêcherait pas de tomber mais ça me rassurait. Elle était la dernière branche à laquelle je pouvais encore me raccrocher. En chemin, elle a fait le point de la situation.

« Laura est partie d'urgence chez le dentiste. Une grosse rage de dents. Elle m'a laissée sous la garde des chiennes, pendant que Patrick s'occupait des bêtes.

– Les chiennes ne vont jamais nous laisser nous enfuir.

– On verra bien, papet. On n'a pas le choix. »

J'étais en nage.

« Quand je m'éloigne un peu de la maison, m'a-t-elle dit, elles se mettent toujours devant moi et elles grondent. Sauf que, là, avant de te rejoindre, j'ai prélevé des morceaux de viande dans la chambre froide et je les leur ai donnés. J'en ai encore d'autres. »

Elle a ouvert son sac pour me les montrer.

« Quel est le plan ?

– Chaque fois qu'elles essaieront de nous arrêter, je leur donnerai de la viande. »

Elle a pointé son index en direction de la forêt mais ma biglerie m'empêchait de voir ce qu'elle me montrait.

« On va en direction de ces maisons en contrebas. Elles sont habitées : j'ai vu des lumières la nuit dernière. »

J'avais envie de dormir. Mais les hirondelles qui voletaient en chantant dans le ciel du matin me donnaient du courage. Dans la porcherie, elles m'avaient plus manqué que le ciel, le soleil, la Méditerranée.

Sans les oiseaux, le ciel est mort, le monde sépulcral et la vie ennuyeuse.

35

Le prince des légumes

> « L'égoïsme, ce gros ventru, cette citrouille qui prend toute la plate-bande. »
>
> Jules Barbey d'Aurevilly

J'aime les forêts. Plaignons ceux qui n'ont pas compris qu'elles parlent, dorment, respirent, jouissent, notamment quand montent dans leurs troncs les sèves du printemps ou qu'après l'été, les pluies d'automne les rafraîchissent.

Avant d'arriver chez les Glostrob, j'avais souvent rêvé d'être enterré en pleine forêt, mangé par les mousses, les bêtes fouisseuses, les insectes nécrophages. Je me voyais bien passer ma mort au milieu des arbres, de préférence au pied d'un chêne ou d'un hêtre, le corps fleuri d'herbes.

Pourquoi ne pas mourir là, finalement, la tête posée sur une souche trouée par la vermine, les pieds dans l'eau noire d'une souille feuillue ? Nous n'avions fait que deux ou trois cents mètres et j'étais déjà épuisé. J'ai dit à Alexandra que je la retardais, qu'il valait mieux qu'elle continue sans moi.

« Tu n'y penses pas, papet ! » a-t-elle protesté.

Est-ce parce que Alexandra avait élevé la voix ? Les trois chiennes nous ont barré le chemin en grondant, les crocs dehors. Ma petite-fille a plongé la main dans son sac et leur a donné des morceaux de viande.

« Vas-y, Alex, je reste avec elles et je les occupe.

– Je te répète qu'il n'en est pas question. »

Après que les chiennes ont eu fini leur viande, nous avons continué à descendre le flanc de la montagne. Grisé par l'air vif, j'essayais d'aller le plus vite possible mais j'étais pathétique – molasse et pathétique.

Alexandra m'a enfin posé, sans me regarder, la question qui, j'imagine, lui brûlait les lèvres :

« Pourquoi as-tu fait ça, papet ?

– Pour les bêtes.

– Es-tu vraiment sûr que ça va servir leur cause ?

– Je n'ai aucun doute là-dessus, Alex. »

Parler et marcher en même temps, ça me fatiguait. Tout à coup, j'ai vacillé et, pour ne pas tomber, me suis retenu à un tronc d'arbre.

« J'ai des vertiges, ai-je dit. Il faut que je me repose un peu.

– C'est impossible, papet. Sinon, on va se faire gauler.

– Pars sans moi, je t'en supplie. »

Est-ce parce que j'avais haussé le ton ? Les chiennes nous ont de nouveau barré la route, la tête basse, en montrant leurs crocs dégoulinants. Alexandra leur a encore donné des morceaux de viande. Mais quand elles les ont eu engloutis, elles ont recommencé leur manège en formant un mur devant nous.

Soudain, l'une des chiennes a filé tandis que les deux autres continuaient à nous empêcher de passer. Elles ont si bien joué leur rôle de garde-chiourme, la gueule béante, prête à nous crocheter, que j'ai fini par me demander si, à un moment donné, notre dernière heure n'était pas arrivée. Après s'être bien goinfrées, avaient-elles toujours, rien qu'à nous bader, l'estomac qui criait famine ?

Alerté par la chienne qui était partie le chercher, Patrick nous a rejoints un quart d'heure plus tard, un fusil à la main. Il a remercié chaleureusement les dobermans, puis, sous leur garde vigilante, nous a reconduits sans rien dire à la porcherie. Il m'a remis dans ma cage, et a installé dans le box du fond Alexandra, qui aussitôt a éclaté en sanglots.

Il s'est éclipsé un moment, puis est revenu avec plusieurs pilules dans la main. Après m'avoir demandé de garder la bouche grande ouverte, il en a jeté trois au fond de mon palais avant de verser de l'eau dessus, pour être sûr que je les ingurgite.

« C'est quoi ? ai-je demandé.

– Les pilules du bonheur et de la sérénité. »

Alexandra a eu droit au même traitement, anxiolytiques et somnifères : deux Xanax et deux Stilnox. La cure qui me fut infligée par la suite m'a transformé en légume, à peine capable de bouger, de parler, de mâcher.

Longtemps après, j'ai été réveillé par Laura, qui m'a fait la morale :

« Tu m'as déçu, ducon. Je croyais que nous avions réussi à bâtir une relation de confiance. Je t'ai surestimé. Après tout ce que j'ai fait pour toi ! Quelle ingratitude !

– Pardonne-moi, mon amour, j'ai tellement honte.

– Je ne peux pas t'en vouloir. Tu t'es laissé embringuer comme un couillon. Si j'en veux à quelqu'un, c'est à ta petite-fille, une personne fourbe et malhonnête qui m'a trahie. »

Désormais, privilégiant les gavages intenses au détriment de l'auge qu'elle ne remplissait plus, Laura me fourrait régulièrement des pilules dans la gueule. Grâce à quoi, j'étais tellement en paix avec moi-même qu'elle a fini par me dire, une fois, sur le ton d'une personne qui crie victoire :

« Tu ressembles de moins en moins à un porc et plus en plus à une grosse courge, tu sais. La même inertie, la même insensibilité, la même intelligence. »

Elle a ri. Moi aussi. J'acceptais ma condition : j'étais devenu complètement abruti, même si, parfois, je redoutais, en croisant ses regards gourmands, que Laura ait envie, soudain, de prélever de nouveau sur moi un petit morceau de chair vivante.

36

Le canard de Montherlant

« Le temps viendra où les hommes,
comme moi, regarderont le meurtre des
animaux comme ils regardent maintenant
le meurtre de leurs semblables. »

Léonard de Vinci

Dans son box du fond, Alexandra était dans un état proche du mien et c'est peu de dire que nos discussions n'étaient ni intelligentes ni soutenues. Révoltée par son sort, elle n'avait, comme moi, aucune suite dans les idées. Elle parlait lentement, sans articuler, d'une voix traînante, grasseyante. Parfois, elle s'affolait, sa voix montait dans les aigus et je ne comprenais pas grand-chose de ce qu'elle disait. Je m'efforçais surtout de la calmer. Sans succès, la plupart du temps.

Elle : « Une fois que j'aurai atteint le bon poids, crois-tu qu'ils me laisseront sortir, comme ils me l'ont promis ? »

Moi : « Si c'est ce qu'ils t'ont dit, il n'y a aucune raison de mettre leur parole en doute. »

Elle : « Je ne supporte pas les gavages : ce sont des insultes à mon intégrité. »

Moi : « J'étais comme toi au début. Sur le papier, un gavage, c'est comme un viol. Mais bon, on découvre vite que ça n'a rien à voir, qu'il y a une forme de jouissance à s'abandonner à la volonté de quelqu'un d'autre pour se dépasser. »

Il y a eu un long silence. J'ai pensé qu'elle était consternée par ce qu'elle venait d'entendre.

Elle : « Ils m'ont raconté comment tu avais atterri là. Je ne comprendrai jamais, papet, pourquoi tu t'es lancé dans cette histoire absurde. »

Moi : « Figure-toi que moi non plus. »

Je lui ai répondu par une formule géniale que j'avais trouvée dans une ancienne chronique de Henry de Montherlant, un écrivain aux airs de grand d'Espagne condamné à l'exil dans un trou perdu. Dans ce texte que *Le Figaro* avait eu la bonne idée de republier récemment, il racontait ses promenades dans le jardin de Bagatelle.

Je lui ai récité deux fois, tant elle me réjouissait, cette formule que je connaissais par cœur :

« Qu'une vie est heureuse quand elle commence par l'ambition et finit par n'avoir d'autres rêves que celui de jeter du pain aux canards ! »

Au silence qui a suivi, j'ai compris que la phrase de Montherlant lui avait plu.

« C'est moi, le canard, ai-je commenté, et on me gave de farines de toutes sortes. »

En revanche, elle n'a pas apprécié ma réflexion parce qu'elle a tout de suite enchaîné sur autre chose.

Elle : « Crois-tu que l'on puisse avoir encore une chance de s'échapper, papet ? »

Moi : « Je ne crois pas. »

Notre conversation a été interrompue par l'arrivée de Laura, un seau dans chaque main. Après avoir versé le contenu du premier dans mon auge, elle a déposé le second devant le box d'Alexandra avant d'aller chercher le gorgeoir et son tube. Aux petits cris que ma petite-fille a émis pendant le remplissage, il m'a semblé que son gavage était léger, sans rapport avec les miens.

Le gavage d'Alexandra terminé, Laura a dit :

« C'est bien, ma poulette. Tu as de belles capacités. Tiens, une récompense… »

Ensuite, Laura est venue vers moi et s'est assise au pied de ma cage :

« Je sais ce que tu ressens. Ne te fais pas de mouron pour elle, mon cœur. Je ne lui ferai aucun mal. Je vais juste la garder pour faire pression sur toi. »

Elle a approché son visage et sa voix a chuinté entre les barreaux :

« Elle n'est pas très causante, ta petite-fille.

– C'est parce que tu la bourres d'anxiolytiques. On dirait un zombie.

– Comme toi, a-t-elle dit.

– Tu devrais baisser les doses.

– Je les baisserai quand elle aura bien grossi.

– Pourquoi veux-tu qu'elle grossisse ?

– Rassure-toi, pas pour la manger, a-t-elle murmuré. Pour la calmer. »

Laura a enfourné dans ma gueule une tablette de chocolat au lait Puyricard, une pure merveille qu'elle avait cassée en deux.

« Qu'allez-vous faire d'Alexandra ? ai-je marmonné, la bouche pleine.

– Rien n'est encore prévu.

– Pourquoi l'avoir encagée, alors ? »

En guise de réponse, elle a jeté dans ma bouche un rocher praliné Suchard, puis m'a annoncé sur un ton guilleret que j'entrais dans la deuxième phase de l'engraissage avant ce qu'elle appelait la « finition ».

Ai-je eu l'air déçu ?

« Je vais continuer à te gaver, a-t-elle affirmé sur un ton décidé, comme pour me rassurer, mais ce sera une fois de temps en temps, pour le plaisir. »

Un peu plus tard, après la pesée, Patrick, au lieu de partir comme un voleur, est resté un moment avec moi. Il m'a dit qu'il adorait mon dernier roman, qu'il était en train de lire, *La Guerre des arbres*. Sans me donner mon poids exact, il m'a félicité pour mes résultats, qui dépassaient toutes ses espérances. J'engraissais très vite, peut-être même trop vite. « Tu es si bien lancé, qu'on se demande s'il ne faudrait pas calmer la bête, pour éviter les complications, les accidents de parcours.

– Comme vous voudrez, monsieur. »

Il m'a demandé si je ne manquais de rien. Je lui ai parlé de l'ordinateur que j'attendais toujours pour écrire mon livre. « Ce sera pour bientôt, a-t-il répondu. Tu l'as bien mérité. »

J'ai réclamé aussi de pouvoir passer du temps avec Alexandra, mon rêve étant qu'il l'installe dans une cage à côté de moi, pour que nous puissions échanger, partager.

« Je vais y réfléchir, a-t-il dit, mais je crains que ce ne soit pas possible, Gros-Cul. Tu es si bien parti, il faut éviter tout ce qui risquerait de te déconcentrer, tu comprends ?

– Je comprends, monsieur. »

37

Le syndrome de la vache

« La terre nous donne des richesses en abondance et de la nourriture pacifique. Elle nous offre des repas qui ne sont tachés ni de sang ni d'assassinat. »

Pythagore

Quand Laura a mis fin à ma cure de somnifères et d'antidépresseurs, j'avais beaucoup forci. Lancé à pleins gaz, disait-elle, je ne pourrais plus m'arrêter de grossir, comme les bêtes de boucherie dans la dernière ligne droite.

« Tu donnes un bel exemple à ta petite-fille, a-t-elle déclaré. Je vais l'emmener te voir. »

Mon sort était scellé : j'étais voué à l'engrais jusqu'à ma mort, comme d'autres à la gloire ou à la misère. Me dilater toujours plus, devenir un festin vivant, un gros colintampon, n'était-ce pas une belle raison d'être ?

Les médicaments m'avaient tellement abruti que je

m'étais à peine rendu compte, pendant cette période, de la métamorphose de ma poitrine : deux énormes seins avaient fleuri dessus. Épanouis, galbés et charnus, ils étaient en forme de bonbonnes. Comment avaient-ils pu pousser aussi vite ? Je redoutais qu'ils ne me gênent si, un jour, je me trouvais réduit à marcher sur les coudes.

« Un jour, s'est amusée Laura, tu seras comme une grosse boule que je pousserai devant moi.

– Si je peux encore rouler, ai-je objecté.

– Allons, mon cœur, tu n'es pas encore grabataire. »

Au rythme où ils se développaient, mes seins ressembleraient bientôt aux mamelles des vaches laitières dont les avancées de la génétique et de la sélection font traîner les pis par terre. Au point qu'on peut se demander s'il ne faudra pas un jour hisser leurs pattes sur des échasses.

Tels sont les effets du progrès : aujourd'hui, une vache laitière peut produire vingt-huit litres en moyenne par jour, au moins quatre fois plus qu'en 1945 et deux fois plus qu'en 1970. J'étais en train de devenir un porc mais avec des mamelles de vache, l'animal le plus généreux de la ferme.

Difforme et bancale, la vache ne danse plus comme autrefois dans les champs, de peur que des épines de ronces ou de chardons ne déchirent ses pis pendants qui effleurent le sol. Elle est à bout, à force d'être exploitée au maximum. Chaque année, elle donne naissance à un veau qui est aussitôt séparé d'elle pour être mis à l'engrais, dans le noir, jusqu'à l'abattage. Alerte enlèvement, dirait-on, s'il s'agissait d'humains.

Déchirants sont les cris de la mère et de son petit qui s'appellent et se répondent pendant des jours et des nuits, d'une étable à l'autre. Quand je les entendais meugler et gémir, pendant mon enfance, j'avais honte pour l'espèce humaine. Qu'est-ce qui l'autorise à martyriser ainsi des animaux aussi pacifiques ?

Après seulement huit ans de bons et loyaux services alors que son espérance de vie est de vingt ans, la vache, usée jusqu'à la corde, est envoyée à l'abattoir d'où elle sort étiquetée comme viande de bœuf, dont elle constitue un tiers de la production. Pourquoi ce tour de passe-passe ? À mon humble avis, c'est la preuve que même les carnivores les plus enragés auraient des scrupules à manger de la vache, révérée et sainte, ce qu'ils font pourtant sans le savoir.

J'adorais caresser mes mamelles. Ça faisait des vacances à mon ventre. Sans doute pour me mettre en condition, Laura n'a plus cessé de me féliciter pour les courbures de mes seins, « dodus » et « faramineux ». J'étais fier de susciter chez elle des flambées de désir, fussent-elles gastronomiques.

« Dire que tu ne te croyais pas à la hauteur ! s'est-elle exclamée une fois. Heureusement que je ne t'ai pas écouté ! Les antidépresseurs t'ont fait du bien, mon lapin. Tu as de chouettes couleurs, maintenant. »

Laura a caressé mes bajoues :

« J'ai hâte de savourer tout ça.

– Ça se mange ?

– Oui, en fines tranches. C'est du bacon, voyons ! »

À tout prendre, je préférais être mangé cuit que cru. Entre deux mangeries, je pensais souvent, avec émotion, au moment où je serais grillé, braisé, mijoté, servi, dégluti avant de me dissoudre dans les entrailles aimantes, bienfaitrices, de mes maîtres, de leurs dobermans et de leurs fauves.

Dans mes rêveries, j'imaginais des langues me savourer, des biles me décomposer et je me faisais une joie à l'idée que ma chair soit dégustée et sa quintessence fondue, après mon sacrifice, dans un nouveau corps d'où le reste, après avoir glissé le long des intestins, serait évacué sous forme d'excréments.

Pour mettre toutes les chances de mon côté, je me massais régulièrement, comme Laura me l'avait demandé, les jambons, les épaules et les côtes avec de la bière, du cognac. Je voulais être le meilleur possible. Sur le plan culinaire, il va de soi. Avec l'absence d'activité, le massage favorisait la tendreté de la chair. C'était le seul but de ma vie avec la prise de poids.

Un jour, Laura a sorti Alexandra. Elle l'avait vêtue d'un chapeau, d'une robe de chambre, et l'a promenée dehors, pieds nus, avec les trois chiennes qui l'entouraient comme des gardes du corps. Au retour, elles se sont toutes arrêtées devant mon box pour m'admirer.

Assis devant moi comme s'ils étaient au spectacle, les dobermans salivaient à flots continus comme des fontaines. La tête penchée, ils semblaient très absorbés. J'évitai de bouger : je les sentais prêts à bondir au moindre flageolement de chair.

« Quand tu vois les formes de ton grand-père, a demandé Laura, ça ne te met pas l'eau à la bouche ?

– Je suis végétarienne », a marmonné Alexandra.

Arrivée au stade suprême de l'hébétude à cause de sa consommation effrénée d'anxiolytiques, elle s'était empâtée mais ma myopie ne m'a pas empêché de constater que le régime des Glostrob n'avait pas eu tout à fait raison de sa beauté.

« Tu es belle », ai-je dit.

38

Heureux les cochons…

> « Le cochon n'est devenu sale que par suite de ses fréquentations avec l'homme. À l'état sauvage, c'est un animal très propre. »
>
> Pierre Loti

Après les grandes catastrophes de ma vie, les deuils ou les échecs, il m'est souvent arrivé de penser que j'étais dans un film et qu'il suffisait, pour les évacuer, de le rembobiner. À l'affût, j'attendais l'occasion de pouvoir tout recommencer à zéro.

Un jour, une voiture s'est arrêtée devant la porcherie. Quand la portière a claqué, mon cœur s'est mis à battre comme une grosse caisse. Quel jour était-on ? Mon intuition me disait que c'était ma sœur Isabelle. J'ai cru reconnaître son pas décidé mais léger sur le gravier.

J'avais confiance en Isabelle, elle avait un sixième sens et ses yeux de laser lisaient dans les pensées des gens. Elle aurait tôt fait de comprendre ce qui se passait chez les Glostrob. Quand la voiture est repartie, un moment plus tard, j'ai pensé que mon supplice touchait à sa fin et que, comme dans les westerns, la cavalerie arriverait bientôt pour me libérer.

Que dirait Isabelle, quand elle reviendrait ici avec la police, en voyant ma métamorphose, mes protubérances ? Elle ne crierait pas, elle ne me jugerait pas, elle m'embrasserait comme une mère, la mère qu'elle avait toujours été pour moi. Elle serait même fière de ma plantureuse hypertrophie.

J'étais devenu quelqu'un d'autre. Mon vieux corps acceptait sa condition de poussah. Après la cure de somnifères et d'anxiolytiques, j'étais devenu un crétin soumis et infantilisé, qui acceptait son destin. Je me sentais incapable d'imaginer une autre vie que celle-là qui consistait à me laisser remplir. Laura avait tué tout ce qui restait d'humain en moi.

Après chaque épreuve, elle avait pris l'habitude de fourrer dans ma bouche, pour me récompenser, un baba au rhum ou un gâteau à la crème beaucoup trop grands pour être engloutis en une seule bouchée. J'en avais partout, sur le menton, au-dessus du nez. C'était humiliant. Je n'aimais pas sa façon de faire et, plus d'une fois, j'ai failli m'étouffer. Mais je ne lui ai jamais rien dit, de peur qu'elle ne cesse ses petites attentions.

Certains jours, pour me récompenser de prises de poids qui l'avaient impressionnée, elle me laissait une « surprise » dans mon auge. Au milieu des tourteaux, des granulés, des épluchures, des abricots ou des tomates, je découvrais une religieuse au café, un saint-honoré, un gros bol d'aïoli ou de rouille. Du lourd, du calorique, qui me comblait de bonheur.

Si elle me donnait mon compte de carottes, Laura n'oubliait jamais, pour maintenir la pression, de me montrer son bâton, me rappelant ainsi qu'ayant oublié de finir mon auge plus souvent qu'à mon tour, j'avais dépassé les cent points de pénalités. Il faudrait donc, tôt ou tard, me couper quelque chose.

« Pourquoi pas les oreilles, pour ce que tu t'en sers ? Ou bien ta main gauche ? »

Chaque fois, ça faisait son effet : je frissonnais mais je ne relevais pas et ça ne troublait jamais longtemps l'espèce de félicité qui m'envahissait parfois pendant les mangeries. Un jour, en me regardant me repaître dans mon auge de pêches et d'une tarte aux fraises pour quatre personnes, elle me cita Jules Renard, un écrivain dont elle lisait le *Journal* : « Heureux les cochons qui occupent toute leur tête à manger, et qui ne parlent qu'avec la queue ! »

J'étais comme les cochons de Jules Renard. Sauf que je n'avais pas de queue. Mais il me semblait que mon coccyx, autrement dit mon moignon de queue, dansait dans la chair de mon fessier pendant que je me sustentais, le groin dans les fraises :

« Qu'est-ce que j'aimerais avoir une queue pour dire au monde ma joie de m'empiffrer ! »

39

Les yeux fermés

« Quel animal admirable que le cochon !
Il ne lui manque que de savoir faire
lui-même son boudin. »

Jules Renard

J'aurais pu attendre Isabelle longtemps. Ce n'était pas ma sœur, mais la directrice d'une agence immobilière qui, l'autre jour, avait rendu visite aux Glostrob.

« Elle nous a proposé une grosse somme d'argent pour une partie de notre terrain où elle voulait construire un hôtel, m'a appris Laura. On a refusé. “On veut rester purs”, on lui a répondu. »

Après m'avoir fait ma piqûre régulière contre la phlébite et une autre à l'épaule pour m'injecter de l'hormone de croissance, Laura m'a caressé le crâne avec tendresse.

« C'est grâce à toi. Si on ne t'avait pas rencontré, on aurait été obligés d'accepter. Comme dit Patrick, “pour rester pur, il faut avoir les moyens”. Merci, mon cœur. »

Laura a versé dans l'abreuvoir la boisson fermentée blanche que je buvais désormais à la pipette. Ça me rappelait quelque chose mais je n'arrivais pas à l'identifier. Une fois, je lui ai demandé ce que c'était mais je n'ai obtenu qu'un haussement d'épaules : ça ne me regardait pas.

Ces temps-ci, la boisson devenait de plus en plus épaisse.

« On dirait de la bouillie, ai-je dit, c'est très bon mais ça ne me désaltère presque pas.

– Si tu as toujours soif, eh bien, tu n'as qu'à en boire plus, mon lapin.

– Je préfère l'eau.

– L'eau, ça n'est pas recommandé pour toi. Dans son *Manuel du charcutier*, M. Lebrun est formel : il faut donner le moins possible de liquides aux porcs à l'engrais. »

Pour le reste, les gavages, de plus en plus rares, devenaient des formalités. Quand Laura poussait la porte de la porcherie, mon cœur sautait de joie et, dès qu'elle ouvrait le clapet de ma cage, je sortais la tête en ouvrant grand la bouche comme une bête affamée, impatient de sentir la précieuse mixture glisser dans le tuyau de gavage pour se répandre en moi.

« Fausse alerte, rigolait-elle. Le gavage, ce sera pour la prochaine fois. Tu ne perds rien pour attendre, mon cœur. »

Après avoir rempli mon auge, elle a caressé ma tête, pendant que je me repaissais en grouinant.

« Quand je te gavais à un rythme soutenu, tu aimais bien, hein ? a-t-elle dit. Avoue que ça te manque un peu.

– Oui, parce que le gavage est un acte d'amour, un échange et un partage. »

Maintenant que je semblais heureux d'être sa chose, elle ne supportait plus que je lui résiste. Un jour, alors que Patrick venait de terminer la pesée, j'ai sorti la tête du clapet de la cage mais en gardant la bouche fermée : je lui avais expliqué à son arrivée que j'étais sujet à des renvois et à des reflux gastriques avant de lui proposer de retarder le gavage d'une heure ou deux. Elle n'a pas répondu.

Quand, en élevant la voix, elle m'a intimé l'ordre d'ouvrir les mâchoires, je les ai serrées. Elle a insisté et, devant mon refus d'obtempérer, m'a donné de haut en bas un violent coup de poing qui m'a cassé l'os du nez et m'a arraché un grand cri. Je pissais le sang comme un goret. Les chiennes se sont mises à aboyer et à gratter la porte.

« Tu as eu la main lourde, a dit Patrick. Pauvre Gros-Cul !

– Il n'a que ce qu'il mérite, s'est-elle écriée. Il ne peut pas n'en faire qu'à sa tête, comme s'il était mon patron !

– Je m'excuse, ai-je murmuré. C'est ma faute. J'ai été au-dessous de tout. »

40

Tête de veau

> « La vraie bonté de l'homme ne peut se manifester en toute pureté et en toute liberté qu'à l'égard de ceux qui ne représentent aucune force […] : les animaux. »
>
> Milan Kundera

Patrick m'a d'abord badigeonné le nez de Bétadine, puis ce fut au tour de Laura de réaliser le gavage le plus réussi depuis mon arrivée chez les Glostrob. Prêt à tout pour la reconquérir, je me suis surpassé.

C'est une guerre que j'ai gagnée, avec l'aide de Laura, contre mon ventre, mes tripes, mes instincts. Jamais je n'avais encore éprouvé une telle sensation de dégradation, de saturation, de trop-plein.

« Encore ! a dit ma gorge quand elle semblait prête à arrêter.

– Es-tu sûr ? »

J'ai fermé les yeux pour dire oui.

« Encore ! Encore !

– Comme je t'aime quand tu es comme ça ! m'a-t-elle dit. Tu me rends tellement heureuse : je me sens récompensée de tout le mal que je me donne pour toi. »

Quand elle a retiré l'embuc, j'étais bon à jeter à la poubelle, au milieu de mes bouses. Sans doute avais-je l'air plus stupide que jamais. Comme souvent après l'effort, je faisais ma tête de veau, la langue pendante. Elle s'est accroupie devant ma cage, a introduit une barre de nougat dans ma bouche et m'a donné une petite tape affectueuse sur le crâne.

« Tu as été exceptionnel, m'a-t-elle félicité. Tu m'as donné une grande leçon de courage.

– C'est parce que je t'aime, mon amour. Je voulais me faire pardonner.

– C'est fait. Moi aussi, je m'excuse de t'avoir frappé. Mais que ça te serve de leçon ! Tu n'es qu'un ventre et les ventres n'ont pas leur mot à dire. C'est moi qui décide, et toi, tu exécutes, d'accord ? »

Elle a dû lire de la détresse dans mes yeux parce que, avec une expression pleine de compassion, elle a glissé sa main entre les barreaux et tripoté mon vit qui s'est dressé comme un bâton.

« C'est ta récompense, a-t-elle murmuré.

– J'aimerais tellement mourir comme ça, ta main sur mon engin. »

Son portable a sonné. Sa main a quitté mon vit et

commencé à textoter. Jamais je n'ai autant haï un téléphone.

« Que devient Alexandra ? lui ai-je demandé.

– Elle profite bien.

– Je ne l'entends jamais.

– Elle est très fatiguée, la pauvre. Quand tu vois sa prise de poids, tu comprends tout. Faire du gras n'est jamais reposant. Tu es bien placé pour le savoir, mon cœur.

– Vous allez continuer à l'engraisser longtemps ?

– Non, on va bientôt arrêter. On voulait simplement limiter sa mobilité et augmenter sa dépendance. Les gros sont plus faciles à gérer.

– Vous allez la garder avec vous, alors ?

– C'est possible. »

Laura a baissé la voix :

« On essaie de changer son caractère. C'est pour ça qu'on la bourre d'antidépresseurs, de somnifères et d'alcool.

– C'est affreux ! ai-je gémi.

– Mais ça marche. »

À son intonation, j'ai pensé qu'elle mentait.

« Je t'en supplie, ne lui faites pas de mal. Alexandra est ce que j'ai de plus cher au monde.

– Pour qui nous prends-tu, mon cœur ? Elle m'a trahie mais je l'aime quand même. On n'a aucune raison de la maltraiter. »

J'ai pleuré. Pour me consoler, Laura a de nouveau tripoté mon vit, qui l'a saluée, et inspecté mes bourses mortes avant de tirer ma main vers elle et de poser un baiser dessus.

Elle venait de verser ma mangeaille dans l'auge quand Patrick est entré dans la porcherie et a glissé la balance sous les barreaux de la cage pour que je procède au rite de la pesée. Après avoir noté le chiffre sur un calepin, il a émis un sifflement d'admiration, a chuchoté quelque chose à l'oreille de Laura et est reparti comme il était venu, sans rien dire, ni bonjour ni au revoir.

Quand j'ai demandé mon poids à Laura, elle a fermé les yeux avec un gros soupir d'agacement.

41

Une symphonie de baisers

> « Juste pour le plaisir de quelques pauvres bouchées de chair, nous privons une âme du soleil et de la lumière, et de la vie et du temps qui lui revenaient. »
>
> Plutarque

Plus tard, alors que je dormais, Laura est revenue avec une barquette d'un litre de glace au yoghourt, ma préférée entre toutes, dont elle a versé le contenu dans l'auge. J'ai compris qu'elle voulait se faire pardonner de m'avoir cassé le nez.

« Ce n'est pas bon pour ton régime minceur, a-t-elle rigolé, mais ça te fera du bien par là où ça passera.

– Oh, merci ! » me suis-je exclamé comme un enfant devant son cadeau de Noël.

Elle m'a regardé avec de grands yeux fascinés mordre la glace et m'empiffrer sans retenue. J'en avais partout mais j'étais au septième ciel. Plus je m'en repaissais, plus j'aimais Laura.

« Je pourrais te regarder manger pendant des heures, a-t-elle dit, alors que j'ai toujours de la peine pour les chairs mortes que dévorent les fauves ou les chiennes. »

Elle m'a annoncé que la lionne était en chaleur depuis la veille. Pendant la semaine à venir, son mâle et elle copuleraient chaque jour toutes les quinze minutes, soit une cinquantaine de fois en vingt-quatre heures.

« Ça fait rêver, m'a-t-elle susurré en me caressant l'épaule. J'aimerais que tu voies ce spectacle.

– J'adorerais.

– Les lions ont atteint le stade suprême de la civilisation. C'est toujours la femelle qui domine, elle qui décide quand et où elle acceptera de faire l'amour.

– Comme toi, Laura, ma lionne.

– Sauf que toi, hélas, tu n'es pas un lion, hi, hi. »

Après avoir léché le fond de glace, j'ai tourné ma tête vers elle, éperdu de gratitude :

« Même quand tu es cruelle avec moi, je t'aime, Laura.

– Je n'en doute pas, mon chéri. Tu n'as cessé de me le prouver depuis que tu es arrivé chez nous. Dès le premier jour, tu as été grandiose, magistral. Je t'admire, mon cœur. »

Il y a eu un silence. Je ne galèje pas : j'étais si estomaqué par le compliment de Laura que j'ai dû reprendre mon souffle.

« Reconnais, a-t-elle dit, que mon coup de poing t'a motivé.

– Oui. Curieusement, c'est moi qui me suis senti

coupable. J'ai pensé que tu étais à bout, que je te donnais trop de travail.

– Tu as raison, je suis en train de craquer.

– Il ne faudra jamais perdre cet amour, ai-je insisté. Quand je serai parti, si c'est le mot qui convient, je veux que tu le gardes toute la vie, que tu le cultives. »

Elle a regardé autour d'elle, comme si je m'étais adressé à quelqu'un d'autre.

« Parfois, ai-je poursuivi, j'ai des doutes, je me dis que tu me manipules, que tu fais semblant pour obtenir le maximum de moi. Dis-moi que j'ai tort. »

Apparemment, la conversation ne l'intéressait pas. Elle s'est levée brusquement en redressant ses cheveux.

« Veux-tu encore de la glace, mon lapin ? »

J'ai fait oui et elle est allée chercher une nouvelle barquette d'un litre de glace au yoghourt qu'elle a vidée dans l'auge. Tout en me goinfrant, j'ai repris notre conversation où elle l'avait laissée et lui ai demandé si elle était sûre de m'aimer autant que je l'aimais.

« Comment peux-tu me poser la question ? s'est-elle indignée. Ce qui me porte vers ton corps, ce n'est pas une simple pulsion amoureuse comme il y en a tant, mais un amour plus entier, plus complet, plus profond. Celui, cumulé, de la mère, de la femme, de l'éleveuse, de la bouchère, de la cuisinière. Une envie folle de te prendre dans mes bras, de te câliner, de te mordre, de te posséder, de te découper, de te désosser, de te cuisiner.

– De me tuer aussi ? ai-je demandé.

– Ah, non. Je préférerais que ce soit Patrick qui se charge de ça.

– Si c'était toi, j'aurais plus confiance. Je serais même prêt à guider la pointe de ton couteau jusqu'à ma carotide. »

J'imaginais déjà la scène, elle mal à l'aise, la main tremblant comme une feuille, et moi cherchant du doigt l'artère pour indiquer au couteau là où il devrait entrer pour fouailler les replis de ma chair : « C'est là, mon amour. Touche. Ça bouillonne comme un fleuve qui veut sortir de son lit. Allez, perce-moi, n'aie pas peur, ne tremble pas, enfonce le couteau d'un coup sec, sur trois centimètres, ça suffira, fais pivoter légèrement la lame, remue la pointe, ça va me faire très mal, tant pis si je couine, il faut être sûr de trancher la carotide, de briser tous les tissus, d'ouvrir bien la plaie. Après, retire vite le couteau. Tu verras, le sang libéré jaillira aussitôt, un sang chaud, vivant, sucré, purifiant, qu'il ne faut pas perdre. Tu auras approché la bassine avant qu'il gicle, sinon il y en aura partout, et tu n'oublieras pas de le touiller pendant toute la saignée pour qu'il ne coagule pas, c'est important. Ne t'en fais pas pour moi, j'essaierai de rester le plus digne possible. Je serai heureux d'être ton geyser. À toi de recueillir mon eau de vie, n'en perds pas une goutte avant de te régaler. »

Quand je lui ai demandé comment je serais tué, elle a fait une moue irritée :

« C'est possible qu'on te saigne comme un cochon. À moins qu'on t'égorge comme un mouton.

– Quelle est la différence ? lui ai-je demandé alors que je connaissais la réponse.

– La saignée consiste à percer la carotide dans le cou. L'égorgement à enfoncer un couteau effilé tout le long du cou, profondément à l'intérieur, pour ramener ensuite la lame vers l'extérieur, en tranchant du même coup les artères carotides, les veines jugulaires, le tube digestif, les cordes vocales. C'est pourquoi, contrairement au cochon, le mouton meurt sans émettre un son. Dans le premier cas, on peut récupérer le sang pour faire des boudins. Dans le second, il faut le jeter à cause des matières qui risquent de sortir de l'œsophage.

– Je préfère la saignée. Mais c'est à vous de trancher, si j'ose dire. Je ne le conteste pas. J'ai simplement le droit d'être informé, Laura. Je suis quand même le premier concerné. »

42

Orgasmes

« Les êtres humains sont les seuls animaux
dont j'aie réellement peur. »

George Bernard Shaw

Laura m'a réveillé avec un air de deux airs. Son visage était à quelques centimètres du mien et son souffle me caressait quand elle a dit, ses yeux dans les miens :

« Je sais pourquoi j'adore te regarder quand tu manges ou que je te gave. C'est à cause de tes petits râles de peur et de plaisir qui sont tellement excitants. On dirait que les rôles sont inversés, que c'est moi qui te fais l'amour.

– D'une certaine façon, c'est le cas, Laura. Tu me transperces.

– Un gavage, c'est comme une copulation, hein ?

– Au début, toujours, ai-je dit. L'amour, c'est se donner et je me donne à plein. Après, il arrive que ça tourne mal.

– Eh bien, moi, quand je te remplis la panse, mon

chéri, je suis souvent en transe, ça me rappelle ma chanson préférée de Johnny Hallyday : *Derrière l'amour*. Tu la connais ? »

Saisissant un micro imaginaire, elle a planté ses yeux dans les miens et commencé à chanter :

« Donne-moi, donne-moi ton corps
Pour y vivre et pour y mourir… »

Heureuse de l'effet que ça produisait sur moi, elle a monté le son en se tortillant comme une rockeuse :

« J'ai besoin de tes mains sur moi
Et de ton souffle et de ta voix
De tes joies, de tes plaintes
De tes cris, de tes craintes
J'ai besoin de ton corps. »

Après le refrain que je vous passe, elle s'est arrêtée et j'ai applaudi chaleureusement. Elle a souri, s'est rapprochée, a baissé la tête et m'a embrassé le front.

« Tu chantes drôlement bien, ai-je dit tout doucement.

– Merci.

– Les mots de la chanson sont tout à fait appropriés : joies, plaintes, craintes. Quand tu me gaves, à la fin, tu m'affoles.

– C'est bien ce que je disais : tu vis ça comme un orgasme. Tu sais, c'est un grand bonheur pour moi de te voir gigoter, te contorsionner, t'angoisser mais aussi profiter de tout ce que je te mets, t'arrondir de partout, prendre des rondeurs bouchères. »

Elle a caressé mon encolure, mes bajoues. J'aurais aimé que Laura m'embrasse, ç'aurait été magique, mais elle n'avait pas la tête à ça.

« Tous les deux, ai-je dit, nous sommes en train d'écrire une très belle histoire d'amour.

– J'aimerais qu'un jour, nous concrétisions tout ça, mon cœur.

– On pourrait : regarde, Laura, je bande. »

Elle a vérifié et s'est exclamée sur un ton qui me sembla surjoué :

« C'est vrai, ma parole ! Que c'est beau !

– Mais pour aller au bout de nos sentiments, il faudrait que je sorte de la cage. J'aimerais tellement !

– Je l'ai demandée à Patrick, l'autre jour. Il n'est pas contre mais il m'a dit d'attendre un peu.

– Ce jour sera le plus beau de ma vie, Laura. »

Si je pouvais enfin sortir de ma cage, ce serait pour moi l'occasion ou jamais de m'évader. Après la turlute, toutefois. À cette double perspective, mon corps a frissonné jusque dans la moelle de mes os.

Croyait-elle ce qu'elle disait ? Qu'importe, ça faisait du bien, alors que je devenais de plus en plus dodu, ventru, fessu, un remède à l'amour. Une grosse masse molle, asexuée. Un empilement de pneus.

Elle s'est retirée après avoir rempli mon auge de pain

perdu coupé en tranches, cuit avec des œufs, du beurre fondu et du sirop d'érable, qu'elle venait de préparer pour moi.

« C'est pour me faire pardonner, a-t-elle murmuré. Bon appétit ! »

43

Une mère nourricière

« Prêter aux bêtes des lueurs d'humanité,
c'est les dégrader. »

Rémy de Gourmont

Laura a amené Alexandra devant ma cage et lui a demandé de me dire au revoir. Ouvrant la robe de chambre rouge de ma petite-fille sur son bedon dodu, elle s'est écriée :

« Elle est pas belle ? Il y a plus de chair que de sauce, hein ? »

Physiquement, Alexandra semblait resplendir, avec ses trente kilos de plus. Mais elle était mal à l'aise. On l'aurait été à moins : les trois chiennes dansaient autour d'elle un ballet incessant, léchant ses mains, ses bras, ses chevilles, avec des regards de bêtes qui réclament leur pitance, leurs museaux luisants s'engouffrant parfois sous sa robe de chambre, comme si elles y cherchaient un morceau de viande à dérober.

« Elle a la diarrhée, a soupiré Laura. On va l'installer avec nous dans la maison, pour la soigner. Rassure-toi, mon cœur, on a tous les antibiotiques qu'il faut. »

En voyant partir Alexandra avec les trois chiennes qui gambillaient autour d'elle, j'ai fondu en larmes. Si j'avais été dans un état normal, j'aurais hurlé. Mais sous l'effet des anxiolytiques, je me sentais trop cotonneux, j'allais dire comateux, pour réagir. J'étais devenu quelqu'un ou plutôt quelque chose d'autre, avec la vitalité d'une motte de terre.

Il me semblait que mon visage avait beaucoup changé, avec une encolure de bœuf gras, des bajoues comme des fesses porcines et un deuxième ventre qui pendait sous mon menton. Pour en avoir le cœur net, j'ai demandé à Laura si elle pouvait m'apporter un miroir.

« Et puis quoi encore ? s'est-elle indignée.

– J'ai envie de voir mes progrès.

– Tu n'as qu'à regarder ton ventre et tu seras fixé, ducon ! »

Protubérant comme celui d'un verrat de foire agricole, mon ventre aurait mérité une médaille d'or, tout comme mes jambons roses, que mes maîtres jugeaient de plus en plus appétissants et que Laura caressait souvent en poussant d'étranges gloussements.

Un jour ou une nuit, j'ai senti de la vie se propager en moi. Un grouillement profus dans le bas du ventre, au fond des plis de l'aine. Sans mes lunettes et dans le noir, je ne pouvais rien voir mais je ressentais d'agréables chatouillis, de légers pincements, un délicieux remue-ménage.

Commençant à fouiller dedans, j'ai ramené quelques minuscules asticots que j'ai reconnus au toucher et que j'ai redéposés ensuite dans leur antre pour qu'ils reprennent leur orgie. N'étais-je pas une bête à manger ? Il fallait que j'accepte mon sort, qui était de m'abandonner à la goinfrerie du monde.

Peu après ma découverte, alors que les néons avaient été allumés, la voix de Laura m'a tiré de mon sommeil :

« Il y a longtemps que je ne t'ai pas gavé. Allez, on reprend les bonnes habitudes, mon cœur ! »

Avant d'offrir mon corps à la pâtée, j'ai tenu à l'informer de l'invasion d'asticots dans mon entrejambe. Elle s'en fichait comme elle se fichait de tout ce qui ne concernait pas mon gain de poids.

Je l'ai regardée droit dans les yeux quand j'ai prononcé, en l'amendant, l'une de mes nouvelles formules rituelles :

« Ouille-moi, Laura, bonde-moi, exauce-moi. J'ai hâte que tu me combles !

– Ce soir, a-t-elle décrété, il faut faire vite : c'est mon anniversaire et Patrick m'a invitée au restaurant du Cours, à Sisteron.

– C'est une très bonne table.

– Raison de plus pour ne pas perdre de temps. »

Laura a procédé à ce gavage sans dire un mot, avec une froideur qui m'a glacé le sang. Elle semblait avoir perdu toute humanité et me traitait avec moins de considération encore qu'une épluchure. Pas un mot d'encouragement.

La tâche terminée, elle a retiré le tuyau, essuyé mes lèvres, introduit ses bras entre les barreaux de ma cage, écarté ma cuisse et observé ce qui se passait à l'intérieur des plis, à la lumière de son portable.

« C'est grave ? » lui ai-je demandé.

Laura a haussé les épaules avec ostentation, comme si j'avais dit une bêtise :

« Bien sûr que non. Ça te fait mal ?

– Au contraire, ai-je dit, lyrique. J'aime bien cette sensation d'avidité pullulante qui se gorge de ma chair. Mets ta main : pendant que les asticots la grignotent, vois comme ma viande palpite de contentement. C'est étrange, non ?

– C'est bien. Tu as la viande généreuse, partageuse. »

Les doigts de Laura ont fouillé dans mes plis.

« Oh là là, a-t-elle dit. On dirait que tu es en plein coït. Les asticots te font vraiment jouir ?

– Jouir est le mot. J'adore être réduit à l'état de bonne chère à becqueter. Moralement, ces asticots me font beaucoup de bien.

– Tu es vraiment naïf, chéri. À un moment, quand ils prendront du poids et de l'assurance, ils deviendront sans-gêne, de plus en plus gloutons, agressifs, et tu vas déguster.

– Que comptes-tu faire avec eux ?

– T'occupe. »

En somme, ça ne me regardait pas. Après m'avoir laissé une bouteille de bière et un verre de cognac pour que je me masse – « les jambons, a-t-elle répété, surtout les jambons » –, elle est sortie en chantonnant, d'un pas joyeux.

Longtemps après, alors qu'elle remplissait mon auge, j'ai pris des nouvelles d'Alexandra.

« Ne t'en fais pas, elle remonte la pente », a-t-elle répondu, agacée.

Quand je lui ai demandé comment s'était passée sa soirée d'anniversaire, un grand sourire a éclairé son visage :

« On a bien mangé, bien bu, bien rigolé, et puis, après, on a fait l'amour. Pour une fois, Patrick s'est donné du mal et il m'a fait hurler, tellement il m'a donné de plaisir. En guise de récompense, il a eu droit à une fellation. Figure-toi qu'on a refait l'amour deux fois de suite le matin, au lit puis debout, dans la douche. Là, il s'est surpassé. Quand il veut, c'est un parfait étalon. »

Après ces révélations, vous ne serez pas surpris d'apprendre qu'il y a eu pendant quelque temps un froid entre nous. Mais le programme n'en a pas souffert : je continuais à le suivre avec sérieux, en bon élève, me massant comme il fallait et finissant mon auge jusqu'à la dernière miette.

44

Du régal de cochon

> « Quoi donc ? Au milieu de tant de richesses que produit la terre, la meilleure des mères, tu ne trouves de plaisir qu'à broyer d'une dent cruelle les affreux débris de victimes dont tu as rempli ta bouche ? »
>
> Ovide

Oui, j'étais un bon élève. À l'étroit dans mon box, je n'avais certes rien d'autre à faire que me remplir et me masser, mais je le faisais de mon mieux, en m'appliquant.

Chaque fois que j'ai visité des élevages intensifs de porcs, de bœufs ou de veaux, m'a toujours frappé l'esprit de sérieux qui règne en ces lieux. Pas de chahut ni de rigolades comme dans les prés. Toutes les bêtes sont concentrées sur leur auge, le regard vide, à s'en pousser dans le cornet.

Dans la porcherie, ma docilité et ma concentration

dépassaient tout ce dont je m'étais cru capable. Même quand elle était très épaisse, je me forçais ainsi à boire la boisson de ma pipette. Fermenté et légèrement alcoolisé, c'était un liquide blanc comme du lait ou du sperme. La fois où Laura a enfin consenti à me dire qu'il était à base de fécule de maïs délayée, je me suis pâmé :

« Je me disais aussi que ça ressemblait à la chicha, la boisson nationale de la Bolivie, qui remonte aux Incas.

– Dans le temps, c'était aussi le délice des porcs charcutiers. Jadis, on conseillait d'abreuver les cochons avec ça. Te rends-tu compte ? Les veinards ! Autrefois, les bêtes étaient quand même mieux traitées qu'aujourd'hui, elles prenaient leur pied en s'engraissant ! »

Laura m'a dit que, pour faire ma boisson, elle avait utilisé la méthode bolivienne, en mettant à macérer dans un demi-litre d'eau cinq cents grammes de fécule de maïs, dont elle avait prélevé plusieurs bouchées pour les mastiquer et les recracher dans la mixture : la salive contient une enzyme qui, quand elle est mélangée à l'amidon, se transforme en sucre, ce qui permet de lancer le processus de fermentation.

« J'adore l'idée, ai-je remarqué, que tu me donnes ta salive à boire. »

Elle a souri, puis continué son histoire. Après avoir laissé reposer le mélange plusieurs jours dans un pot dont elle avait fermé le couvercle, était apparu le levain qu'elle avait déposé dans une grande bassine où, depuis, elle le nourrissait sans cesse d'eau et de fécule. Une matière vivante, pleine de bactéries, de levures, qui n'arrêtait pas de grossir.

« Psychologiquement, vous vous ressemblez beaucoup, a-t-elle rigolé. Vous deux, c'est toujours plus, on dirait que vous êtes prêts à dévorer la terre entière ! »

Chaque jour, elle versait deux ou trois litres d'eau dans la bassine de la fécule avant de récupérer la divine boisson blanche dont elle remplissait ensuite mon abreuvoir.

« C'est désespérant, ai-je dit un jour. J'ai beau boire, j'ai toujours soif.

– C'est l'effet recherché, ducon. »

J'ai pensé que je commençais à m'approcher du début de la fin. Dans son livre *Le Nouveau Manuel du charcutier*[1], qui a fait autorité pendant des décennies, Lebrun écrit : « Le soin que l'on prend d'épaissir par degrés la nourriture des porcs à mesure que l'engrais avance prouve qu'il est bon de ne leur donner que le moins possible de liquides, aussi leur refuse-t-on généralement de boire. »

Dans mon auge, Laura a versé une fois une préparation de pois, de fèves et d'orge. C'était divin. Comme je la complimentais pour cette pâtée, Laura m'a dit qu'elle l'avait laissée à tremper pendant vingt-quatre heures avant de la faire bouillir. Après, elle l'avait mise dans une grande bassine où elle avait fermenté pendant deux jours.

« C'est du “régal de cochons”, m'a-t-elle dit. Une recette de Patrick. J'en ai fait beaucoup. Plus ce sera fermenté, plus tu aimeras. »

Moi, j'étais au septième ciel. Jamais, depuis que j'étais

1. Librairie encyclopédique de Roret, 1840.

de nouveau encagé, je n'avais vu le ciel ni le soleil. J'étais comme un enterré vivant, hors du monde, hors du temps. Mais la mangeaille comblait mon vide intérieur, j'ose même dire qu'elle m'apportait à la fois du plaisir et de la transcendance.

45

Une nurserie à mouches

« L'égalité, la seule égalité en ce monde,
l'égalité devant l'asticot »

Jean-Henri Fabre

Quelques semaines avant de partir à La Motte-du-Caire, j'avais lu un livre sur le nazisme[1] qui commençait par l'histoire de la « chambre des mouches ». En août 1944, alors que le IIIe Reich était pris entre les tenailles américaine et soviétique, le Reichsführer-SS Heinrich Himmler restait toujours obsédé par son idée de « refaire » l'homme.

Révolté que les hiérarchies militaire et policière s'accommodassent si bien des invasions de mouches et de moustiques, Himmler avait mis au point une méthode de rééducation qui consistait à enfermer les officiers dans une pièce avec des milliers d'insectes. Là, avec les livres

1. Enquête faite, il s'agit, selon toute vraisemblance, du livre passionnant *Crime et utopie* de Frédéric Rouvillois, paru aux éditions Flammarion. *(Note de l'auteur)*

spécialisés qui s'y trouvaient, ils étaient invités à rédiger des rapports, par exemple sur la capacité des mouches à propager les maladies chez l'homme. Ainsi guériraient-ils, dans l'esprit du Reichsführer-SS, de leur coupable laxisme.

Je ne partageais pas la haine frénétique d'Himmler envers les mouches. Dans son *Essai sur les apparitions et opuscules divers*, le philosophe allemand Arthur Schopenhauer a pris à juste titre le contre-pied du Reichsführer-SS : « Comme symbole d'effronterie et d'impertinence, il faudrait prendre la mouche. Tandis que tous les animaux, en effet, craignent l'homme au-dessus de tout et le fuient déjà de loin, la mouche, elle, se pose sur son nez. »

Même si les asticots étaient voraces, j'aimais l'idée de servir de nurserie à mouches. C'étaient comme des enfants à qui j'aurais donné la vie et qui prenaient sans vergogne des morceaux de la mienne. Quand ils mordillaient ma chair en se tortillant de bonheur, j'étais au comble du ravissement. Parfois, ils me donnaient aussi de grands coups de tête, comme s'ils cherchaient à entrer en moi, à s'insinuer sous ma peau, comme les veaux qui tètent. J'aimais moins.

« Allez, mes enfants, leur disais-je à voix basse, régalez-vous bien. Je suis là pour ça. »

J'étais leur festin et ils se repaissaient de ma chair offerte. Grâce à eux, je me sentais utile, moins seul. C'était bien pour l'estime de moi : au moins, je servais à quelque chose, je nourrissais une progéniture, je répandais la vie. Mais à un moment donné, les choses ont commencé à dégénérer, comme si une ville était train de pousser en moi, au creux des plis, dans un déchaînement de marteaux-piqueurs, tandis que des tunnels se creusaient et me perçaient de toutes parts.

Une fois, Laura m'a découvert évanoui, la tête dans l'auge. Elle m'a giflé, pour me réveiller.

« Qu'est-ce qui ne va pas ? m'a-t-elle demandé. Tu as une de ces têtes, mon cœur, tu me fais peur. »

Elle s'est accroupie près de moi et a caressé ma longe, mes travers, mon filet mignon. Alors que sa main s'approchait de mon vit endormi, elle l'a sortie précipitamment de la cage avec une expression de dégoût :

« Je n'y crois pas ! Tu n'as pas tué les asticots !

– Je ne tue que les plus entreprenants. Les autres sont comme des enfants dont je serais la mère nourricière. »

Arrivé à un stade où tout m'indifférait, j'étais en train de me rapprocher de ce moment de grâce que les engraisseurs connaissent bien et que Lebrun décrit parfaitement dans son *Nouveau manuel du charcutier*.

Quand ils « arrivent » à maturité, comme on le dit d'un fromage, les porcs, écrit-il, « ne peuvent d'abord plus marcher ni crier ; peu après, ils cessent de pouvoir se tenir debout, se relever même ; leur grognement ne peut plus se faire entendre ; ils perdent successivement l'usage de leurs sens à tel point que des porcs très gras n'ont donné aucun témoignage de douleur quand les cordes avec lequelles ils étaient attachés sur une voiture les ont coupés et ont mis leur lard à découvert. Bien plus, ils n'ont poussé aucune plainte, ils n'ont donné aucun signe de souffrance pendant qu'un très gros rat leur rongeait le dos dans leur étable ; ils ne sentaient plus rien, ils étaient comme enterrés dans leur graisse ».

« Comment va Alexandra ?

– Très bien. »

J'avais un mauvais pressentiment.

« Comment va-t-elle ? » me suis-je écrié.

En guise de réponse, Laura m'a fait boire au goulot la moitié d'une petite bouteille de Toplexil, un sirop contre la toux qui est aussi un puissant somnifère.

J'ai fondu en larmes et elle est sortie. Je me suis couché en chien de fusil, comme une truie, puis, chose étrange, j'ai fait de beaux rêves. Je courais dans les vergers, cueillais des fruits dans les arbres, buvais des tonneaux de bière, m'adonnais à des orgies de purée de pommes de terre, me gorgeais de pain perdu au sirop d'érable, engloutissais des plateaux de pâtisseries, sans jamais voir nulle part la lueur d'un couteau, d'une serpe, d'un maillet, la menace d'un abattage.

J'étais de toute évidence attrayant, une bête de foire très courue. Toujours pieds nus, des couronnes de fleurs sur la tête et la poitrine, j'étais vêtu de robes légères de lin blanc sans rien dessous. Partout où je passais, tout le monde était alléché par les promesses de ma chair « moelleuse ». M'excitaient les regards concupiscents qui s'introduisaient par effraction dans les échancrures de ma robe quand des mains gourmandes ne la soulevaient pas pour que mes admirateurs puissent manger mes jambons des yeux.

Parfois, les plus intrépides s'approchaient, leurs mains se faufilaient sous ma robe, pelotaient ma viande offerte et s'extasiaient sur sa tendreté. Je rougissais de bonheur. « Allez-y, leur disais-je. Ne vous gênez pas, servez-vous, c'est pour vous ! »

Mais personne n'osait. J'étais comme ces tartes aux fraises si belles à voir qu'on reste devant, tétanisé, en hésitant à planter dedans la lame du couteau.

Je ne sais si les porcs charcutiers font les mêmes rêves, mais c'étaient les miens. Quand je dormais, j'étais comme un champ de fleurs fécondées : mon corps travaillait d'arrache-pied et en silence à sa métamorphose, à son accroissement perpétuel.

Toutes ses fibres s'échinaient à le faire fructifier. Je me sentais heureux de m'agrandir toujours plus, tandis qu'une force incroyable montait en moi, un avenir de douceur, de délices.

46

La finition

« Pour les animaux, la vie est un éternel Treblinka. »

Isaac Bashevis Singer

Quelque temps plus tard, j'étais à moitié endormi, en train d'exterminer des asticots, quand les néons m'ont aveuglé et que les Glostrob sont entrés dans la porcherie avec des seaux.

« On a une mauvaise nouvelle, a dit Patrick. Alexandra vient de nous quitter. »

Le Toplexil a bien atténué le choc. Il n'y a pas si longtemps, j'aurais été dévasté. Sans être encore dans l'état de cachexie graisseuse où l'on ne ressent plus rien, j'étais parti très loin de moi-même, avec le sirop, l'antimoine, les antidépresseurs et le reste.

« On croyait qu'elle avait seulement une diarrhée, a précisé Laura, mais, en fait, elle souffrait aussi d'une septicémie.

– J'ai de la peine pour toi, a soupiré Patrick.

– Mon pauvre chéri, a renchéri Laura en caressant ma hure, tu l'aimais tellement. Je te jure qu'on a fait ce qu'on a pu.

– Elle n'a rien dit avant de mourir ?

– Elle avait perdu conscience », a dit Laura.

Je me suis dit que mon heure était arrivée quand j'ai aperçu un couteau à égorger dans le seau que Patrick avait posé près de ma cage. Mes derniers doutes ont été levés quand les Glostrob sont revenus avec une grande bassine d'eau chaude dont chacun tenait une anse. Depuis des siècles, elle est de toutes les tueries de cochon : en versant son contenu sur la bête morte qu'on a badigeonnée de colophane ou de résine de pin, on pourra la peler plus facilement avec le racloir.

Pour la première fois depuis mon arrivée, Patrick a ouvert le gros cadenas de la cage. Depuis combien de temps étais-je enfermé derrière des barreaux ? Vingt jours ? Plus encore ?

Quand ils m'ont fait sortir de la cage, l'émotion et l'appréhension me faisaient trembler sur mes quatre pattes. Je n'en menais pas large. Après s'être agenouillé à côté de moi, Patrick a commencé à me peloter l'échine, le carré, le plat-de-côtes, les jambons. Sans un mot pour moi. Considérant, comme d'habitude, que je n'existais pas, il ne s'adressait qu'à Laura :

« On peut commencer à parler d'une belle finition. C'est très impressionnant. »

Patrick s'est levé et a fait une tournée d'inspection autour de ma carcasse avant d'examiner mon anus :

« Qu'est-ce que c'est que ce bazar ? Gros-Cul a plein d'asticots dans le rectum ! »

Sa main a vérifié que mon scrotum était vide et pendait comme un chiffon avant de s'aventurer dans l'aine, le royaume de mes asticots.

« Au rythme où ça va, a-t-il rigolé, les asticots ne vont plus rien nous laisser à manger. »

Il a miré mes gros seins de femme allaitante qui frottaient le sol :

« Ce n'est pas Gros-Cul qu'il faudrait l'appeler mais Gros-Roberts. Il va finir par nous faire du lait. Gare à la mammite ! Allez, on commence… »

Les époux Glostrob se partagèrent les tâches. Patrick prit le tuyau d'arrosage et passa ma cage au jet d'eau, pendant que Laura me lavait au savon avec un gant de crin devant la bassine. Après avoir passé de l'antiseptique avec une serpillière sur toutes les parties grignotées par les asticots, elle m'a rasé la barbe, les cheveux, tous les poils du corps. Quand elle a eu terminé, elle m'a badigeonné de Bétadine jaune l'aine, le fondement et les plis des cuisses avant de me donner en riant une grande claque sur la croupe.

« Ce n'est pas un cul que tu as, a-t-elle dit. C'est un chef-d'œuvre. »

Elle a enfoncé son doigt dans un de mes jambons. Il est entré comme dans du beurre.

« J'espère bien que tout est bon là-dedans, après tout le mal que je me suis donné. »

Laura a fourré dans ma bouche un baba au rhum si gros que j'ai failli m'étouffer. Quand je l'ai eu dégluti, j'ai marmonné – sans en penser un mot, car, de toute évidence, c'était du surgelé :

« Le meilleur baba que j'aie mangé de ma vie ! Comme c'est gentil, Laura !

– On dirait une déclaration d'amour, a ironisé Patrick.

– Tu es jaloux ? lui a demandé Laura.

– Comment pourrais-je être jaloux d'un tas de viande ? »

J'ai toussé pour indiquer que je voulais parler, puis j'ai murmuré, la tête basse :

« À ce propos, j'ai une petite requête. Avant que vous procédiez à mon sacrifice que j'attends avec sérénité…

– Qu'est-ce qui te permet de penser que l'heure de la tuerie est arrivée ? a dit Laura.

– Une intuition.

– Ton intuition est fausse, mon cœur. On ne t'a même pas fait jeûner !

– Que fait le couteau à égorger dans le seau ? ai-je demandé d'une toute petite voix.

– Ne t'en fais pas, Gros-Cul, a dit Patrick. Ce n'est pas pour te tuer.

– Mais alors, pour quoi faire, monsieur ? »

Il s'est approché et s'est penché vers moi, tandis que je fermais les yeux :

« Et ta demande personnelle, peux-tu nous dire ce que c'est ?

– Monsieur, je voudrais que vous m'autorisiez à marcher un peu si je peux le faire, ça fait des jours que j'en rêve. »

Laura a tourné les yeux vers Patrick, qui a hoché la tête.

« Depuis combien de temps n'ai-je pas été debout ? » ai-je demandé.

Bien sûr, ni l'un ni l'autre n'ont répondu, la ficelle était trop grosse : pour eux, tout ce qui me concernait ne me regardait pas.

« Allez, essaye de marcher, a dit Laura avec un air amusé, on va voir si tu peux te débrouiller tout seul. »

Après deux tentatives infructueuses, les Glostrob m'ont finalement aidé tous les deux à me lever, en me soutenant par les aisselles. S'ils n'avaient pas été auprès de moi, j'aurais valdingué : une fois debout, j'ai ressenti un vertige, une fraction de seconde, mais grâce à eux, j'ai réussi à rester à peu près droit sur mes jambes.

« Ma cage est si petite, vous comprenez, ai-je dit, essoufflé. Je me sens comprimé dedans.

– C'est le principe de l'engraissage pour les veaux, les porcs, tous les animaux de boucherie, a expliqué Laura sur un ton pédagogue. Plus tu as d'espace, moins tu fais de viande. Il faut choisir.

– Je ne conteste pas l'exiguïté de mon box, mais ça me fait tellement de bien de pouvoir me dégourdir les jambes.

– On a compris », a bougonné Patrick.

Toujours soutenu par Laura et Patrick, j'ai fait quelques pas, les pieds écartés, comme une femme enceinte de neuf mois. J'avais peur de tomber, je transpirais des cordes mais j'avais le sentiment de vivre l'un des plus beaux moments de ma vie.

« C'est merveilleux, répétais-je, je marche.

– Profites-en bien, Gros-Cul, m'a prévenu Patrick. Bientôt, au rythme où tu t'engraisses, tu ne pourras plus tenir sur tes guiboles. »

*

Patrick a pris le couteau à égorger dans le seau et s'est approché de moi, la lame pointée dans ma direction.

« En attendant, pour te punir de ne pas finir ton auge, je vais te couper les oreilles et les donner aux chiennes : ça t'apprendra.

– Avec deux oreilles pour trois, lui a demandé Laura, comment vas-tu faire, mon amour ?

– J'y ai pensé, figure-toi. Je couperai chaque oreille en trois, ce qui fera six que je diviserai par trois, ce qui donnera deux morceaux par chienne.

– C'est de la barbarie, ai-je bredouillé. Vous n'avez pas le droit, monsieur !

– Le droit, je vais le prendre, pauvre con. »

Depuis ma tentative d'évasion, il y avait longtemps que je n'avais pas eu si peur. En tranchant mes oreilles, Patrick voulait-il me punir de n'avoir pas toujours mangé les tourteaux ou cherchait-il seulement à m'animaliser davantage ? À moins qu'il ne souhaite simplement distribuer des friandises à ses dobermans…

47

Libre

« La liberté, c'est de savoir danser
avec ses chaînes. »

Friedrich Nietzsche

J'étais en pleines conjectures quand une voiture s'est arrêtée dans la cour et que des portières ont claqué. Laura est sortie pour aller à la rencontre des visiteurs pendant que Patrick me poussait à grands coups de pied en direction de la cage. J'y mettais du mien, mais je n'avançais pas vite sur mes quatre pattes.

Dehors, les dobermans ont aboyé comme si c'était la fin du monde.

« On en a marre de vos chiens, a dit une voix gutturale.

– Ils viennent de lui tuer cinq brebis, a dit une autre. On les a reconnus sur la vidéo.

– Moi, il y a trois semaines, ils m'en ont égorgé onze. Je n'en peux plus.

– C'est insupportable.

– Vous êtes sur une propriété privée », a dit Laura.

Un coup de fusil a retenti, puis quatre autres, un sixième enfin. Patrick est sorti en courant de la porcherie, me laissant seul mais libre devant la porte de ma cage d'engraissage. J'ai commencé à rentrer dedans à reculons, par le popotin, avec des airs de bête soumise, puis je me suis ravisé et j'ai avancé.

« Mes pauvres chiens, gémissait Laura dehors. Pourquoi les avez-vous tués ?

– Allez-vous-en ou je tire », a menacé la voix gutturale, sans doute à l'adresse de Patrick.

Il y a eu des bruits de coups sur de la tôle. Je supputais que les visiteurs s'en prenaient avec des barres de fer à la camionnette qui m'avait amené.

« Que faites-vous ? s'est écrié Patrick. Vous n'avez pas le droit ! Je n'ai que ce véhicule pour circuler !

– Tu me donnes des ordres maintenant ? Ta gueule, bouffon ! »

C'était le moment, c'était l'instant que j'attendais. La liberté était à ma portée, j'allais pouvoir redevenir un homme, il fallait simplement que je sois à la hauteur.

J'ai pris le couteau à égorger de Patrick, respiré un grand coup puis, en prenant appui sur les barreaux de la cage, me suis dressé sur mes deux jambes comme un *Homo sapiens*. Tanguant comme un ivrogne, j'ai été obligé de me tenir contre le mur pour avancer.

En passant, je me suis emparé d'un balai-brosse qui allait être la canne dont j'avais besoin. Après un regard circulaire dans la porcherie, j'ai compris que je ne trouverais rien à me mettre, hormis un vieux ciré et des vieilles bottes, trop grandes pour moi, que j'ai chaussées avant de sortir à mon tour, mais par la porte de derrière.

J'ai hésité à garder les genouillères que Laura m'avait données. Je craignais qu'elles ne me gênent pour marcher mais en même temps, elles me rassuraient : si je tombais, elles me protégeraient. J'ai dû m'y reprendre à plusieurs fois pour passer à travers l'embrasure de la porte de derrière, qui était plus petite que celle de l'entrée.

*

Une nouvelle vie commençait. Quand je me suis retrouvé dehors, la montée du soir chassait les dernières lueurs du soleil et je souriais en claquant des dents, de peur plus que de froid. J'étais excité et heureux mais, en même temps, je regrettais déjà la cage qui me protégeait du monde extérieur. Je me sentais faible, angoissé, une viande à manger, un monceau de gélatine offert à l'univers, une proie à la merci des insectes.

Ma myopie m'empêchait de repérer la moindre lumière au loin mais j'ai pris d'instinct un chemin différent de celui qui nous avait porté malheur à Alexandra et à moi, lors de notre tentative d'évasion. Il me fallait trouver d'urgence un téléphone pour appeler les secours. Sinon, qu'allais-je devenir, nu et inerte comme une carcasse de boucherie, au milieu des crocs des loups, des chiens errants, des chats sauvages, des rats musqués qui n'auraient qu'à se servir sur la bête ? Sans parler des mandibules des fourmis, des guêpes. Mon extrême myopie et mes déficiences musculaires de bête engraissée feraient de moi un gibier facile. Je me voyais déjà en train de supplier que l'on me tue avant de me boulotter.

Mon plus grand handicap restait mon ventre qui faisait comme une deuxième personne, si lourde à porter qu'entraîné par elle, je risquais à tout moment de chavirer en avant. Je savais aussi que j'aurais du mal à le remplir à satiété et qu'il serait désormais ma préoccupation principale. Je ressentais dans mon estomac les pinçures de la peur mais aussi de la faim.

J'avais trop honte de moi. Avec ma faramineuse corpulence, mon nez cassé, mes testicules ratatinés, je redoutais de me montrer. À moins qu'on ne vienne me sauver, j'étais condamné à vivre caché, traqué, chassé, jusqu'à ce que des sales bêtes, à la gueule baveuse, me règlent mon compte.

Si Patrick ne m'avait pas annoncé avec un sourire méchant qu'il allait me couper les oreilles, aurais-je eu le courage de m'enfuir ?

48

Une faim de loup

« La liberté, c'est d'être enfin livrés
à nous-mêmes. »

Amélie Nothomb

Sans lunettes, je n'y voyais goutte et comme le clair de lune était régulièrement masqué par des nuages, j'avançais à l'aveuglette, avec précaution.

Au bout d'une dizaine de mètres, j'ai trébuché sur une pierre et je suis tombé sur le ventre. Après avoir tourné de l'œil un instant, je suis resté sur le sol à réfléchir, dans un état de grand désarroi. N'aurait-il pas été plus judicieux de retourner à la porcherie où j'avais ma pitance et mon gîte assurés ?

Mon trouble était tel, à ce moment-là, que j'aurais répondu positivement à la question si je n'avais été terrifié à l'idée de retrouver Patrick, ses humiliations, ses blagues à deux balles, son couteau à couper les oreilles. Penser à lui me retenait de retourner à la porcherie et de reprendre mon engraissage sous l'autorité de Laura qui, déjà, me manquait.

Rien de grave : sans doute quelques éraflures ou ecchymoses. Mais à quoi bon me relever si c'était pour tomber encore ? Je me mettrais à nouveau en danger : je risquais de me vautrer à tout moment. Il fallait que j'accepte ma condition. Depuis quand les bêtes à viande se tiennent-elles debout ?

Cette chute fut une révélation, comme celle, toutes proportions gardées, de saint Paul quand il tomba sur le chemin de Damas : j'ai décidé d'abandonner le balai-brosse qui m'encombrait et dont je n'aurais plus l'usage. J'acceptais de n'être plus qu'un *Homo quadrupes*, vivant sur ses genoux, et non pas un *Homo erectus*, surplombant le monde d'en bas.

J'avais bien fait de garder mes genouillères. Désormais, je ne marcherais plus debout mais à quatre pattes, comme les animaux de mon engeance, les yeux baissés, le museau près du sol. J'acceptais volontiers cette condition.

Mon horizon ne serait plus le ciel, comme les humains, les pingouins, les oiseaux ; ce serait la terre, au ras du sol, comme les rampants, la vermine, les herbivores. Je me sentais comme une vache laitière embarrassée par ses mamelles qui traînent par terre. Quant à mon ventre, c'était un boulet qui frottait souvent le sol, ralentissant ma marche. Je savais maintenant pourquoi le législateur a longtemps considéré les animaux comme des meubles. Quand ils sont à mon image, ils n'ont rien d'animé.

Que ferais-je si une meute de loups affamés décidait de me bouffer ? Ils m'attaqueraient comme ils le font avec les moutons, les veaux, en s'en prenant à toutes les parties de mon corps et surtout à mon ventre qu'ils ouvriraient pour plonger dedans leurs museaux haletants et dévorer vivantes mes tripes affolées. Le couteau que je gardais à la main ne me serait d'aucune utilité.

Soudain, le lion a rugi et j'ai frissonné de la tête aux pieds. Une façon qu'il avait de rappeler leur sort aux bêtes à manger. Désormais, je ne me sentais plus protégé derrière les barreaux de ma cage, mais livré à lui-même et à ses pareils. À tout prendre, s'il venait me chercher, ai-je songé, ce serait quand même la mort la moins affreuse, la plus rapide. Ces bêtes-là savent tuer. Elles ont la mâchoire précise, étrangleuse.

À un moment donné, j'ai entendu le chant d'une rivière, un chant joyeux, une sorte de gazouillis qui m'a ragaillardi. Elle courait vite au milieu des arbres et j'ai continué mon chemin en empruntant son lit, pour faire perdre ma trace aux chiens : s'ils avaient survécu à leurs blessures, les Glostrob n'auraient pas manqué de les lancer à mes trousses.

J'ai jeté mes bottes dans un fossé et j'ai marché à quatre pattes avec mes genouillères dans l'eau froide de la rivière, pendant plusieurs centaines de mètres. À la fin, j'étais si épuisé que je suis sorti de son lit avant de m'effondrer au milieu d'un champ caillouteux, dans un fourré. J'ai étalé mon ciré puis je me suis affalé et endormi.

Quand je me suis réveillé, le jour se levait à peine et j'étais couvert de fourmis rouges. Pourquoi tout le monde voulait-il tout le temps me manger ? J'avais une faim de loup mais avant de songer à me remplir la panse, il fallait que je me débarrasse de toutes ces bestioles. Je suis retourné, nu, à la rivière et suis resté longtemps dans l'eau.

Il ne restait plus guère de fourmis sur moi quand je suis

revenu sur la terre ferme. Dans le champ, j'ai repéré, en levant mon groin, plusieurs figuiers dont les branches ployaient sous leurs fruits. Je n'ai même pas eu à les cueillir. Le sol était jonché de figues souvent ouvertes, parfois blettes, que j'avalais gloutonnement à même la terre, comme un âne à l'engraissage, en vérifiant néanmoins chaque fois qu'une guêpe ne s'y trouve pas.

Tout me faisait ventre, même les figues les plus pourries, comme si j'avais perdu le goût. La dignité, je le savais. Mais le goût, ça m'étonnait. Rien ne me rebutait, pourvu que soit comblé un moment mon estomac toujours béant, insatiable.

Combien de kilos de figues ai-je mangé ? Je me sentais à peu près aussi repu qu'après un gavage. Je me fichais qu'elles soient gâtées ou pas, pourvu qu'elles m'apportent apaisement et sérénité. Après m'être abreuvé à la rivière, j'ai piqué un roupillon dans l'ombre de mon taillis avant d'être réveillé par mon estomac qui criait de nouveau famine. J'ai englouti l'équivalent d'une bassine de figues et aspiré plus d'un litre d'eau avant de retourner dormir sur ma couche.

Les mangeries se sont succédé ainsi toute la journée. Cinq en tout. Le lendemain, ce fut la même chose. J'aurais pu mettre cette période à profit pour commencer un régime mais j'en étais bien incapable. Mon ventre me menait par le bout du groin, si j'ose dire : il décidait, j'exécutais.

Je n'étais plus qu'une grande faim qui va et continuais mon engraissage. Même quand je dormais, j'entendais en bruit de fond la manivelle qui tournait au-dessus de moi, tandis que la vis sans fin poussait la précieuse pâtée dans ma panse en pâmoison.

49

Gibier

« Quand on ne sait où l'on va, qu'on sache
d'où l'on vient. »

Ahmadou Kourouma

Plus le temps passait, plus je regrettais la porcherie des Glostrob. Que pouvais-je leur reprocher ? C'était moi qui étais allé les chercher. Depuis que je m'étais donné à eux, ils m'avaient aimé, protégé, stimulé, voire galvanisé. Parfois sévères mais toujours justes, ils n'étaient pour rien, j'en étais sûr, dans la mort d'Alexandra.

Livré à moi-même, j'étais devenu du gibier à mouches, fourmis, taons, guêpes. Ces dernières s'étaient donné le mot et tailladaient mes blessures, notamment celles perpétrées par Laura, à coups de mandibules avides, hargneuses. En quoi mon sort était-il aujourd'hui plus enviable que celui de la bête à viande d'avant ?

Je craignais que des mouches ne pondent de nouveau des œufs là où ma chair était à vif. Je redoutais les loups qui, depuis quelques années, proliféraient dans la région. Je préférais mourir la gorge tranchée par un couteau plutôt que sous leurs crocs baveux. Avec leur proie, ils s'y prenaient toujours comme des manches. Contrairement aux lionnes, aux panthères, aux guépards, ils ne savaient pas tuer.

« Il faut que je rentre. »

J'ai répété cette phrase plusieurs fois de suite. Laura me manquait. C'était plus que mon engraisseuse : ma maîtresse, ma bienfaitrice. Ma persécutrice aussi, j'en étais conscient. Mais j'avais la nostalgie de son regard, de sa pitié, de son dévouement sans borne et je lui pardonnais ses pulsions anthropophages, qui me semblaient des hommages, aussi bien que ses colères terribles, toujours justifiées : elle voyait grand pour moi et je n'étais pas à la hauteur. Je ne pouvais lui en vouloir de me secouer : c'était pour mon bien, le sien, le nôtre.

Je souffrais qu'elle ait pu penser que je l'avais trahie. Une partie de moi avait hâte de la rejoindre, de lui demander pardon et de reprendre notre vie d'avant, où j'enfilerais de nouveau, grâce à elle, de glorieuses victoires contre moi-même en me dilatant toujours plus, pour notre cause commune.

Une autre partie de moi me disait que Laura était une manipulatrice. Pour retrouver la sécurité de ma cage, fallait-il que j'accepte ses minauderies ? Le confinement permanent ? Le rythme délirant de l'engraissage ? La fin tragique qui m'attendait ?

« Il faut que je trouve une maison, un téléphone, quelqu'un qui me sauve de ce cauchemar. »

Pour la première fois depuis longtemps, je me suis mis à crier de ma voix de jeune fille innocente.

« Y a quelqu'un ? Au secours ! »

Je me suis arrêté subitement : si je continuais à crier de la sorte, les Glostrob risquaient de me retrouver. J'ai senti une angoisse monter en moi, sans doute parce que mon corps n'avait pas reçu sa ration quotidienne d'anxiolytiques, de somnifères. Soudain, j'ai changé d'avis : plus question de retourner dans ma cage. Mieux valait partir à la recherche d'une habitation où l'on pourrait me secourir. De là, j'appellerais ma sœur Isabelle et j'irais passer ma convalescence chez elle, comme je l'avais fait pour me remettre de mon cancer. Elle me ferait le café le matin, me mettrait au régime et m'aiderait à retrouver mes formes d'antan, le goût de la vie.

Je n'ai pas trouvé d'habitation aux alentours et j'ai pleuré, de fatigue plus que de rage, jusqu'à ce que je m'endorme d'un coup sur le chemin, sans même m'en rendre compte. À peine avais-je eu le temps d'aller me dissimuler dans un fourré.

Mon sommeil fut très léger, cette nuit-là. Je me souviens d'avoir rêvé qu'à l'occasion d'une grande fête, j'avais été donné en pâture à toutes sortes d'animaux. Des chiens, des fauves mais aussi des chats, poules, canards, geais, faisans, mésanges. Je ne me débattais pas, pendant qu'ils se régalaient. Au contraire, j'acceptais mon destin et gloussais même de plaisir sous les délicieux picorements des oiseaux.

J'ai rêvé aussi d'un gavage interminable qui n'avait pourtant rien d'un cauchemar, il s'en faut. Au fur et à mesure que j'enflais sous la pression de la pâtée comme un ballon gonflable, mes contours s'effaçaient, je me transformais en vapeurs, communiais avec le monde et me fondais en lui.

J'ai enfin rêvé que je volais. Il me suffisait de battre mes bras, comme des ailes, je m'élevais dans les cieux et je passais au-dessus des montagnes, des océans, des villages, où des tablées affamées, sifflant d'admiration, m'invitaient à les rejoindre en agitant leurs couteaux, leurs fourchettes, leurs assiettes vides. Ça me grisait. J'adore qu'on me désire.

À mon réveil, le lendemain matin, j'ai entendu un avion de tourisme et j'ai appelé au secours avant de retourner au verger où j'ai avalé au moins trois kilos de figues. J'ai pris ensuite à quatre pattes un chemin qui ne m'a mené nulle part. Pas une habitation de ce côté-là non plus, il n'y avait que des arbres à perte de vue.

Malgré la chaleur qui montait, j'aurais dû garder le ciré, car, nu, je devais ressembler à ces verrats ventripotents qui effraient les enfants et dégoûtent les grandes personnes. Un *babaou*, la version provençale du croquemitaine. Pas le genre de personne à qui on a envie de venir en aide.

« Il faut que je rentre », ai-je encore répété.

À un moment, la faim m'a dévoré et j'ai décidé de rebrousser chemin. Après m'être de nouveau rempli de figues, j'ai bu à la rivière, puis je suis resté longtemps en arrêt, la bouche ouverte, à réfléchir à mon avenir, tandis que des hordes d'insectes volants me tournaient autour.

J'ai ressenti la même peur que la veille mais elle était plus forte, existentielle. J'ai écouté mon instinct qui m'a dit de prendre la route de la ferme des Glostrob. Je n'avais pas le choix : c'était le chemin de la raison, de la fidélité, de la gratitude.

50

Le retour de la bête prodigue

> « Je me sers d'animaux pour instruire
> les hommes. »
>
> Jean de La Fontaine

Quand je suis arrivé à la ferme, il n'y avait pas âme qui vive. Je crevais de faim et je me suis dirigé vers la poubelle, que j'avais repérée. Après l'avoir renversée, j'ai mis la tête dedans. Par chance, j'y ai trouvé un paquet de biscuits moisis et un pot de confiture qui avait tourné. Ils ont fait mon bonheur. Mais après ça, bien sûr, j'avais encore la fringale. J'ai avisé des arbres fruitiers près de la maison et je me suis rempli de figues, de prunes tombées par terre et que j'ai disputées aux mouches, aux guêpes, aux fourmis.

Quand j'ai entendu le moteur d'une voiture qui montait sur les serpentins de la route, je me suis caché derrière un tas de bois, pour le cas où ce ne seraient pas les Glostrob. Quand les portières ont claqué et que j'ai reconnu leurs voix, j'ai crapahuté péniblement vers eux en poussant des couinements de joie, ceux du goret qui voit l'éleveur verser la farine dans l'auge. J'avais toujours une faim de cochon et je savais qu'ils allaient régler mon problème.

« Où étais-tu ? a demandé Laura. On t'a cherché partout !

– Je me suis caché. J'avais peur qu'on me prenne.

– Mon pauvre lapin ! »

J'ai cru entendre de l'ironie dans sa voix mais c'était une erreur. Ayant levé la tête, j'ai pu observer que Laura avait une expression d'empathie quand elle s'est tournée vers Patrick :

« Tu vois ? C'est ce que je te disais : cette fois, il ne s'est pas enfui.

– Rien ne le prouve, ma chérie. »

Elle lui a répondu en me prenant à témoin :

« Qu'est-ce qui s'est passé ? Après avoir entendu les coups de feu, il s'est mis à l'abri et quand il a senti que le danger était écarté, il est revenu chez nous. Je t'adore, mon cœur… »

Laura et Patrick se sont baissés et m'ont donné une tape amicale sur l'encolure, comme font les maquignons quand le bétail a bien mérité.

« Tu es une bonne bête, Gros-Cul, a dit Patrick. Je t'ai souvent mis la pression mais en fait, j'ai beaucoup d'affection pour toi, je veux que tu le saches.

– Moi, j'ai beaucoup d'admiration pour vous, monsieur.

– Ils ont tué les chiens et bousillé la camionnette, s'est lamentée Laura. On a été obligés d'en acheter une autre.

– Des pourritures, s'est lamenté Patrick qui m'a redonné une tape affectueuse sur le crâne. En tout cas, on est très heureux de te retrouver, Gros-Cul. Tu nous as fait une de ces frayeurs : on a remué ciel et terre pour te retrouver mais on n'avait plus les chiens pour nous guider. Dieu ait leur âme. »

Il m'a demandé où j'avais été pendant mon escapade, en me tournant le dos, comme s'il s'adressait à quelqu'un d'autre.

« Je ne suis pas allé bien loin, monsieur. J'étais tout près, dans un verger. Je ne pensais qu'à vous retrouver.

– Vraiment ?

– Comment en aurait-il été autrement ? Sans vous, j'avais peur de me faire bouffer, j'étais une proie facile pour les chiens, les loups, les guêpes, les fourmis. Sans compter que c'est chez moi chez vous. Où auriez-vous voulu que j'aille comme je suis ?

– Je crois quand même que je t'ai fait très peur en te disant que j'allais te couper les oreilles pour les donner aux dobermans.

– C'est vrai, monsieur.

– Je m'excuse. Je ne le referai plus, Gros-Cul. Promis.

– Vous aviez l'intention de le faire ?

– Bien sûr que non, voyons. »

Patrick m'a invité à passer un moment avec eux, dans la maison, avant de retourner à ma cage. Je les ai suivis à quatre pattes.

« Tu ne peux plus te tenir debout ? a demandé Laura.

– Je me sens plus à l'aise comme ça, par terre. Sinon,

j'ai peur. Mon ventre m'entraîne vers l'avant, il m'a déjà fait tomber.

– Il faut faire comme tu le sens. Cette position correspond mieux à ta condition, de toute façon. »

Quand je suis arrivé dans la cuisine, Patrick s'est penché et m'a soufflé à l'oreille :

« As-tu envie de quelque chose, Gros-Cul ?

– D'amour. Mais je sais que je n'en manquerai pas ici. Je suis tellement heureux de vous revoir, monsieur. Dommage que je n'aie pas de queue. Elle frétillerait, pour vous faire la fête. »

En me caressant de nouveau le crâne, une nouvelle manie chez lui, il s'est enquis de ma santé, avant d'aller chercher des antiseptiques pour soigner mes blessures. Puis il les a passés sans rien dire sur mes escarres, mes ecchymoses, les morsures laissées par les dents de Laura.

Quand il a eu fini, il a pris une bière dans le réfrigérateur et a commencé à la boire au goulot. Ça m'a donné soif mais je n'ai rien osé dire. Après ça, il a pris un sachet de caramels dans un tiroir, s'est assis à la table de la cuisine et m'a demandé de m'approcher en faisant les bruits de baisers que l'on émet pour signaler aux chats que l'heure des croquettes est arrivée.

À peine étais-je à la hauteur de ses genoux, la bouche grande ouverte, qu'il a glissé dedans un premier caramel, puis un deuxième et ainsi de suite. Tout le paquet y est passé, une orgie de caramels. Il me laissait à peine le temps de mâcher avant de fourrer les suivants dans ma bouche.

« Ça fait plaisir de voir qu'après toutes ces émotions, tu

as toujours un bel appétit, s'est amusée Laura qui s'affairait devant ses fourneaux.

– Je ne sais pas comment il fait pour bouffer comme ça, a dit Patrick. C'est obscène. Personnellement, je ne pourrais pas. Autant de caramels en même temps, ça me dégoûterait. »

Il a pris une cuillère à soupe, s'est levé pour saisir un pot de Nutella, s'est rassis, m'a demandé de lever la tête, d'ouvrir la bouche et ce fut comme un filet de bonheur pur qui a coulé en moi sans que je le mastique. Il a fait une petite pause et puis il a remis ça. J'imagine que je n'étais pas beau à voir. J'avais du chocolat partout, sur le menton, le nez, les joues, le front.

« Ça te plaît, hein ? Allez, grouine, mon cochon. »

J'ai grouiné. Il est allé chercher une petite cuillère et un petit pot de beurre de cacahuètes. Il m'a semblé que je n'avais pas mangé depuis longtemps quelque chose d'aussi bon, d'aussi craquant. Je l'ai fini rapidement.

« J'adore le voir manger comme ça, a dit Patrick à l'adresse de Laura, toujours aux fourneaux, où elle faisait des bruits de casseroles. On a l'impression qu'il pourrait ne pas s'arrêter.

– S'il crie toujours famine, il n'y a pas de mystère : je l'ai conditionné pour ça.

– Tu as été une bonne éleveuse, Laura, a-t-il dit.

– Il y a mis du sien aussi. Il en a fait une affaire personnelle. »

Puis elle a minaudé à mon intention :

« Approche-toi, mon cœur. J'ai quelque chose pour toi. »

J'ai obtempéré en grouinant comme Patrick aimait. J'avais beau lever la tête, je ne voyais pas le visage de Laura. J'appartenais définitivement au monde d'en bas, celui qui respire, mange et vit au ras du sol. Elle m'a fourré un rocher Suchard dans la bouche.

« Qu'as-tu mangé pendant tout ce temps ? m'a-t-elle demandé quand je fus à ses pieds.

– Plein de figues.

– En tout cas, tu n'as pas minci.

– J'ai mis un point d'honneur à poursuivre le programme par mes propres moyens. Je me suis autogavé, si j'ose dire. »

Dans ma position, avec le carrelage pour seul horizon, elle ne pouvait pas aller chercher mes yeux pour vérifier si je mentais. Elle a posé une grande écuelle à chien, pleine d'eau, sous mon groin.

« Tu dois avoir très soif, après toutes ces émotions.

– Tu es si prévenante, Laura. Je me demande vraiment ce que j'ai fait pour mériter ça. »

J'ai aspiré l'eau de l'écuelle, puis lapé le fond. En me resservant, elle m'a annoncé qu'elle était en train de me préparer un gavage spécial, le gavage de nos retrouvailles :

« Il faut fêter ça, tu comprends !

– J'ai hâte. Quand j'étais dans la nature et que je dormais, tu sais quoi ? Je faisais des rêves de gavage. Comme quoi, ça me manquait.

– Et celui-là, il va t'envoyer au septième ciel ! Un quart

de grains de maïs cuits, un quart de farine de maïs, un quart de pommes de terre écrasées, un quart de haricots secs avec plein de beurre, de thym, de curcuma, de piments, de vinaigre, de feuilles de laitue. Sans oublier cent cinquante grammes de sel, du sucre et tous les stimulants d'appétit. Avec beaucoup de Vegachol, bien sûr. Le tout arrosé de bière, avec deux cent cinquante centilitres de cognac pour parfumer ta chair. On va vite remettre en marche la machine à engraisser. Avec ce mélange, mon lapin, ton corps va s'éclater au propre et au figuré. Ce sera une tuerie ! »

51

L'anneau nasal

« Dis-moi ce que tu manges,
je te dirai ce que tu es. »

Jean Anthelme Brillat-Savarin

Patrick a sorti un camembert du frigo. Il l'a agité en faisant les mêmes bruits de baisers que pour les caramels. Je me suis approché, la gueule ouverte. Il tenait le fromage au-dessus de moi en souriant et je salivais comme un chien devant un steak.

« C'est une des choses que je regrette le plus de ne pouvoir manger en tant de végane, a-t-il dit. Régale-toi. »

Le camembert sentait cette odeur de foin mouillé qui m'a toujours rendu fou. Patrick a essayé de le fourrer dans ma bouche en une seule fois mais il lui est resté un morceau dans la main. J'ai à peine eu le temps mâcher la plus grosse part qu'elle glissait déjà dans ma gorge en lévitation.

« À ton départ, dit Patrick, je m'en suis beaucoup voulu. Je n'avais pas été sympa avec toi.

– J'ai très bien compris votre attitude, monsieur. Vous vouliez garder vos distances, ne pas sympathiser. Sans compter que je suis une grosse charge pour vous.

– Non, tu es comme un membre de la famille», a-t-il marmonné.

J'avais encore la bouche pleine quand il a introduit le reste du camembert dans ma gueule. Après l'avoir dégluti, j'ai décidé de profiter de ses bonnes dispositions :

«Dans nos accords, il était prévu que vous me laissiez une machine à traitement de texte pour que je puisse écrire notre histoire.»

Comme estomaqués par mon audace, Laura et Patrick se sont regardés un moment sans rien dire, puis Patrick a laissé tomber en me donnant une tape sur la tête :

«Je te l'apporterai dans les jours qui viennent. Nous, de notre côté, est-ce qu'on ne devrait pas fixer un anneau nasal sur le groin de Gros-Cul pour le cas où on aurait à le sortir de sa cage ?»

Même si elle me concernait, c'est à Laura, pas à moi, que s'adressait la question.

«Un anneau nasal ? a-t-elle dit, surprise. Pourquoi ça ?

– Je crois que ce serait mieux pour nous, pour lui.

– Ça va lui faire un nouveau traumatisme.

– C'est une façon de lui dire où est sa place. Qu'en penses-tu, mon amour ?»

Elle n'a pas répondu.

«Ça tombe bien, a-t-il fait. Il y a longtemps, j'avais commandé un anneau pour lui sur Internet. Il me semblait que ça s'imposait et puis j'ai oublié.»

Il n'a pas laissé Laura répondre, il est allé chercher l'anneau nasal. Après m'avoir ordonné de me coucher sur le ventre, il m'a attaché les mains dans le dos, puis a demandé à Laura de me tenir « fort » la tête en arrière, ce qu'elle a fait.

C'était un gros anneau en acier inoxydable, probablement pour taureau. Il était ouvert. Avec l'extrémité pointue, Patrick a perforé ma cloison nasale avant de le refermer. Clic-clac. Je pissais le sang. Il a pris de la Bétadine dans la salle de bain, tandis que Laura me pressait le nez avec du papier toilette pour bloquer l'hémorragie.

Quelques minutes plus tard, après s'être assuré que je ne saignais plus, Patrick a serré avec un tournevis le boulon qui permettait de bloquer définitivement ensemble les deux extrémités de l'anneau, auquel il avait accroché un mousqueton. Je devais avoir l'air fin avec ça.

Pendant que Patrick tranchait les cordes qui nouaient mes poignets, Laura est allée chercher un verre d'eau que j'ai bu après avoir avalé cinq Doliprane.

« Allez, viens, a dit Patrick. On retourne à la maison. »

Avant que nous partions à la porcherie, il a soufflé à l'oreille de Laura :

« Tu vois, ça s'est bien passé et, en plus, je trouve que cet anneau lui va bien, hein ? »

Je ne voyais que ses jambes, pas sa tête, mais j'aurais juré que Laura était furieuse.

52

Le bonheur de la fermière

« Les animaux sont mes amis…
et je ne mange pas mes amis. »

George Bernard Shaw

Quand Patrick a fermé le gros cadenas de la cage, son claquement métallique m'a fait frissonner. J'ai été désemparé un instant à l'idée de rester confiné là-dedans jusqu'à ma mort, avec mon auge pour seul horizon. Je ne sais s'il a remarqué mon émoi mais il a rigolé :

« Maintenant, tu es fait comme un morceau de thon dans sa boîte de conserve.

– Je ne suis pas un thon, monsieur.

– Ça se discute. »

Ensuite, Patrick m'a pesé. Il a semblé heureusement surpris par le résultat.

« Je m'attendais à pire, a-t-il dit. Tu as réussi à prendre du poids tout seul, presque rien, mais c'est bien : félicitations du jury ! »

Il a glissé ses mains entre les barreaux et m'a caressé l'encolure :

« Je t'aime beaucoup, tu sais.

– Moi aussi, monsieur. Merci, monsieur. »

Il est sorti au moment où Laura entrait. Le seau de pâtée à une main, celui pour l'auge à l'autre, elle m'a annoncé le couleur :

« Aujourd'hui, si tu veux bien, on va célébrer ton retour avec un gavage de folie qui va te laisser sur le cul. Du brutal, du violent. »

Ça a bien commencé. Quand elle a fait passer par l'anneau nasal le tuyau qui s'est faufilé en moi, j'ai ressenti un plaisir profond, c'est le cas de le dire. Malgré ma douleur aux narines, j'ai fermé les yeux de contentement, excité d'avance par le festin qu'attendaient mes entrailles que n'avaient pas rassasiées le camembert, les caramels et le reste. J'ai aussi éprouvé la joie de celui qui, après une longue absence, retrouve ses marques, ses habitudes. L'enchantement de la routine.

Pour exprimer ça, j'ai grouiné tout mon soûl comme une truie en chaleur. Laura m'a fait signe d'arrêter. Ne cachant pas son bonheur de m'avoir à nouveau sous son aile bienfaitrice, elle s'est lâchée en me remplissant la panse :

« Quand j'ai pensé que je ne te reverrais plus, j'ai pleuré, figure-toi. Pas de rage, non, de chagrin. Comme si un grand deuil m'avait frappée ! As-tu compris comme je t'aime, comme j'ai besoin de toi, comme toi et moi, nous ne faisons qu'un ? Il n'y a rien de pervers dans notre relation : nous sommes au service l'un de l'autre. Ton absence m'a fait comprendre que la grande cause de ma vie, aujourd'hui, c'est de m'occuper de toi, pour que tu accomplisses ton destin. »

Je transpirais en haletant comme si je montais une côte à vélo et elle a murmuré à mon oreille :

« J'aime quand tu halètes et que tu sues. Je sens que tu es à fond, mon cœur. »

Pour lui faire plaisir, j'ai émis des petits cris essoufflés, des halètements de coït.

« Avec toi, a-t-elle dit, j'éprouve le bonheur de la fermière qui regarde ses veaux manger, boire, jouir de s'engorger, s'épaissir à vue d'œil. Ça me grise. »

Moi aussi, ça me grisait. Je me sentais même un peu pompette.

53

L'aliénation selon Marx

> « Vous m'offrez la cité… je préfère
> les bois, car je trouve, voyant les hommes
> que vous êtes, plus de cœur aux rochers,
> moins de bêtise aux bêtes. »
>
> Victor Hugo

Après ce gavage des « retrouvailles », j'ai gardé longtemps la bouche ouverte avec, dans la tête, une brume cérébrale qui obscurcissait mes pensées, c'est-à-dire pas grand-chose. Le spectacle que je donnais l'a culpabilisée. Elle a fourré dans ma bouche un nougat, s'est agenouillée près de moi et m'a soufflé à l'oreille :

« Tout va bien, mon cœur ? »

J'ai attendu de déglutir le nougat, ce qui a pris du temps, avant de lui répondre :

« J'ai été heureux de te retrouver, mon amour. Nous formons un beau couple. »

Pantelant, exténué, je devais avoir, à ce moment-là, le

QI d'un lavabo. Accroupie près de moi, Laura a passé une main à travers les barreaux et m'a peloté les bajoues, les épaules, l'échine.

« J'espère que ton groin ne te fait pas trop souffrir, a-t-elle dit.

– Ça va aller.

– Comme tu as eu un comportement exemplaire, je voudrais savoir de quoi tu as envie pour les prochains jours, jusqu'à la fin du programme. »

Il fallait que je réfléchisse. Après un grand effort sur moi-même, j'ai bredouillé :

« J'aimerais sortir de ma cage de temps en temps… pour faire un petit tour dans la porcherie… me dégourdir les jambes.

– C'est une bonne idée mais je ne crois pas que ça va être possible : nous approchons du moment où tu ne pourras quasiment plus te déplacer. »

Sa main a caressé ma mouille avec amour et j'ai fermé les yeux. J'avais hâte qu'elle arrive sur mon vit.

« Sinon, ai-je dit, j'aimerais une machine à traitement de texte pour écrire mon livre.

– Tu l'auras.

– Et puis une enceinte pour écouter de la musique.

– D'accord aussi, mais seulement de temps en temps, comme une récompense, en fonction de tes performances. Tu n'auras droit qu'à du classique. Pas de rock ni de rap. Bach, Brahms, Mozart, Beethoven, c'est ce qu'il y a de mieux pour faire du lait ou de la viande, tous les éleveurs le disent. Quoi d'autre encore ?

– Je voudrais aussi des informations sur ce que vous allez faire de moi.

– Là, tu en demandes trop, mon lapin. Mais je peux te dire qu'on a encore un bout de chemin à faire ensemble, un chemin difficile parce qu'on va vite entrer dans le dur : la finition.

– Quand commence-t-elle ?

– Ne sois pas pressé, ce sera l'enfer. Du non-stop, avec des moments pas agréables. Tu risques de craquer. Moi aussi, d'ailleurs. Moi surtout, en fait. Je vais être à la limite du *burn out*. Tu vas me donner encore plus de travail que d'habitude.

– Je suis conscient de tout ce que tu fais déjà pour moi, Laura. Je suis ton sujet mais tu es mon esclave. »

Soudain, mon vit s'est dressé entre sa main aimante. Au bout d'un moment, alors que je râlais de plaisir, l'aine en feu, elle a murmuré d'une voix trop douce pour n'être pas hypocrite :

« Pourquoi es-tu revenu ?

– Je ne suis pas revenu… car je ne suis jamais parti, Laura.

– Dis-moi la vérité, maintenant qu'on est tous les deux. Au départ, voulais-tu t'échapper ou pas ?

– Quand j'ai entendu les coups de feu, j'ai pris peur et j'ai filé sans réfléchir mais après, quand je me suis retrouvé tout seul, en pleine nature, mon corps ou plutôt mon ventre me ramenait continuellement vers toi, la cage, la pâtée, les gavages… C'était une force contre laquelle je ne pouvais rien.

– Comme une aliénation ?

– Exactement. Mais c'était aussi de l'amour, comme si j'avais été arraché à moi-même et que je voulais retrouver mon autre moitié.

– Je ne te crois pas. Tu me dis ça pour me faire plaisir.

– Ma place est auprès de toi, Laura. J'ai besoin de toi, je suis heureux avec toi. »

Elle a lâché mon vit et s'est levée.

« Reste encore, ai-je supplié. C'est trop bien.

– Je n'ai pas que ça à faire, mon cœur. »

Elle a pris le seau et versé son contenu dans mon auge en disant :

« Des figues, des poires, des prunes, de la levure de brasserie, du "régal de cochon" avec des pois fermentés, comme tu aimes. J'ai ajouté du pesto, de la semoule, des têtes d'ail et des pois chiches. Ça va t'occuper. As-tu encore faim au moins ?

– Non, mais je te connais. Avec le Vegachol et tous les stimulants d'appétit que tu viens de me mettre dans la panse, je sens que je vais bientôt crever de faim. »

Elle a ri et s'est approchée de moi, les yeux papillotants, les lèvres entrouvertes :

« Maintenant, c'est la surprise du chef. Ferme les yeux et ouvre la gueule, mon cœur. »

J'ai obéi. Ses lèvres se sont doucement plaquées contre les miennes, au milieu de l'anneau nasal, et sa langue vivante, joyeuse, aimante est entrée dans mon palais dont elle a fait plusieurs fois le tour en dansant. Ce baiser fut comme une décharge électrique dont le souvenir secoua longtemps après mon vaste corps amolli.

54

Une grosse truie

« Les vrais martyrs innocents sur cette terre, ce sont les animaux, et tout particulièrement les herbivores. »

Isaac Bashevis Singer

C'est la douleur au nez qui m'a réveillé. J'ai mis la main dessus et il m'a semblé qu'il avait doublé de volume. Après ma virée, j'étais si épuisé que j'avais bien dormi, d'un sommeil pur, comme si mon corps était heureux d'avoir retrouvé sa cage, ses habitudes.

« Comment va ton nez ? a demandé Laura en entrant.

– Je morfle.

– Ça passera. Mais je ne comprends pas pourquoi Patrick a fait ça. C'est absurde.

– Ce n'est pas grave, Laura.

– J'admire ta sagesse. »

Quand elle s'est approchée de moi, le seau de gavage à une main, le seau de la collation à l'autre, Laura avait un air chafouin. J'en ai conclu qu'elle avait une mauvaise nouvelle à m'annoncer.

Ça n'a pas manqué. J'avais sorti la tête par le clapet et gardait la bouche grande ouverte, prêt à recevoir mon gavage, mais elle s'est accroupie à côté de moi et a commencé à tripoter ma mouille avec une affection qui m'a semblé louche.

« Il faut qu'on se parle », a-t-elle murmuré.

Elle a baissé les yeux, pour ne pas croiser les miens.

« On a eu une longue discussion avec Patrick, hier soir. Tu vas avoir ta machine à traitement de texte demain. Les balades, il pense comme moi : c'est trop tard. Il est pourtant très bien disposé à ton égard, tu dois le savoir.

– Mais pourquoi m'a-t-il fixé cet horrible anneau nasal ?

– Je crois que c'était pour te punir de la peur que tu nous as faite quand tu es parti. »

Elle a baissé la voix :

« Tu l'as compris : il était très jaloux. Mais c'est fini, il s'est calmé maintenant.

– À cause de ce que je suis devenu ? De cet anneau nasal qui m'animalise définitivement, comme si le bistournage du premier soir ne suffisait pas ? »

Laura n'a pas répondu. Elle a pris sa respiration, puis a dit très vite :

« Pendant ta disparition, on a aussi décidé que si on te retrouvait, on t'abattrait à la fin du programme, c'était logique. La tâche m'incombera, il ne sera donc pas obligé de participer ni d'assister au tuage et viendra seulement après, pour le dépeçage, la découpe et la suite. Ça l'a libéré d'un poids, tu n'imagines pas.

– Tu connais mon opinion. Je préfère que ce soit toi. J'ai confiance.

– Je ferai au mieux, mon biquet. Mais c'est vrai que je sais manier les couteaux, découper les poulets. Mais il y a autre chose… »

J'ai senti qu'elle allait enfin m'annoncer la mauvaise nouvelle. Elle faisait une tête d'enterrement.

« Ne prends pas ça mal mais Patrick souhaite qu'on change notre façon de travailler ensemble. Je suis désolée, ça ne va pas être facile… »

Sa voix devenait hésitante et mon cœur battait de plus en plus fort.

« On a commis beaucoup d'erreurs, on a trop voulu, moi la première, te responsabiliser, on t'a traité comme un animal qui restait encore un peu humain. C'était idiot. Patrick aurait voulu te dire tout cela de vive voix, mais il s'excuse : il est parti au petit matin acheter trois chiennes dans un chenil de Haute-Savoie. Des bergères de Beauce qu'on appelle aussi beaucerons ou bas-rouges. Une belle race noire et feu, très robuste, très intrépide, très intelligente. Il reviendra aussi avec une enceinte et la machine à traitement de texte qu'on t'a promise. »

Elle s'est grattée la gorge et sa main est descendue sur mon vit qu'elle a commencé à caresser sans qu'il daigne s'ébrouer.

« La dernière phase du programme va être très compliquée. Pour toi comme pour nous, la pression sera terrible.

Pour mettre toutes les chances de notre côté, on a pensé qu'il était préférable que… que… tu ne… parles plus. »

Mon vit est rentré dans sa coquille.

« Vous n'allez pas me couper la langue ! ai-je protesté d'une voix aiguë d'enfant-martyr.

– Non, rassure-toi, ce serait stupide. Et puis il y aurait des risques de complications.

– Vous ne voulez plus que je communique avec vous, c'est ça ? ai-je gémi.

– Tout à fait. Nous, on continuera à te parler mais toi, tu ne t'exprimeras plus que par des grouinements, comme tu sais déjà très bien le faire. Psychologiquement, la situation était trop difficile pour nous.

– On pouvait au moins échanger, partager.

– À quoi ça sert, franchement ? C'était pour nous une décision difficile, ça nous a fendu le cœur, mais, après avoir beaucoup réfléchi, on a pensé qu'il était beaucoup plus sain de t'animaliser complètement en limitant ton langage au strict minimum.

– Avec les mêmes vocalisations qu'un porc ?

– Tu as tout compris, mon cœur. Ce n'est pas la fin du monde. Tu pourras quand même faire passer des messages. »

Laura a sorti de sa poche un papier et, sur un ton d'institutrice, m'a expliqué mon nouveau langage.

Un grouinement unique voulait dire : non ; j'ai mal ; je ne veux plus de pâtée ; ou les trois en même temps.

Deux grouinements successifs : oui ; je vais bien ; je veux encore de la pâtée ; ou les trois en même temps.

Trois grouinements : c'est bon ou la vie est belle.

Quatre grouinements : je t'aime ou je vous aime.

« Tu disposeras quand même d'un registre assez large, m'a-t-elle assuré avec l'autorité de la mauvaise foi. Un point important : on souhaite que tu utilises le moins possible le grouinement unique d'ici ton sacrifice. Dans ta position, tu ne devrais pas y avoir droit, tu n'as pas à nous dire non. C'est donc une grosse concession de notre part. Une preuve de bonne volonté. Réserve-le seulement pour une grande occasion.

– Et quand est-ce qu'on commence ?

– Tout de suite. Si tu dis un seul mot à partir de maintenant, on sera obligés de te punir, par exemple en te coupant la langue. Tu sais que je suis capable de le faire si tu nous désobéis. Ne m'oblige pas à en venir à cette extrémité, je t'en supplie. Mais ne t'en fais pas, mon cœur : ta déshumanisation, si c'est le mot qui convient, ne sera pas définitive. On te donnera à nouveau le droit à la parole dans les heures qui précéderont le tuage. »

Laura s'est levée d'un trait et m'a demandé sur un ton dégagé :

« Allez, on passe au gavage ? »

Alors que Laura m'enfonçait le tuyau dans le gosier, j'ai émis trois grouinements (c'est bon ou la vie est belle), puis quatre (je t'aime ou je vous aime). Un sourire a illuminé son visage.

« Moi aussi, je t'aime », a-t-elle minaudé, l'œil aguicheur.

Quand elle a commencé à déverser la pâtée dans

l'entonnoir, elle a eu droit, pendant que je la regardais intensément, à une enfilade de grouinements, deux par deux (oui ; je vais bien ; je veux encore de la pâtée).

Sous le gorgeoir et la manivelle que sa main tournait, je ne me suis jamais senti aussi bien : le gavage devenait un moment de partage, de communion.

« Plus tu forcis, plus j'ai envie de toi dans tous les sens du terme, a-t-elle dit. Tu n'es pas seulement plantureux, tu es aussi superbe. Je suis tellement heureuse d'avoir pu voir de si près une fois dans ma vie tant de soumission, de dévouement, d'abnégation. Tant de beauté, finalement. »

J'ai répondu par quatre couinements (je t'aime ou je vous aime).

« Tu me fais battre le cœur. Tu ne peux imaginer comme ton amour me comble. »

Une fois le tuyau retiré, je me suis encore contorsionné, comme si j'étais aux prises avec un ennemi invisible. Comme pour me calmer, elle a posé sa main sur mon front transpirant :

« Pour fêter ton retour, je t'ai acheté une boîte de conserve de petits babas au rhum. Tu vas adorer, ma grosse truie. »

J'ai émis trois grouinements (c'est bon ou la vie est belle) et elle est allée chercher la boîte de babas dans le seau de la collation. Il y en avait six. Je les ai engloutis avec une voracité de goret avant que Laura verse dans ma bouche le rhum dans lequel ils trempaient.

Pendant que je m'empiffrais comme un porc à l'engrais au sommet de sa carrière, elle a tapoté puis caressé ma tête avec sa main, une main de propriétaire satisfaite des performances charcutières de sa bête engraissée pour la Saint-Cochon.

Il y a peu, quand j'étais un être humain à l'engraissage, encore doué de la parole, Laura avait tendance à me rabaisser, entre deux déclarations d'amour plus ou moins fausses. Maintenant que j'étais tombé au rang de porc charcutier, autorisé seulement à grouiner, il me semblait qu'elle avait plus de considération pour moi.

Quelque chose m'emportait loin au-dessus de ma cage, de mes fèces, de ma pesante carcasse – une euphorie, un ravissement. Après le départ de Laura, j'ai longtemps grouiné tout seul par séquences de trois fois (c'est bon ou la vie est belle) puis j'ai bu un peu de boisson épaisse à la farine fermentée avant de m'écrouler de fatigue, de quiétude, de satiété.

55

Une peluche aux yeux vivants

« La guerre n'est peut-être
que la revanche des bêtes
que nous avons tuées. »

Jules Renard

Quelque temps plus tard, j'étais endormi, en train de digérer – mon activité principale –, quand j'ai été réveillé en sursaut par le grincement de la porte de la porcherie. C'était Patrick.

« Ça va, le nez ? »

J'ai répondu en poussant deux grouinements (oui, je vais bien, je veux encore de la pâtée), poussé le clapet, sorti la tête et ouvert ma gueule pour accueillir le tuyau de gavage. C'était un réflexe conditionné.

Patrick a ri d'un rire affable, paternel :

« Non, ce n'est pas l'heure. »

Il s'est approché et a jeté sur moi un regard de maquignon :

« Oh là là, tu protubères, tu prolifères. Bravo, Gros-Cul ! Et ton anneau nasal te va très bien, tu sais. J'adore ! »

Il y avait une fausse gentillesse dans sa voix. Il ne semblait pas à l'aise mais il ne l'avait jamais été avec moi, même lors de notre première rencontre. Outre sa jalousie, il faisait partie de ces gens qui ont un problème avec le succès, dès lors qu'il n'est pas le leur.

Patrick avait tout pour lui, la beauté, l'amour, une culture, des passions. Il ne lui manquait que la célébrité, qu'il n'aurait jamais. Même si les traits doux de son visage semblaient sortis d'une peinture de la Renaissance florentine : ils étaient rongés par le ressentiment. Il avait ce que les femmes appellent, entre elles, à voix basse, le charme du malheur.

Il portait un grand sac en papier, qu'il a posé près de ma cage et dont il a sorti l'enceinte, la machine à traitement de texte, un ours brun en peluche, un sachet de caramels et deux grosses brioches à la praline rose.

Après s'être accroupi près de moi, il a arraché un petit morceau de la première brioche, l'a porté à sa bouche avant d'en fourrer un très gros dans la mienne que j'avais ouverte en fermant les paupières, avec l'expression de recueillement du fidèle recevant l'hostie.

« Je viens de l'acheter pour toi à Sisteron. Allez, grouine comme j'aime. »

J'émis deux séries de trois grouinements (c'est bon ou la vie est belle). Pour me féliciter de faire si bien le cochon, il a enfoncé dans ma bouche un morceau tellement gros que je n'ai pu fermer les mâchoires. Je me sentais humilié, ridicule. Qu'est-ce qu'ils avaient, les Glostrob, à toujours me farcir la gueule ? Ça les amusait tant que ça de me donner l'air stupide ?

Quand j'eus dégluti la brioche, ce qui a pris du temps, il m'a passé la peluche à travers le clapet. Je l'ai prise dans les bras comme un bébé, puis je l'ai embrassée avec effusion. Ses poils étaient soyeux et elle avait de beaux yeux vifs, vivants. Il me semblait qu'elle souriait.

J'ai regardé la peluche dans les yeux puis, sans qu'un son sorte de ma bouche, j'ai remué les lèvres pour lui dire le nom que je lui avais trouvé : WAF, pour *We Are Family* (1979), la chanson culte des Sister Sledge, les reines du disco.

« Tu n'as pas le droit de lui parler, a dit Patrick. Pour communiquer avec ton nounours, il te suffira de grouiner, comme avec nous. Il comprendra. »

Il m'a tapoté le crâne. Je lui ai répondu en fermant les yeux et en baissant la tête, avec une expression de soumission absolue, tandis qu'il m'enfournait dans la gueule la moitié de la seconde brioche.

« La machine à traitement de texte est chargée, a-t-il dit, l'enceinte aussi. Tu vas pouvoir écrire et t'éclater en musique. On va arrêter les anxiolytiques et les somnifères : vu ton rythme d'engraissage, tu n'en as plus besoin et il faut que tu aies toute ta tête pour travailler. »

C'est là que je me suis rendu compte que rien, dans le maigre vocabulaire à ma disposition, ne me permettait de lui dire merci.

« J'espère que tu n'es pas marri de notre nouvelle

méthode de travail, à Laura et moi, mais il fallait arrêter les bêtises et te faire descendre de ton piédestal. On t'a trop écouté, trop sollicité, comme si tu étais partie prenante dans cette histoire. Cette idée de faire équipe était idiote et malsaine. »

Il m'a glissé dans la bouche le reste de la seconde brioche et j'ai poussé trois grouinements.

Il m'a annoncé que je pouvais désormais, si je le souhaitais, le regarder dans les yeux et qu'il n'en prendrait pas ombrage, puis il a saisi ma main avec une certaine emphase :

« Je ne suis pas celui que tu crois, sache-le. Quand tu es arrivé chez nous, on s'est réparti les rôles, Laura et moi. On a pensé que, comme dans la police, il faudrait un bon et un méchant pour t'aider à avancer. En tant qu'éleveuse, elle était prédestinée à jouer la gentille. Moi, j'ai accepté de faire le vilain, celui qui met la pression, mais franchement, ça me pèse de plus en plus parce que je t'aime beaucoup. Tu es un chouette type, Gros-Cul. Pour te dire, l'histoire de l'anneau nasal, par exemple, ce n'était même pas mon idée mais celle de Laura… »

Il a serré ma main très fort.

« Laura n'a pas fait ça pour te faire souffrir mais pour renforcer son emprise sur toi, pour pouvoir te plaindre, te consoler. Elle t'aime aussi beaucoup. Nous t'aimons et nous t'admirons tous les deux. »

Patrick m'a pesé et, après avoir lu le chiffre qui s'affichait, il a dit d'une voix douce :

« Même en rêve, je n'aurais jamais cru que tu progresserais aussi vite. Tu es vraiment extraordinaire. »

Dès qu'il eut fermé la lumière et la porte, j'ai pris la machine et l'enceinte, allumé les deux et commencé à écrire mon histoire en musique et en mangeant les caramels. Sans oublier de caresser de temps en temps WAF juché sur ma cuisse.

Ma biglerie ne me gênait pas pour écrire mais je n'étais pas dans la position idéale. La tête hors du clapet, j'avais posé le clavier sous mes nichons, qui le coinçaient, et au-dessus de mon bedon, qui faisait bureau. Il fallait que je me dépêche de finir ce livre : je sentais que, bientôt, je ne pourrais plus m'asseoir pour taper à la machine.

56

Le revolver de ma sœur

« Pas de bête qui n'ait un reflet d'infini. »

Victor Hugo

J'ai toujours été très fier de ma sœur. C'est le genre de personne qui ne perd pas de temps et que rien jamais n'impressionne, surtout pas les hommes. Isabelle aurait pu faire une grande carrière dans la police ou dans l'armée.

Elle possède un Glock 43, l'un des plus petits 9 millimètres de la planète. Un jour, elle m'avait fait une démonstration dans un petit bois de ma propriété : elle tire très bien, de nombreux éclats de verre en témoignent encore. Elle avait obtenu un port d'arme après avoir été agressée, à trois reprises, près de son domicile, par des voyous qui, chaque fois, lui arrachaient son sac à main, ses bijoux, sa montre, sans oublier de la tabasser.

J'avais tendance à croire Isabelle quand elle affirmait qu'ils étaient téléguidés par son ex, Augusto Delgado, un vieux promoteur immobilier bipolaire qui, depuis leur divorce, quatre ans auparavant, continuait de la poursuivre de sa vindicte. Il ne supportait pas, disait-il, qu'elle l'ait quitté « pour personne » – alors qu'il avait lui-même refait sa vie. Il harcelait sans cesse ma sœur au téléphone.

Un jour, Isabelle l'avait fait condamner pour « menace avec arme ». Encourant une peine de trois ans d'emprisonnement, il avait écopé, malgré un excellent avocat, de six mois avec sursis. Ça l'avait bien calmé comme se calmèrent ensuite les voyous : un jour, alors qu'ils allaient commettre une nouvelle agression, elle sortit le Glock de la poche de son pantalon et le pointa sur eux. Ils ne l'ont plus jamais inquiétée.

J'ai fait un rêve. Arrivée au Refuge des Martyrs de l'Humanité, Isabelle sortait de sa voiture, le Glock à la main, et se dirigeait vers la porcherie. En me voyant dans ma cage, elle poussa un grand cri avant de me demander où se trouvait la clé du cadenas.

« Mais je veux rester, dis-je.

– Tu n'as pas le droit !

– Mais c'est ma vie, Isabelle. Je suis bien ici. »

*

« Ma parole, comme tu as crié ! s'est exclamée Laura alors que je me réveillais. Mon pauvre chou, tu as encore fait un cauchemar atroce ! »

Si j'avais pu parler, elle aurait bien ri quand je lui aurais dit que c'était la perspective de quitter ma cage qui m'avait fait si peur. Elle m'a demandé si j'avais bien travaillé sur le livre et j'ai émis deux grouinements pour dire oui.

« Tu dois le finir vite. »

Elle a éteint l'enceinte qui jouait le concerto pour violon de Beethoven qui avait tourné en boucle pendant que je dormais.

« Je préfère que tu dormes en silence. »

Laura m'a retiré mon ordinateur pour le recharger à une prise électrique. Après avoir enfoncé le tuyau de gavage avec plus de délicatesse que d'ordinaire, elle a murmuré, en commençant à me remplir :

« Patrick a été très content de la petite visite qu'il t'a rendue hier soir. Il t'a bien gâté, je vois. Quand tu jouais l'homme, il voulait te rabaisser, t'humilier. Depuis qu'on t'a animalisé, il t'adore. Il aime beaucoup les bêtes, tu sais. Les chiens, les poules, les canards, les hiboux, les écureuils, les hérissons, les crapauds. En bon antispéciste, il veut ton bonheur comme il veut celui des papillons. »

Alors que je me repaissais, j'ai senti quelque chose pénétrer dans la chair de mon épaule. Une angoisse est montée en moi, contre laquelle je luttais mais que rien ne semblait pouvoir arrêter. Laura n'était-elle pas en train de vérifier ma sensibilité en enfonçant son ongle, comme le faisaient jadis les éleveurs de porcs charcutiers pour vérifier s'ils étaient bons pour le tuage ?

J'ai feint d'avoir mal, en poussant un cri du fond de moi, d'outre-tripes. Ça ne l'a pas émue.

« Si tu voyais l'entaille que je t'ai faite, a-t-elle rigolé, tu aurais gueulé beaucoup plus fort. Tu fais semblant d'avoir mal, mais tu ne ressens presque plus rien, ma grosse truie. Tu es bonne pour le couteau. »

Laura a retiré le tuyau de mon gosier, puis m'a regardé avec fierté, les deux mains sur les hanches, comme une fermière vantant son veau devant le maquignon :

« Ton corps est prêt, il attend d'être libéré. On a fait du beau travail, tu sais. On va bientôt pouvoir te faire la fête. Es-tu content au moins ? »

J'ai émis trois grouinements (c'est bon ou la vie est belle) et elle a fourré dans ma gueule un croissant aux amandes dégoulinant de beurre.

« Mais ne t'en fais pas, Gros-Cul. Il est hors de question que je t'abatte tant que tu n'auras pas fini ton livre. »

Plus l'issue fatale se rapprochait, plus j'espérais qu'elle s'éloigne. Mais je sentais bien que j'étais arrivé à mon terme. Ma carcasse était devenue un poids dont il fallait qu'on me débarrasse. Pour continuer à filer la métaphore, c'était aussi une prison dont je rêvais sans cesse de m'évader. Plus rien ne me retenait à elle.

57

L'alignement des planètes

> « Tous les arguments pour prouver la supériorité de l'homme ne peuvent briser cette dure réalité : nous sommes tous égaux devant la souffrance. »
>
> Peter Singer

Je supportais plutôt bien le rythme épuisant imposé par Laura. Il serait prétentieux de dire que je me donnais. Encore aurait-il fallu que je sois pourvu d'un libre arbitre. Laura faisait de moi ce qu'elle voulait et ça m'allait bien, même si j'aurais apprécié qu'elle me gratifie de temps en temps de plus de marques d'affection.

Mon livre avançait et autant vous dire que le ciel ne m'est pas tombé sur la tête quand Laura, entrée avec seulement le seau à la main, m'a annoncé que j'avais à nouveau le droit de parler. J'en ai déduit que l'heure du sacrifice était proche.

« C'est un plaisir de voir comme tu aimes te faire gaver, a-t-elle observé. Tu étais vraiment fait pour ça, tu sais.

– Et dire que j'aurais pu passer à côté de cette vocation, ai-je dit avec ironie. Le problème est que j'ai de plus en plus de mal à supporter mon corps.

– J'imagine.

– Il y a eu des moments de grâce entre toi et moi, une telle communion, ai-je dit, mais physiquement, je suis en train de partir en sucette, c'est comme si j'avais dépassé la limite. »

Elle a souri : c'était ce qu'elle voulait entendre.

« Ce n'est pas moi qui le dis, a-t-elle murmuré avec un air entendu. J'adore ta lucidité. Il est temps de conclure, en effet. Tu as de plus en plus de mal à t'asseoir. Où en es-tu de ton livre ?

– J'ai quasiment fini.

– Parfait. C'est ce qu'on appelle l'alignement des planètes. »

Elle a caressé mon crâne en me regardant avec intensité.

« J'aime ton front. Il est généreux, conquérant… Je pense à tout ce qu'il y a derrière et qui, bientôt, va fondre dans ma bouche. Sais-tu ce qui m'excite comme ça, mon chéri ?

– Ma cervelle.

– J'ai décidé que je mangerais toute ta cervelle jusqu'à la dernière bouchée. En plusieurs fois, bien sûr. J'en congèlerai une partie. Patrick déteste ça mais je n'ai pas l'intention de la laisser aux chiens ni aux fauves, ce serait du gâchis. »

Elle a feint de mâcher ma cervelle avec une expression de félicité.

« De combien de temps as-tu encore besoin pour mettre un point final à ton livre, mon cœur ?

– Quelques heures suffiront. »

J'écrivais vite, finalement. Quand je tapais mon texte, le stress aidant, je n'avais pas à chercher mes mots, ils coulaient de source. J'étais ainsi parvenu à écrire plus de trois cent mille signes et me trouvais à ce moment de ma vie où nous en sommes, tout près de l'épilogue, dans ce 57e chapitre.

« J'aurais besoin du *Traité* de Jean Gourdon pour reprendre les citations exactes, à propos des effets bénéfiques de la castration.

– Je vais te le chercher tout de suite, mon cœur. »

Quand elle est revenue, elle a posé le livre près du clapet, puis elle a dit sur un ton enjoué :

« On va faire un dernier gavage. Juste pour le *fun*. Ne t'en fais pas, je n'ai pas l'intention de te pousser au maximum, il faut qu'on se quitte sur une bonne impression. »

*

Laura m'a fait un câlin en serrant ma tête entre ses bras et j'avais les larmes aux yeux quand, pour la dernière fois, elle a planté l'embuc dans ma gorge qui frémissait. Quand le gavage fut terminé, elle a posé un baiser sur ma nuque avant de minauder :

« Jusqu'au bout, ton énergie et ton engagement m'ont

épatée. Quand je pense que tu as dépassé le tiers de tonne, je n'en reviens pas, ma grosse truie.

– Je pèse combien exactement ?

– Je peux te le dire maintenant : 337 kilos à la dernière pesée. Ton poids a été multiplié par trois depuis ton arrivée ici. En très peu de temps, finalement. C'est un résultat formidable. »

Ses yeux brillaient d'admiration, d'émotion.

« Il faudra que tu penses à ta promesse, dis-je.

– Quelle promesse ?

– La pipe.

– Mais tu rêves !

– Tu m'avais promis.

– Les promesses n'engagent que ceux qui les reçoivent. Tu t'es regardé ? Quand tu es arrivé chez nous, j'aurais pu, j'aurais même dû… Mais aujourd'hui, franchement, tu n'inspires pas l'amour. Oh ! L'appétit, ça, oui…

– Tu n'as jamais eu l'intention de tenir ta promesse ?

– Au terme de l'engraissage, tu es devenu à peu près aussi sexy qu'un mouton éventré sur le bord de la route. En plus, tu n'as même pas de sperme. Or, il n'y a pas de gâterie sans crème.

– Tu m'as menti, Laura.

– Oui, mais c'était pour la bonne cause. Je voulais te donner des perspectives, une espérance. Regarde le résultat : quand je vois tes jambons, je me dis que j'ai bien fait. Tu es magnifique. »

En revanche, il était une autre promesse qu'elle entendait tenir : elle me laisserait mettre le point final à mon livre. Comme j'étais privé de wifi, pour m'empêcher de communiquer avec l'extérieur, c'est à elle qu'échut la tâche de retrouver sur Internet les citations et les extraits de livres que je recherchais. Elle a aussi vérifié des détails et des chiffres pour moi. En plus de tout le reste, ce fut une remarquable assistante. Qu'elle en soit remerciée.

Je lui suis redevable aussi de m'avoir laissé le temps de relire et de fignoler mon texte jusqu'à ce que, à un moment, une petite faim commence à me pincer puis à me mordre l'estomac, avant de monter crescendo, de le percer, de le soulever, de l'affoler. Vous avez compris que le jeûne avait commencé. Une peur sourde, métaphysique, s'est insinuée dans mon corps que la faim tourmentait.

58

La Saint-Cochon

« Ayez le courage de vos opinions, visitez les abattoirs et continuez de manger de la viande si vous n'avez pas le cœur soulevé par ce que vous avez vu ! »

Brigitte Bardot

Dieu a créé l'homme à mon image : je suis un opportuniste qui ne croit en Lui que quand ça l'arrange. Pour retrouver la foi, rien ne vaut une maladie, un drame familial, les premières morsures de la mort sur la nuque.

Si j'avais pu sortir de ma cage, j'aurais passé à la messe les heures qui me restaient à vivre. À défaut, j'ai beaucoup prié. Pour moi, ma fille, ma sœur, les animaux massacrés dans les abattoirs. Pour l'âme d'Alexandra aussi, que j'allais bientôt retrouver. Mais je n'ai pas eu le temps de me préparer psychologiquement, religieusement, à l'épreuve qui m'attendait.

La faim m'empêchait de me concentrer. Elle me tordit

bientôt l'estomac, on aurait dit que des mains invisibles l'essoraient, quand, enfin, Laura est entrée dans la porcherie. La bouche en cœur, l'air faussement enjoué, elle avait un seau d'eau dans une main et une bouteille de liquide à boire dans l'autre. Je lui ai demandé ce que c'était.

« T'occupe », a-t-elle répondu sèchement.

C'était immonde. J'ai pensé qu'il s'agissait du breuvage qui devait me laver les intestins avant le tuage.

Elle a rempli l'abreuvoir d'eau plate. C'en était fini de la boisson épaisse à la pâte de maïs fermentée. J'ai bu près d'un litre à la pipette, avant de demander sur un ton dégagé :

« Qu'avez-vous prévu, finalement ?

– Je ne sais pas de quoi tu parles.

– Ce sera une saignée, un égorgement, une décapitation ou un assommage ?

– Tu sais quelle est ma préférence mais on n'a pas encore choisi, Patrick et moi. De toute façon, ça ne change rien. Je ferai en sorte que tu souffres le moins possible, mon cœur. Fais-moi confiance.

– J'ai très peur d'être égorgé, je ne peux pas te le cacher.

– Je te répète qu'on n'a encore rien décidé. Je verrai ça ce soir avec Patrick. Il est toujours partisan d'un égorgement mais je vais essayer de le faire changer d'avis. »

J'ai crotté, écrit, dormi, ma peluche lovée contre moi. Laura est revenue longtemps après avec le même liquide.

« Ce n'est pas la peine, ai-je protesté, mes intestins sont vides.

– Je ne veux pas qu'ils soient vides, mais propres ! Tu dois faire honneur au couteau.

– Donc, ce sera au couteau ? »

Elle s'est penchée et a soufflé d'une voix douce :

« Pourquoi tu t'énerves, mon lapin ? »

Elle s'est assise près de la cage, a passé une main à travers les barreaux et m'a caressé la gorge, les palettes, l'échine, la poitrine, la mouille, les jambons. À plusieurs reprises, ma chair a frémi de contentement, comme avant l'amour.

« On a bien travaillé, a-t-elle murmuré. Tu peux être content de toi.

– Je ne me sens pas bien.

– C'est normal. Au point où tu en es, dis-toi que c'est mieux pour toi qu'on en finisse, d'une manière ou d'une autre. Tu es arrivé à ce stade où ta vie, ou ce qu'il en reste, sera un enfer. »

Une grosse larme a coulé sur mon visage. Si d'autres ont suivi, je ne les ai pas senties.

« Tu n'as pas le droit de pleurer, Gros-Cul. Je sais que ç'a été dur pour toi comme pour moi mais à la fin, on a eu ce qu'on voulait, tous les deux. On va pouvoir se reposer, maintenant. Chacun à sa façon. »

Elle s'est levée d'un bond.

« Maintenant, j'aimerais que tu tires pour ma vidéo les leçons de notre expérience. »

Elle a sorti la caméra de sa poche et commencé à filmer.

« Voilà, ai-je dit à quatre pattes d'une voix d'abord

hésitante derrière les barreaux de ma cage, tout a une fin… Les engraissages aussi… Surtout, ne me plaignez pas. J'ai voulu tout ça et, d'avance, je suis fier de pouvoir vous montrer, à travers mon sacrifice, comment nos frères et nos sœurs les bêtes sont tuées pour leur viande, sans pitié, au prix d'affreuses souffrances. Si vous êtes choqués par la scène que vous allez voir, par mes cris et mes gigotements, songez aux agonies des milliards d'animaux à qui, chaque année, on inflige les mêmes sévices. Je voudrais que le monde ouvre enfin les yeux. Il faut tout faire pour que cette boucherie cesse. »

Quand j'ai prononcé la dernière phrase, ma voix s'est étranglée. J'ai interrogé Laura du regard.

« Tu as été extraordinaire, a-t-elle dit. Très sincère, très émouvant. »

Elle m'a tendu une tablette :

« Ça, c'est ton film, Gros-Cul. Je l'ai monté avec Patrick. Il ne manque plus que les derniers épisodes. Je veux que tu le voies, pour que tu comprennes bien qu'on n'a pas fait tout ça pour rien. »

Elle s'est assise derrière moi et nous avons visionné la vidéo ensemble. Ce fut un choc. Jamais je n'aurais imaginé que mon corps avait changé à ce point, entre mon arrivée à la porcherie et mon état actuel, celui d'une grosse truie charcutière.

Il n'y avait rien de commun entre le septuagénaire enrobé mais vaguement sportif du début et l'espèce de gros tas ventru que j'étais devenu. On vit tous avec une image plus ou moins rêvée de soi, que rien ne peut entamer, sauf les miroirs, les photos ou les vidéos qui nous empêchent de nous raconter des histoires.

Si je m'étais vu tel que j'étais, un amoncellement de bourrelets adipeux, je n'aurais pas pu continuer avec le même entrain le programme qui m'avait dégradé, littéralement saccagé.

Après la fin de la vidéo, il y a eu un grand silence entre nous. Je ne voulais pas commenter.

« J'ai l'impression que tu n'aimes pas le film, a murmuré Laura.

– Non, c'est moi que je n'aime pas. Je suis devenu ignoble. »

Elle s'est levée.

« Il faut que je file. J'ai des courses à faire en ville. Je reviendrai demain matin avec Patrick. Il m'aidera pour… la mise en place. On commencera très tôt.

– Quelle méthode avez-vous choisie ? » ai-je demandé, alors qu'elle était sur le pas de la porte.

Elle s'est retournée en fermant la lumière.

« Tu seras content, mon chéri. »

J'ai terminé le livre, l'ai relu, puis je me suis endormi. Après avoir été réveillé par mon estomac que la faim ravageait, j'ai bu toute l'eau et somnolé un long moment, WAF dans les bras, jusqu'à ce que les néons de la porcherie s'allument.

« C'est le grand jour, Gros-Cul », a dit Patrick sur un ton badin.

Je n'ai pas répondu. J'ai même essayé de donner le

change avec un sourire mais mon cœur faisait des bonds et je commençais à suer.

« Une petite requête, ai-je demandé d'une voix timide. Serait-il possible d'avoir un rasoir électrique pour que je me débarrasse de ma barbe et de mes cheveux qui ont repoussé ? Je voudrais être nickel chrome quand je me présenterai devant le couteau…

– Si ce n'est que ça, a dit Patrick. Laura, va chercher mon rasoir. »

Je me suis rasé avec soin le visage, puis le crâne, tandis que Patrick et Laura effectuaient plusieurs allers et retours entre la maison et la porcherie, où ils avaient laissé entrer les bas-rouges, qui me regardaient derrière mes barreaux en salivant sans vergogne, comme si ma viande était déjà parée, prête à manger.

Les Glostrob ont apporté un tréteau, une grande table de ferme, une deuxième, plus petite, en inox, une grande bassine d'eau, une chaise en plastique, un tabouret, des plats, des bacs, des casseroles, une balance de cuisine, des couteaux de toutes sortes, des hachoirs, un fendoir, une scie, des cordes, etc. Pendant qu'ils s'affairaient, ils ne m'ont regardé ni parlé à aucun moment. Je n'existais déjà plus.

Je ne saurais dire si c'était à cause de la vue du matériel de boucherie, du jeûne qui me creusait les tripes ou des filets de salive des chiennes en pâmoison devant ma chair, mais j'avais très froid, malgré la chaleur. Ma bouche et ma langue étaient aussi très sèches. Il y avait longtemps que je n'avais pas bu mais, si près du dénouement, je n'osais demander de l'eau, cela aurait été incongru.

« Il ne nous manque plus que le héros du jour », a dit Laura en aiguisant son couteau à saigner.

Patrick a tourné la clé du cadenas et ouvert la porte de la cage.

« C'est une veine ! s'est-il exclamé. Encore une semaine de gavage et il n'aurait pas pu sortir : on aurait été obligé de le tuer et de le débiter dans sa cage.

– Avance ta fraise, mon cœur », a soufflé Laura.

J'ai tressailli.

« Il y a si longtemps que j'attends ce moment, ai-je marmonné, la tête basse, la voix blanche.

– N'aie pas peur, a murmuré Laura en détournant les yeux.

– On va faire au mieux », a renchéri Patrick.

Pendant que Patrick, devant la porte, attendait de m'aider à m'extraire de la cage, j'ai écrit ces dernières lignes. Avant de lui tendre mon ordinateur et de partir vers mon destin, j'ai embrassé mon ours en peluche, et j'ai demandé à Laura d'en prendre soin.

Avertissement de l'éditeur

À partir du chapitre suivant, nous donnons la parole à ceux des protagonistes de la tragédie de La Motte-du-Caire qui ont laissé des écrits. Numérotés dans la continuité du récit de Charles Aubignan, leurs textes sont présentés dans l'ordre chronologique.

59

Récit de Laura Glostrob

Quand je lis, au hasard, certaines des pages précédentes, je les trouve très très éloignées de la réalité. En plus, elles nous mettent en danger, Patrick et moi. Il n'est donc pas question de les publier en l'état. C'est pourquoi je reprends ici la main.

L'histoire ne pouvant pas s'arrêter avant le dénouement, je préfère, en attendant de tout réécrire, poursuivre, à chaud, le prétendu récit commencé par Charles Aubignan. Il y a, de toute évidence, quelque chose à faire de cette histoire. À condition de rétablir les faits et, bien sûr, de changer les noms, les situations.

Romancier à succès, « penseur » écolo, vigneron et producteur d'huile d'olive bio, écumeur de plateaux télé, Charles Aubignan était un personnage éclectique qui avait accédé à la célébrité après avoir embrassé la cause animale, au début des années 2000. Quand il rapporte l'admiration dont je lui ai fait part, lors de notre première rencontre à Paris, sachez qu'elle n'était pas feinte. C'était l'un de mes héros.

De plus, ce qui ne gâtait rien, Charles Aubignan avait, malgré son âge, beaucoup de charme et, contrairement à ce qu'il laisse entendre, je n'ai jamais été hypocrite avec lui, Patrick me l'a assez reproché. Pendant nos semaines de promiscuité, il m'est arrivé d'avoir envie de lui, en tout cas au tout début du programme. Mais il n'était pas question pour moi de mettre mon couple en danger.

Pardonnez-moi si je répugne à l'appeler par son vrai nom : pour moi, Charles Aubignan sera toujours Gros-Cul, mon cœur, mon chéri, mon lapin ou bien ducon : même si j'ai toujours eu de l'affection pour lui, à la fin, je ne pouvais plus croire que cette grosse masse flasque demeurait un homme. S'il existait encore, il ne vivait plus. Ce n'était plus qu'un gros tas de viande.

Quand nous avions emménagé à La Motte-du-Caire, une voisine nous avait dit que les propriétaires précédents faisaient, selon son expression, « du trafic de cochon au noir ». Autrement dit, ils élevaient les porcs, les engraissaient, les abattaient et vendaient les carcasses entières ou débitées, au rythme des commandes. Leur ferme était devenue une vraie charcuterie clandestine.

« Ils vivaient très bien, avait ajouté la voisine. Le fisc les a rattrapés à cause de leur train de vie. Ils avaient une grosse Mercedes. Faites attention au train de vie. »

J'avais repéré dans la porcherie un endroit où avait lieu, non pas nécessairement le tuage des cochons, qui pouvait se dérouler dehors, mais au moins l'éviscération, la découpe de la carcasse. Trois crochets se dressaient en haut du mur et tout un système électrifié de treuils et de poulies permettait de commencer le travail avant de le finir sur la table.

Voici le compte rendu du tuage, qui est, je crois, au plus près des faits :

Il y a longtemps que je n'ai aussi mal dormi. Mes lèvres tremblent, signe chez moi d'une grande nervosité, et je les pince, pour n'en rien laisser paraître. Je ne veux pas affoler encore plus Gros-Cul.

Quand Patrick ouvre le mousqueton qui pend sous l'anneau nasal de Gros-Cul pour y accrocher une chaîne qu'il tire ensuite pour le faire avancer, je proteste :

« Pourquoi lui infliger ça ? C'est cruel.

– Pardon, fait Patrick. Tu as raison. »

Il ouvre le tuyau d'arrosage et asperge Gros-Cul, qui semble apprécier.

« C'est toujours bien de doucher les bêtes avant, dit-il. Ça les calme. »

Je cesse d'aiguiser mon couteau pour essuyer Gros-Cul avec des chiffons et il reprend son chemin. Je ressens une espèce de pitié en le regardant se traîner à quatre pattes jusqu'au coin dévolu à l'abattage. Dans un équilibre instable, il semble affolé par lui-même, tandis que les chiennes fascinées forment une haie d'honneur et de salive.

« S'il vous plaît, les amies, plaisante-t-il, attendez que je sois mort pour vous servir sur moi. »

C'est le moment que choisit le lion pour rugir.

« Encore un qui a envie de moi, s'amuse Gros-Cul.

– Je vois que tu es de bonne humeur, je lui dis. Pas trop d'appréhension, mon cœur ?

– Ça va aller.

– J'admire ton courage, tu sais. Tu auras fait un sans-faute du début à la fin.

– Tu es sacrément impressionnant », renchérit Patrick.

Gros-Cul s'arrête, essoufflé et en nage, comme s'il avait couru un marathon.

« J'aimerais voir mon Poliakoff une dernière fois », il fait.

Je vais chercher le tableau à la maison et je le pose par terre, devant lui.

« C'est toute la beauté du monde », il dit.

Ensuite, Patrick et moi mettons Gros-Cul debout en le soulevant avec des cordes autour du torse et des épaules, avant de le hisser grâce au système de poulies électriques. C'est un exercice long et pénible. Après quoi, on lui noue les pattes arrière de chaque côté d'un crochet à viande qui ressemble à un grand cintre.

« Les jambes ne sont-elles pas trop écartées ? je demande.

– C'est exprès. Tout à l'heure, ça sera plus facile de couper la carcasse en deux. »

Je fais un signe à Patrick pour lui rappeler que Gros-Cul entend. Il grimace et donne sur son arrière-train deux petites tapes qui claquent comme des coups de fouet :

« Ne t'en fais pas, tout va bien se passer. »

On le pousse dans le dos jusqu'à ce qu'il perde l'équilibre et tombe, la poitrine la première, sur le tréteau, auquel on attache ensuite ses épaules. Il a un rictus de douleur mais il n'émet pas un son.

« Pourquoi serres-tu si fort ? dis-je à Patrick.

– Pour qu'il ne bouge pas.

– Parce que tu crois qu'il va bouger ?

– On ne sait jamais. Mieux vaut éviter les mauvaises surprises.

– Je ne comprends pas bien ce que vous faites », murmure Gros-Cul, inquiet.

Nous ne répondons pas. Patrick est occupé à tirer la corde qui noue les pattes arrière de Gros-Cul pour surélever, grâce à la poulie électrique, ses jarrets et ses jambons, de manière à faciliter, le moment venu, l'écoulement du sang.

Quand la carcasse se retrouve à l'horizontale, les pattes et l'arrière-train un peu plus hauts que la poitrine étalée sur le tréteau, le sang lui monte à la tête qui commence à rougeoyer. Patrick noue ses bras et ses mains derrière le dos.

Je retire le mousqueton qui est accroché avec la chaîne à son anneau nasal et lui caresse le visage en lui disant que je l'aime.

« Moi aussi », fait Patrick, qui le caresse à son tour.

Penché en avant, dans une position inconfortable, la tête ballante dans le vide, Gros-Cul semble résigné, stupide et résigné. Je pose une chaise au-dessous de lui : j'ai prévu de m'asseoir là pour procéder à la saignée. Je vérifie que je serai à la bonne hauteur.

« Veux-tu encore t'adresser aux gens ? lui demande Patrick. Je crois que ce serait une bonne idée. Juste avant… »

Il faut arrêter l'enregistrement au bout de quelques phrases. Sans doute à cause de l'émotion, la voix de Gros-Cul est aiguë, ridicule, et il parle trop vite. Dans la deuxième prise, il est plus posé.

Filmé par-dessous, le visage de Gros-Cul est totalement déformé, à peine reconnaissable. Voilà ce qu'il dit :

« Je suis comme toutes les bêtes avant l'abattage. J'ai honte de le dire, mais en ce moment, j'éprouve une peur panique comme je n'en ai encore jamais ressenti de toute ma vie. C'était comme si brûlait en moi un mélange de feu et de glace. Je me sens humilié, sali, offensé. J'ai envie de fuir, de pleurer, de hurler mais je n'ai plus la force de rien. Je pense à tous les animaux qui ont à subir ça. On ne le répétera jamais assez : par pitié, il faut que cette boucherie cesse. »

Patrick place la vidéo sur la table en inox pour filmer en gros plan la tête de Gros-Cul pendant le sacrifice. Il vérifie les angles, puis m'attend à la porte pendant que j'aiguise de nouveau mon couteau à saigner.

« Je reviens tout de suite », dis-je à l'intention de Gros-Cul.

Je prends le Poliakoff et je vais à la maison, où je me change après avoir raccroché le tableau dans le salon. Patrick m'accompagne. En chemin, il me dit qu'il ne se sent pas bien et je lui suggère d'aller marcher au grand air pendant le tuage, en gardant son portable allumé. Il ne faut pas qu'il culpabilise, je me débrouillerai très bien sans lui et l'appellerai sitôt mon affaire terminée pour la suite des opérations.

Pour me protéger des éclaboussures de sang, je chausse des bottes de ferme, enfile un ciré jaune et la capuche qui va avec. Sans oublier de mettre des gants de vaisselle pour empêcher toute identification sur la vidéo. Puis je retourne à la porcherie avec, à la main, une bassine en plastique pour récupérer le sang. Auparavant, j'avais versé dedans un litre et demi de vinaigre de cidre.

Ma bouche est sèche et mon cœur bat anormalement, mais je sens que je vais être à la hauteur.

« Tu t'es déguisée en serin ? il a fait.

– Oui, mais c'est toi qui vas chanter. »

Je réponds ça sans réfléchir. Je ne crois pas si bien dire.

60

Suite du récit de Laura Glostrob

Je pose la bassine sur le tabouret, près de la chaise, mets la caméra en marche, et prends le couteau à saigner sur la table en inox. Après quoi, je m'assois sur la chaise et j'installe sur mes genoux la tête de Gros-Cul. Je rapproche la mienne et lui fais un dernier câlin.

Il a la chair de poule. Moi aussi, ça m'arrive souvent pendant mes orgasmes. Mais je ne crois pas qu'il jouit.

« On y va ? » je demande sur un ton dégagé.

Il ferme les yeux, comme s'il acquiesçait, et je murmure doucement en lui caressant le visage comme si j'étais sa mère :

« As-tu quelque chose à dire ? Une dernière recommandation, par exemple ? »

Il secoue la tête, apparemment pressé d'en finir. Les trois femelles beaucerons semblent au garde-à-vous, prêtes à bondir. Il ne faut pas les laisser là : elles risquaient de me déranger pendant ma besogne. Je me lève, le couteau à la main, et je les fais sortir. Après avoir fermé la porte de la porcherie, je reviens à ma place.

Je coince la tête de Gros-Cul entre mon genou et mon coude, puis j'inspecte son cou pour repérer la carotide. Il faut que j'enfonce profondément mon index en plusieurs endroits avant de trouver de la vie qui palpite dans sa gorge offerte, battant son tambour tout près de l'œsophage.

Quand je lui demande si c'est bien là, il me le confirme en baissant les paupières. Je prends ma respiration et plante à cet endroit précis, d'un coup sec, la lame du couteau à saigner que j'enfonce profondément dans la gorge, en veillant à ce que la partie non tranchante soit près de l'œsophage pour ne pas sectionner celui-ci. Puis je remue légèrement la pointe comme il me l'avait recommandé, pour agrandir l'entaille dans l'artère.

Il a l'expression de stupéfaction indignée de Lee Harvey Oswald, l'assassin de John F. Kennedy, quand Jack Ruby lui tire une balle dans le ventre, la bouche grande ouverte, comme s'il avait reçu un uppercut, et se met à hurler à la manière d'une bête révoltée que l'abatteur a ratée. Mais je ne l'ai pas raté.

N'ayant pas prévu cette réaction, je suis effrayée et horrifiée en même temps. Qu'ai-je donc fait ? Je prends soudain conscience de la situation : ses cris déchirants me disent que je viens de commettre un crime abominable. Ça gâche tout.

J'aurais pourtant eu toutes les raisons de me réjouir : un torrent de sang jaillit à grands flots dans la bassine. C'est de la vie qui coule et ça sent bon, une odeur mielleuse, prometteuse, légèrement acidulée. Il n'y a pas si longtemps, j'avais imaginé ce moment comme une apothéose, le couronnement de mon travail, mais sans les cris de Gros-Cul. Je tremble comme une feuille.

J'aurais voulu le rassurer mais je n'arrive pas à parler. Les mots s'embourbent dans ma bouche, tandis qu'il pousse ses couinements de truie agonisante, les yeux exorbités, en essayant de remuer la tête que j'ai immobilisée entre mon genou et mon coude.

J'ai quand même la présence d'esprit de tourner légèrement son visage vers la caméra pour immortaliser cet instant : le jet de sang fait un arc de cercle avant de tomber dans la bassine où je le touille avec le vinaigre à l'aide d'une spatule en bois, pour l'empêcher de coaguler.

« Calme-toi », je murmure.

Il hurle de plus belle. Sur la vidéo, j'ai tout gardé, sauf nos échanges : ses cris poignants, puis le chant triste et faiblissant des derniers instants, ses sursauts, jusqu'aux petits chouinements à peine audibles d'une agonie qui n'en finit pas.

L'enregistrement de la saignée de Gros-Cul est destiné à faire le tour du monde, dans quelques mois : les gros plans sur les expressions d'un humain saigné et couinant comme un porc ne peuvent que servir la cause animale. Quelle différence entre les bêtes et nous ? Nous autres animaux humains, ne sommes-nous pas faits du même sang, de la même chair qu'elles ?

Scandalisé par ce qui lui arrive, Gros-Cul mugit, hennit, bêle, meugle, couine, tous les cris d'agonie des animaux de la ferme y passent.

Quand la bassine commence à être bien remplie et qu'il perd son tonus, je me penche et lui souffle à l'oreille :

« Détends-toi, mon cœur, ça va passer. »

Propos débiles, j'en conviens. Mais, comme s'il avait décidé de m'obéir, ses cris se transforment peu à peu en plaintes douces avant de tourner à un mélange de mélopée et de murmuration.

Ça va mieux maintenant. Ne tremblant plus, je reprends le dessus.

« Comment te sens-tu ? je lui demande d'une voix pleine de compassion.

– … tigué.

– C'est normal. Tu vois quelque chose ?

– … blluuu… »

Il reste la bouche ouverte, sans terminer sa phrase.

« Quelle couleur ? » j'insiste.

Je voulais connaître la couleur de la mort. Mais c'était inutile, il est parti. Soit dit en passant, pour empêcher toute identification, la conversation a, bien sûr, disparu dans le montage de la vidéo.

De plus en plus faibles, ses gémissements ressemblent maintenant à des chuintements, comme des bruits de pneu de vélo crevé.

« Laisse-toi aller », je murmure.

Quand je me suis entendue, j'ai eu honte mais je n'avais rien trouvé de mieux à dire. Il glougloute maintenant faiblement des mots que je ne comprends pas, puis émet une sorte de vagissement avant de perdre conscience, ce qui ne l'empêche pas de continuer à respirer bruyamment, de manière désordonnée, en haletant. Le jet de sang diminue d'intensité, coulant dans la bassine par à-coups, au rythme des battements de son cœur.

Je crois que tout est fini quand, soudain, il se met à gigoter, comme si ses chairs se débattaient contre les forces des ténèbres qui l'envahissent. Des mouvements réflexes, comme on dit dans les abattoirs. Gros-Cul est mort mais ses chairs ne le savent pas encore. Elles finissent par se calmer, même si elles restent secouées par des petits spasmes. Quand le sang cesse de couler dans la bassine, je me lève et j'appelle Patrick sur son portable pour lui demander de me rejoindre.

61

Suite du récit de Laura Glostrob

Je tire la tête de Gros-Cul par les oreilles pour regarder son visage ensanglanté et je le nettoie soigneusement avec un chiffon mouillé. N'était sa langue qui pend, il aurait une belle expression. Elle exprime la plénitude et même, j'ose le dire, une forme de ravissement.

Je parle toute seule :

« Tu es très beau, mon cœur, tellement plus beau mort que vivant. »

Il me semble détendu, serein.

« Tu as raison d'être heureux. Tu as accompli ton destin, tout le monde ne peut pas en dire autant. »

Je vais chercher la caméra pour le filmer de près. Sur les images que j'ai visionnées depuis, il est blanc comme un linge et ses yeux ont l'air encore vivants. Surtout, il paraît épanoui, comme s'il était parti la conscience tranquille.

Moi, je me sens sale, gluante, maculée partout, sur les mains, le visage, les cheveux, les bottes. Après avoir versé le sang de la bassine dans deux seaux, je vais les porter à la maison. En sortant de la porcherie, j'ordonne de s'éloigner aux chiennes qui insistent pour entrer. Apparemment, ce qu'elles ont entendu leur donne les crocs. De leurs gueules ouvertes coulent d'impressionnants fils de bave. Mais il n'est pas question que je les laisse seules avec la carcasse de Gros-Cul.

Elles me suivent jusqu'à la maison. Leur écuelle à eau est vide, ça tombe bien, je la remplis de sang à ras bord. Elles apprécient, elles la lapent en poussant des petits cris de joie.

Arrivée à l'intérieur, je jette dans la cuvette des toilettes le contenu d'un des deux seaux : il y en a beaucoup plus que prévu. Pour faire les soupes, j'en réserve un peu dans une casserole que je range dans le réfrigérateur et je verse le reste à cuire dans un faitout où l'attend le mélange que j'ai préparé pour les boudins : du hachis de ciboulette, six œufs, trois kilos d'oignons rouges émincés et bouillis, beaucoup de mie de pain, du gras de porc, du piment, du poivre noir.

« Ça s'est bien passé ? Patrick me demande.

– Il a beaucoup gueulé au début, c'était terrifiant. As-tu entendu ?

– Non. J'avais mis mes écouteurs exprès, avec la musique à fond.

– Il a l'air tellement apaisé maintenant, ça fait plaisir à voir. On dirait qu'il est au paradis des bêtes de boucherie. »

Laissant le sang mijoter à feu doux, je dis à Patrick que je reviendrai régulièrement surveiller la cuisson. Puis je jette mon ciré ensanglanté dans la baignoire. Je le laverai plus tard. Quand nous revenons à la porcherie, il y a sous la gorge entaillée de Gros-Cul une flaque vermillon que les chiennes s'empressent de laper.

En voyant son visage, Patrick s'exclame avec admiration ·

« Il est sublime ! Dommage qu'il ait la langue qui pendouille, ça lui donne l'air con. »

Il prend la grosse tête blanche entre ses mains, la tire vers le haut et la regarde un moment avant de tenter sans succès de rentrer sa langue dans sa gueule. Après avoir relâché délicatement son visage, il caresse son échine.

« La chair est encore tiède, il dit, surpris. Presque vivante.

– Toujours vivante, je corrige en lui montrant les palpitations qui secouent, par moments, les épaules et les jambons. Il n'arrive pas à mourir. »

Une lueur d'effroi traverse le regard de Patrick. Il détourne la tête. Pendant que je filme sous tous les angles le popotin qui tremblote, il reprend :

« Il est irrésistible. J'adore ce grain immaculé. Cette texture crémeuse. Cette douce sérénité. Le sacrifice lui a bien réussi.

– C'est la saignée qui lui a donné ce teint si pur, je dis. Elle l'a bonifié.

– C'est une belle fin, il insiste. Gros-Cul a ce sourire indéfinissable des porcs après la saignée. Ils ont toujours l'air heureux et rigolards, as-tu remarqué ?

– La mort lui va bien. Il a retrouvé une virginité originelle. »

Soudain, il prend un air accablé et pousse un soupir :

« Mais qu'est-ce qu'on va faire de toute cette bidoche ? »

Je montre nos trois bas-rouges :

« Ne t'en fais pas, elle va au moins faire le bonheur des chiennes et des fauves, sans parler de moi… »

62

Suite du récit de Laura Glostrob

Les chasseurs disent souvent qu'ils éprouvent un mélange de joie et d'effroi devant le gibier mort. Satisfaction d'avoir réussi à le tuer. Effroi d'avoir réduit un bel animal à l'état de cadavre.

Je ressens les mêmes sentiments mêlés en contemplant la carcasse de Gros-Cul, la tête en bas, mais la satisfaction, sinon la joie, prend peu à peu le dessus : ce corps mort, blanc comme un bonhomme de neige, c'est mon œuvre, mon chef-d'œuvre, l'accomplissement de plusieurs semaines de travail acharné.

Patrick treuille la carcasse et, quand il estime qu'elle est à la bonne hauteur, il s'agenouille et, avec un couteau effilé, coupe le cou comme si c'était une miche de pain avant de trancher les vertèbres d'un coup de fendoir, pour séparer la tête du tronc.

Il ramasse la tête coupée puis me la tend. Je la travaille sur la table sans ressentir, à mon grand étonnement, d'émotion particulière : depuis quelque temps, j'avais déshumanisé Gros-Cul ; bien avant l'abattage, il n'était plus pour moi qu'un ventre, un anus et un ramas de viande, d'os.

Je coupe la langue, prélève des tranches dans les bajoues pour en faire du bacon, pose chaque morceau dans un plat en pyrex, avant de casser le crâne à coups de maillet et de récupérer la cervelle. J'arrache l'anneau nasal : il pourra resservir. Et je jette le reste dans la poubelle avant d'essuyer le sang et les éclats d'os avec un chiffon propre. Pour la vidéo, je filme la langue, la cervelle et les tranches de bajoues dans leur plat.

Puis je seconde Patrick qui finit de dépiauter la carcasse. Quand je commence à l'aider, il vient de couper les organes sexuels à ras, pénis compris. Il me les met dans la main et je reste en plan sans savoir quoi en faire.

« Tu peux les garder dans le formol, il rigole. Ça te fera un souvenir. »

Je les pose sur la table et je reviens lui prêter main-forte. Notre travail consiste à passer le couteau à désosser sous la peau, puis à la tirer, elle vient facilement. Plutôt qu'au dépouillage traditionnel, nous procédons à un écorchage, méthode utilisée par les autorités du Moyen Âge pour supplicier les condamnés et qui consistait en une sorte d'épluchage du corps à vif.

Ensuite, Patrick passe au déboyautage. Il monte sur un escabeau et plante un couteau dans l'entrejambe, à deux centimètres de l'anus, avant de découper un cercle autour, puis il tire le sphincter vers le haut et le ferme avec un élastique, pour éviter que des excrétions ne contaminent la viande quand il videra la carcasse.

Redescendu de l'escabeau, il change encore de couteau. La carcasse étant suspendue à l'envers, il perce le sternum en bas de la cage thoracique, près du cou, puis remonte la lame et coupe le ventre en deux, jusqu'à l'aine.

Au fur et à mesure que la lame remonte vers l'aine, les entrailles de Gros-Cul tombent en glougloutant dans la grande poubelle que j'ai disposée dessous. Bien sûr, je filme ce moment, de loin le plus excitant de cette phase qu'on appelle la découpe.

Luisantes et protubérantes, les tripes qui dégringolent du ventre semblent toujours vivantes : on dirait un nid grouillant de serpents ensanglantés et en rut. C'est un spectacle fascinant, d'une grande sensualité.

Un mot sur la panse. Elle est plus faramineuse encore que je ne l'aurais imaginé et il m'apparaît évident, en la regardant, qu'elle est l'organe qui symbolisait le mieux Gros-Cul. Le cœur de son intelligence. Le cerveau de son âme.

Patrick plaisante :

« On peut dire qu'il a de l'estomac. »

Après qu'il a tiré la ribambelle du côlon qui, avec son anus garrotté, rejoint la tripaille dans la grande poubelle, je ne peux résister à mon envie de plonger mes mains dedans, de la tripoter, de remuer cette vie tiède et palpitante. Ses gargouillis me font l'effet d'un bain de jouvence.

Ensuite, je caresse la panse dans la bassine avant de l'ouvrir avec un couteau pour respirer à grandes goulées son odeur entêtante, une odeur de paille et de bière fraîche. Elle glisse comme un poulpe.

« Après ça, murmure Patrick, il faudra te laver les mains. Quand mon grand-père travaillait les carcasses, il se les lavait tout le temps. Il disait : "Une fois qu'on a tué le cochon, il ne faut pas oublier de tuer aussi les bactéries." »

Patrick prend un grand couteau et ouvre la cage thoracique jusqu'à la gorge. À un moment donné, sentant une résistance dans les côtes, il s'aide d'un fendoir. Puis il sort le cœur encore tiède et rutilant. Il me semble qu'il bat encore un peu mais je sais que c'est une illusion.

Il est gros, un cœur de joggeur. Je le coupe en trois morceaux que je donne aux beauceronnes qui attendaient dehors, la queue frétillante, la gueule baveuse. Chacune boulotte sa part en la mâchant à peine avant de réclamer du rab avec des aboiements plaintifs, puis revendicatifs.

Bonne fille, je tranche les poignets de Gros-Cul avec une cisaille puis un fendoir et j'offre ses deux mains dodues comme des gants de boxe aux chiennes qui restaient dehors. La troisième a droit aux parties sexuelles. Apparemment déçue, elle pleurniche après n'en avoir fait qu'une bouchée.

En sciant de haut en bas la carcasse, Patrick transpire beaucoup. J'adore son expression d'enfant appliqué et je ressens de grandes bouffées d'amour pour lui. Quand les deux moitiés sont séparées, je l'aide à déplacer la table pour la mettre dessous.

« Tu te débrouilles comme un grand professionnel de la charcuterie, je lui dis avec admiration.

– Dans le temps, j'ai aidé plusieurs fois mon grand-père à la Saint-Cochon. Et puis j'ai tout révisé sur Internet. »

Nous faisons maintenant glisser la première moitié de carcasse sur la table et, après en avoir retiré les parties sanguinolentes, Patrick commence à travailler dessus. J'aime sa maîtrise. Avec son couteau, il incise la chair des différents morceaux jusqu'à l'os, qu'il scie ensuite. Il commence par les jarrets, qu'il tranche au-dessus des genoux, puis il coupe les bras au-dessus du coude.

« C'est pour les fauves, il dit. Ils vont se régaler. J'irai avec toi, pour leur donner. »

Il déhanche les jambons, détache la gorge, lève le filet mignon, la poitrine, l'épaule, la longe, le plat-de-côtes, etc. Le spectacle est impressionnant : en peu de temps, Patrick transforme la moitié de Gros-Cul, encore à l'état brut quelques minutes auparavant, en un superbe et alléchant puzzle charcutier.

« C'est magnifique, je dis.

– J'ai beau être végétarien, il faut reconnaître que la boucherie et la charcuterie subliment les corps. Ils les embellissent toujours après le sacrifice et plus encore après la découpe. »

Dans l'idéal, nous aurions dû laisser reposer la viande pendant au moins douze heures mais la chambre froide vient de tomber en panne. Patrick débite donc les deux moitiés de carcasse de Gros-Cul pendant une partie de la matinée, tandis que je répartis au fur et à mesure les meilleures pièces entre le congélateur et nos deux réfrigérateurs, dont le plus grand est réservé à la viande des fauves.

Entre le poids vif de Gros-Cul (337 kilos) et la viande utile, il y a, bien sûr, une grosse déperdition : plus de la moitié. Nous n'en gardons qu'une vingtaine de kilos au plus pour nous. Le reste, c'est-à-dire l'essentiel, fera le bonheur des fauves et des chiennes. Nous leur laisserons même la quasi-totalité des jambons, finalement : ils sont trop volumineux.

En ce qui nous concerne, nous avons prévu de déguster quelques bons morceaux sous toutes les formes, en grillades, ragoûts, sautés, au four.

Ce fut une bonne surprise. La viande de Gros-Cul était épatante, moelleuse en bouche, quasi fondante, avec des arrière-goûts de thym et de cognac. Elle m'a permis de préparer de sublimes pâtés dont je garde un souvenir ému. Tout végétarien qu'il soit, Patrick a fait des écarts pendant plusieurs jours.

« Si toutes les viandes avaient cette délicatesse et cette tendreté, il m'a dit, je crois que je redeviendrais carnivore. »

63

Fin du récit de Laura Glostrob

Informaticienne à la retraite, Isabelle Vandreuil, née Aubignan, a gardé le nom de son premier mari. Elle a huit ans de moins que son frère mais un monde les sépare : ce qu'on appelle le fossé des générations.

De petite taille, le nez légèrement retroussé, les pommettes saillantes, les cheveux blonds coupés très court, elle trouve toujours le moyen de vous toiser d'en bas, si j'ose dire, avec l'air pince-sans-rire de ces bourgeois qui, par atavisme, prennent tout le monde de haut.

L'automne approchait. C'était l'une de ces belles journées où le temps s'arrête, quand le soleil, au lieu de cingler la chair de la Provence, commence à lui prodiguer de longues caresses blondes, jusqu'à la recouvrir de fils d'or. Pourquoi a-t-il fallu qu'Isabelle Vandreuil vienne tout gâcher ?

Quand je l'ai vue arriver au refuge dans son coupé Mercedes, s'arrêter devant notre porte et descendre de la voiture, j'ai aussitôt pensé que les ennuis allaient commencer : on sentait l'emmerdeuse. Les chiennes sont allées vers elle sans aboyer, comme si elles la connaissaient. Après s'être présentée à moi, elle m'a demandé des nouvelles de Charles.

« Charles ? j'ai répété, étonnée.

– Enfin, voyons, mon frère. Charles Aubignan. Il y a un moment, il m'a écrit qu'il passerait quelques jours ici, début septembre, et, comme il ne répond pas au téléphone j'ai pensé que c'était plus simple de passer lui faire un coucou à l'improviste.

– Nous n'avons pas eu de nouvelles de lui depuis très longtemps.

– Il est toujours comme ça, c'est insupportable. Il vient chez vous à n'importe quelle heure, sans prévenir.

– Nous ne le connaissons pas bien, vous savez. »

Isabelle Vandreuil respirait très fort, comme si elle cherchait des odeurs. Ça sentait le papillon, le fruit et, par moments, le fauve. Elle a tourné sa tête vers la cage aux lions, les narines frémissantes :

« Je peux visiter ?

– Si vous le souhaitez.

– J'adore les fauves. J'ai vu sur Google que vous aviez des lions.

– Un lion et une lionne. Très sympas. Mais ils dorment tout le temps et on n'arrive pas à nouer une relation avec eux. Ils n'en ont rien à foutre de nous.

– Ce sont des chats, finalement. De grands chats égoïstes.

– Sauf que les chats mangent beaucoup moins. Eux, ils nous coûtent un bras en nourriture. »

Patrick est arrivé. Pour qu'il ne commette pas d'impair, je lui ai dit, d'entrée de jeu, qu'Isabelle était la sœur de Charles.

« Charles ? De qui parles-tu ? il a demandé en roulant de grands yeux exagérément étonnés.

– Ben, Charles Aubignan, qui doit nous rendre visite, tu sais bien.

– Ah, oui, pardon. »

Quand il a prononcé ces derniers mots, il y a eu quelque chose de faux dans sa voix, comme un malaise. J'ai jeté un œil sur Isabelle : apparemment, elle ne s'en était pas rendu compte.

Isabelle Vandreuil s'est approchée de la cage, a contemplé les fauves de près, puis nous nous sommes assis tous les trois sur le banc disposé devant la cage aux lions. Nous avons échangé quelques banalités sur les félins, et elle a demandé :

« Depuis quand connaissez-vous Charles ? »

J'ai répondu avant que Patrick ait eu le temps de l'ouvrir :

« Nous l'avons rencontré une seule fois, il y a quelque temps, lors d'une manifestation à Paris contre les abattoirs.

– C'est son grand combat.

– Le nôtre aussi, j'ai dit. Et vous ?

– Je soutiens la cause animale mais je ne suis pas militante, contrairement à Charles. Je suis végétarienne, mais pas tous les jours.

– Laura aussi est comme ça, a fait Patrick.

– Mon frère, lui, est strict. Il a toujours eu des relations difficiles avec les gens qui mangent de la viande. C'est pour cette raison qu'il ne s'entendait pas avec nos parents. C'est pour ça aussi que ça n'a pas marché avec sa dernière épouse, même s'il y avait entre eux – ce qui n'arrangeait rien – une grosse différence d'âge. Il lui reprochait de manger du poulet en cachette. Quand il rentrait de voyage, elle m'a raconté qu'il lui arrivait de fouiller les poubelles pour voir s'il n'y avait pas des os ou des reliefs. D'où, parfois, des scènes homériques. »

Elle nous a demandé pourquoi notre refuge n'était pas encore ouvert au public.

« On n'est pas prêts, a dit Patrick. On a prévu de le lancer au début de l'année prochaine mais si ça vous intéresse, vous pouvez déjà adopter un chien. Au chenil, on en a quatre à proposer.

– J'adore les chiens, car j'aime qu'on m'admire. Ils sont moins décevants que les enfants. »

Elle a ri, contente de sa blague, puis :

« Mais c'est impossible que j'en adopte un en ce moment. J'ai perdu mon dernier chien il y a trois semaines. Je suis encore en deuil. »

Elle a baissé la tête, les yeux humides, et elle a reniflé. Après ça, on a parlé chiens un moment. Au bout d'un quart d'heure, quand la conversation est retombée, Isabelle s'est levée comme si elle allait repartir et Patrick lui a proposé de rester à déjeuner. Je me suis étranglée. Intérieurement, s'entend. Il était encore tôt : midi et demi.

« Je n'ai encore rien préparé, j'ai dit. On déjeune toujours tard ici, entre deux et trois. On se mettra à table à une heure et quart, ça vous va ?

– Carrément. Puis-je vous aider ? »

Après avoir secoué la tête, je lui ai annoncé le menu que j'avais prévu : poêlée de cèpes à l'ail ; pommes de terre au four avec une sauce ciboulette, échalotes crues et huile d'olive ; crumble rhubarbe-fraise.

« Tout vient du jardin, j'ai précisé.

– Génial !

– J'ai aussi du pâté de campagne maison. Ça vous dit ? »

Patrick m'a fusillée du regard.

« Pourquoi pas ? elle a fait.

– C'est la grande spécialité de Laura », a dit Patrick.

Il a proposé à Isabelle Vandreuil de faire le tour de la propriété et de lui montrer les autres bêtes. Ils sont partis pendant que j'allais en cuisine. J'étais en train de m'affairer depuis vingt minutes devant les fourneaux quand Patrick est arrivé, en pétard contre moi.

« Qu'est-ce que c'est que cette histoire ? il a murmuré.

– Charles lui avait dit qu'il viendrait ici début septembre…

– Début septembre, il a répété. Ça veut dire qu'il voulait que sa sœur vienne quand il serait… mort. Bizarre, non ?

– Très. Elle sait peut-être plus de choses qu'elle ne veut bien le dire. Je n'aime pas du tout ça. Que proposes-tu ? »

Il a fait le signe de trancher la gorge.

« Avant toute chose, j'ai dit, il faut savoir si des gens savent qu'elle est venue ici.

– Tu as raison. On lui tire les vers du nez pendant le déjeuner et puis, après, on improvise. »

Il est parti retrouver Isabelle, qu'il avait laissée à jouer avec les chèvres dans leur parc, prétextant qu'il attendait un coup de fil et qu'il devait aller chercher à la maison son portable, lequel, en fait, était dans la poche de son jean.

Le repas a été très sympathique. Une fois passée la première mauvaise impression provoquée par son regard supérieur, Isabelle était une personne très agréable. Elle s'intéressait à plein de choses. Avec ça, bienveillante, attentive et paradoxale. Je comprenais pourquoi Charles l'aimait tant.

Isabelle Vandreuil a beaucoup aimé le pâté de campagne que j'avais servi avec des toasts, avant mon entrée de champignons. Il avait été préparé, quelques jours plus tôt, avec de la gorge, de l'échine et de l'épaule de Gros-Cul, passées au hachoir à viande, mélangées à cinq œufs et arrosées de six cuillerées à soupe d'armagnac. J'avais ajouté des pignons de pin et des branches d'épinard, d'aneth, d'estragon, de cerfeuil.

« C'est très fin ! » elle a dit.

Patrick et moi, ça nous a fait sourire. Elle a repris deux fois du pâté avec des cornichons et m'a demandé ma recette.

« L'essentiel pour faire un bon pâté, j'ai fait, c'est d'avoir une viande de qualité.

– Pour de la qualité, c'est de la qualité, a renchéri Patrick. La bête a été élevée avec des produits naturels, c'est la moindre des choses, mais aussi avec un plein bon Dieu d'amour. Or, l'amour, quand on en donne à la bête, sa viande vous le rend, ça se retrouve toujours.

– Viande heureuse, viande savoureuse », j'ai dit.

L'idée qu'elle avait parlé à d'autres gens de sa venue ici me tracassait, au point de me tordre le ventre. À sa façon sournoisement habile, Patrick a amené le sujet :

« Vous êtes venue exprès de Nice ? il a demandé, la bouche pleine de pommes de terre.

– Non. Je dors à Sisteron, chez mon ex. Mon premier mari, celui que je regrette tous les jours d'avoir quitté. Il est très malade. Les médecins ne lui donnent pas plus de six mois.

– Oups, j'ai fait. Désolée. »

C'est alors que Patrick a posé *la* question, sur un ton dégagé, l'air quasi distrait :

« Votre ex a entendu parler de notre refuge ?

– Oui, elle a répondu. Et Charles m'a dit que vous vous êtes installés il y a un an à La Motte-du-Caire. »

On s'est regardés, Patrick et moi. On pensait la même chose : il était urgent d'attendre avant d'aviser. Si elle avait parlé à son ex de sa visite au refuge, il fallait encore se donner du temps et ne pas agir dans la précipitation.

N'ayant pas vu toutes nos bêtes, elle s'est fait une joie d'accepter la proposition de Patrick, qui l'a invitée à continuer la visite après le déjeuner : il lui restait à voir les bovins, les chevaux et les chiens.

« Vous devriez quand même adopter un chien, a insisté Patrick.

– Vous y tenez !

– Venez les voir. Vous allez craquer.

– Je ne suis pas prête. Je pense tout le temps à mon jack russell. Si sentimental, si attentionné… »

Quelques larmes lui sont montées aux yeux.

« Il était aussi très agité, très bruyant. La prochaine fois, je crois que je prendrai un caniche. Il y a vingt ans, j'en avais un. Je crois n'avoir jamais été aussi heureuse avec un chien.

– Ça tombe bien, a dit Patrick. J'ai un caniche à vous montrer. Malin comme un singe. Vous pourrez repartir avec… »

Isabelle Vandreuil s'est levée et a demandé à aller aux toilettes. Je les lui ai indiquées : première porte à gauche après le salon. Quand elle est revenue, elle m'a fusillée du regard, le sourcil froncé. On aurait dit qu'elle avait bu du vinaigre.

Après avoir desservi la table et rangé la cuisine, je suis allée faire une sieste dans la chambre. Comme je n'arrivais pas à m'endormir, j'ai commencé à écrire la suite de mon récit, mais je suis très perturbée. Cette femme ne m'inspire pas confiance. Sous des dehors enjoués, elle est très toxique et, depuis son arrivée chez nous, je ressens une angoisse indéfinissable.

Écrire me calme. Quand j'aurai réécrit le livre de Gros-Cul, je m'attellerai à un roman qui n'aura rien à voir avec tout ça. Maintenant que je me suis fait la main, il ne me reste plus qu'à choisir un sujet. J'en ai plein la tête mais je sais que c'est comme tout, les amours, les hobbies : quand on en a beaucoup, c'est qu'on n'en a pas.

64

Récit du lieutenant-colonel Califano

Je poursuis ici le récit de cette macabre histoire, car je me suis dit, en lisant ce livre, que je ne pouvais le laisser se terminer en eau de boudin. Il faut y mettre un point final et c'est à moi de le faire.

Soyons honnête. Je n'aurais jamais écrit les chapitres qui suivent sans l'obstination de l'éditeur. Dans un premier temps, il a demandé à Isabelle Vandreuil de les écrire mais ça s'est avéré impossible, vous saurez bientôt pourquoi.

Ensuite, il s'est rabattu sur moi mais, comme je le lui ai dit dès le départ, je n'ai aucun talent d'écrivain. Pour qu'il n'en doute pas, j'ai fait un essai et, de mon point de vue, il fut concluant, c'est-à-dire lamentable. Après ça, il s'est gentiment proposé de remettre en forme le récit qui va suivre et qu'il m'a demandé de lui dicter avec mon portable.

Je m'appelle Thomas Califano, mais tout le monde m'appelle Tom. Je suis lieutenant-colonel de gendarmerie et j'ai été chargé de l'enquête sur la mort des Glostrob, un jeune couple dont on n'a retrouvé quasiment que les os dans la cage aux lions de leur refuge dit des Martyrs de l'Humanité, à La Motte-du-Caire.

Je me suis rendu sur les lieux le jour de la macabre découverte. L'odeur était pestilentielle et les fauves, qui n'avaient pas eu à boire ni à manger depuis plusieurs jours, tenaient à peine debout. Ils ont été endormis par les services vétérinaires du département avant d'être traînés dans le réduit intérieur dont on a fermé la trappe, le temps de procéder aux expertises, aux prélèvements.

C'était le facteur qui avait donné l'alerte. Les Glostrob ne recevant quasiment pas de courrier, il passait à peu près une fois par semaine. Alors qu'il était venu déposer deux lettres dans la boîte, plantée à quatre cents mètres de la ferme, les trois bas-rouges étaient accourues et lui avaient tourné autour en couinant, comme si elles voulaient lui montrer quelque chose, tandis que, dans les cages du chenil, au loin, les autres chiens hurlaient à la mort.

Il était allé voir. Un spectacle de désolation l'attendait, au-delà de l'imaginable. Deux chèvres gisaient dans leur parc, à moitié dévorées : sans doute l'œuvre des beaucerons. Devant la ferme, deux jeunes moutons égorgés étaient couchés sur le flanc, le ventre ouvert. Ils semblaient avoir été traînés jusque-là. Quant aux Glostrob, il n'en restait que quelques morceaux couverts de mouches, au milieu des crottes des deux fauves.

J'ai d'abord cru à un accident. Tout portait à croire que les Glostrob avaient été attaqués par les fauves à l'intérieur de la cage. Mais qu'y faisaient-ils ? Il était peu probable qu'ils l'aient nettoyée : je n'y ai trouvé ni pelle ni balai, ni rien qui corrobore ma première intuition.

Au milieu des restes des Glostrob, les deux portables du couple avaient survécu à la sanglante orgie mais ils étaient noirs de sang. Quand j'ai cherché des ordinateurs dans la maison, je n'ai rien trouvé. Avaient-ils été volés par le ou les assassins, après la mort des propriétaires ?

Quand je suis retourné à la gendarmerie, en fin de journée, j'ai donné les portables des Glostrob à l'adjudant Kamel, notre geek, qui a vite déverrouillé celui de Patrick. J'ai fouillé dedans sans rien trouver d'intéressant : cette victime était, de toute évidence, une personne asociale, sans contact avec le monde extérieur.

Le soir, Kamel est venu m'apporter chez moi le portable de la deuxième victime et, à peine étais-je entré dedans que j'ai trouvé le livre que vous venez de lire. Le commençant par la fin, j'ai très vite découvert le nom de la dernière personne à les avoir rencontrés, la future suspecte numéro un : Isabelle Vandreuil.

Le week-end est arrivé. Comme je le leur avais promis, j'ai emmené ma femme et mes trois enfants faire une randonnée dans la vallée de la Clarée, près de Serre Chevalier. Je n'ai jamais voyagé à l'étranger mais je sais que c'est là le plus bel endroit du monde : Dieu a beau avoir du talent, il ne peut pas faire mieux. Une constellation de lacs de toutes les couleurs, le Laramon, le Serpent, les Gardioles ou les Béraudes, dans lesquels se mirent les crêtes qui les surplombent, le Raisin, le Diable, le Queyrellin, etc. J'y vais au moins une fois par an, en famille.

Pendant la randonnée, ma femme m'a reproché d'avoir la tête ailleurs. Elle avait raison. Tout au long du week-end, j'ai essayé de reconstituer le puzzle. Le lundi, quand j'ai repris le travail, j'étais gonflé à bloc, un peu exalté aussi, tant j'étais plein de la beauté du monde. Après avoir retrouvé son adresse, j'ai décidé de rendre visite à Isabelle Vandreuil à Nice, le lendemain. Je préfère toujours voir les témoins au débotté, afin qu'ils n'aient pas le temps de se préparer, de consulter un avocat. Et quand je les interroge, je prends toujours l'air distrait, comme si je ne savais pas où j'allais, à la manière du lieutenant Colombo, qui est un modèle en matière de stratégie policière.

Je sais qu'elle est très contestée, notamment dans ma compagnie, mais c'est ma façon de travailler : à tâtons, en privilégiant l'humain. En somme, à l'ancienne.

Je ne connaissais pas le marché du cours Saleya au-dessus duquel habitait Isabelle Vandreuil. Attiré par l'explosion de vie, de senteurs, de rires, de fruits gorgés de soleil, j'ai déambulé dedans un moment avant d'acheter une socca chez Thérésa, une crêpe divine, à la farine de pois chiche, qu'on vous sert, brûlante et en morceaux, dans du papier blanc.

J'ai attendu de la finir pour aller sonner chez Isabelle Vandreuil, après avoir essuyé mes doigts graisseux sur la serviette que m'avait donnée la vendeuse. Bonne pioche. Ma suspecte était là. Belle, digne, sportive, des mains très fines, des cils longs qui papillotaient sur ses yeux verts. Avec ça, beaucoup de chien. Elle m'a tout de suite paru très sympathique. Après qu'elle m'a eu introduit dans le salon, j'y suis allé franco en lui parlant de l'incroyable livre que j'avais découvert dans le portable de Laura Glostrob.

« Votre nom est dedans, dis-je. C'est ce qui m'amène ici. »

Elle m'a demandé, avec un air chafouin, de quoi je voulais parler. Je lui ai répondu que j'avais des questions à lui poser sur « le double crime de La Motte-du-Caire ». Ça l'a déstabilisée, d'autant que j'ai ménagé un long silence. Jusqu'à ce que je dise, afin qu'elle reprenne son souffle :

« Vous avez perdu récemment votre chien, ai-je lu dans le livre. Comment s'appelait-il ?

– Tornado. »

Elle a éclaté en sanglots. Une femme qui pleure son chien mort n'est pas une mauvaise personne, fût-elle une meurtrière. Pour créer de l'empathie avec moi, je lui ai dit que je comprenais ce qu'elle ressentait. J'avais moi-même perdu un chien l'année précédente, un border collie, une race américaine dont on dit qu'elle est la plus intelligente du monde, le caniche étant en deuxième position dans le classement.

« Mon prochain chien sera un caniche, a-t-elle murmuré entre deux reniflements. Il y en avait un, au refuge. Je ne me pardonnerai jamais de ne pas l'avoir emmené, je suis partie trop vite, comme une voleuse. »

Moi, lui ai-je dit, je ne reprendrais pas de chien avant longtemps, car il n'était pas question que je vive de nouveau ce rite qui transforme tous les propriétaires de chiens en euthanasistes, quand il faut amener la bête à l'agonie chez le vétérinaire, pour la piqûre létale.

Elle s'est levée, soudain :

« Vous prendrez bien quelque chose à boire ?

– Un verre d'eau, volontiers.

– J'ai de la bière. Ou une petite prune, si vous préférez.

– Jamais pendant le service. »

Quand elle m'a servi mon verre, j'ai observé que sa main tremblait.

« Alors, a-t-elle dit en s'asseyant, vous savez tout ?

– Si c'était le cas, chère madame, je ne serais pas venu vous rendre visite simplement pour parler. Je vous aurais convoquée pour vous mettre en garde à vue. »

Couvert de larmes, son visage a viré au cramoisi. Pleurait-elle encore le chien ? J'ai cherché ses yeux et, quand je les ai trouvés, j'ai dit d'une voix assurée, quasi solennelle :

« D'abord, pour vous mettre à l'aise, sachez que je comprends tout à fait votre geste. Il y a des crimes si ignobles qu'ils ne peuvent pas relever de la justice. »

En guise de réponse, elle a baissé les yeux et ses lèvres ont tremblé. Elle respirait fort, comme pour enrayer une montée de sanglots.

« Souvent, ai-je dit, la justice ne comprend pas, hélas, les attitudes comme la vôtre, elle les punit même sévèrement, mais sachez qu'à mes yeux, vous avez bien fait. Si ça se trouve, avec un bon avocat, les Glostrob auraient été acquittés par la cour d'assises.

– Je ne sais pas ce qui m'a pris, j'avais la haine. En plus de martyriser mon frère, ils ont fait aussi beaucoup de mal à la cause animale.

– Ça, je ne sais pas. L'avenir le dira. »

Elle a tourné les yeux vers la fenêtre, mais il n'y avait rien à voir.

« J'imagine, a-t-elle soupiré, que vous avez été horrifié par le livre, que j'ai lu comme vous. Eh bien, il y a pire encore : les vidéos où l'on voit tout, y compris le sacrifice de mon frère.

– Je n'ai pas trouvé de vidéos de ce genre dans les portables.

– Elles sont stockées, avec le livre, sur les ordinateurs que j'ai récupérés et que je tiens à votre disposition.

– Pourquoi n'avez-vous pas emporté leurs portables ? ai-je demandé. Je ne comprends pas.

– Rien n'était prémédité, tout était improvisé. Je me suis rendu compte que j'avais oublié d'emporter leurs téléphones quand je suis montée dans la voiture, avant de partir. Mais c'était trop tard : je ne voyais pas comment j'aurais pu les récupérer dans la cage aux fauves.

– En leur laissant les portables, vous preniez un risque énorme, chère madame.

– Tout est allé trop vite. Et puis, faisant contre mauvaise fortune bon cœur, j'ai songé que ça ferait finalement plus naturel si on retrouvait leurs portables sur eux.

– C'est vrai, ai-je approuvé. Ç'aurait été un crime parfait si Laura n'avait pas parlé de vous dans le livre, parce qu'elle n'arrivait pas à faire la sieste, le jour où vous êtes venue. Pourriez-vous maintenant me raconter en détail comment tout ça s'est passé et m'autoriser à vous enregistrer ? »

Elle a hoché la tête et a fermé les yeux, un sourire douloureux aux lèvres. Pour être rompu à l'art de l'interrogatoire, je sais qu'il y a beaucoup de belles personnes parmi les coupables, en particulier quand, comme elle, ceux-ci ont hâte de dire la vérité, toute la vérité. J'ai mis mon portable sur dictaphone et je l'ai posé sur la table basse, devant elle.

65

Témoignage d'Isabelle Vandreuil recueilli par le lieutenant-colonel Califano

En sortant des toilettes, quand je suis passée par le salon pour retourner dans la cuisine, j'ai eu un haut-le-corps en voyant le tableau de Serge Poliakoff, le roi du tachisme, accroché sur le mur en face de moi, à droite.

Le doute n'était plus possible : avec ses masses rouge, bleue et verte, je le connaissais par cœur, si on peut parler comme ça d'un tableau. Depuis qu'il l'avait acheté, un an auparavant, mon frère ne s'en séparait jamais. Quand il partait en voyage, il le déposait à la banque.

« Finalement, lui avais-je dit récemment, dans ta vie, tu n'auras été fidèle qu'à deux personnes : Poliakoff et moi.

– N'oublie pas ma fille et ma petite-fille », avait-il ajouté.

Quand j'ai retrouvé Laura dans la cuisine, j'étais encore sous le choc et je ne lui ai pas posé de questions sur le Poliakoff : il ne fallait pas éveiller le moindre soupçon, c'était à moi de prendre l'offensive le moment venu, quand je le déciderais. Mais j'avais un mauvais pressentiment, ça me faisait comme une boule poisseuse dans le ventre : rien ne permettait d'expliquer la présence de ce tableau dans le salon d'une personne qui prétendait n'avoir rencontré Charles qu'une seule fois, à Paris.

Patrick a continué à me faire faire le tour de la propriété. Je n'aimais pas sa conversation. Il en avait après beaucoup de monde et je l'ai vite rangé dans la catégorie des âmes noires que j'ai passé ma vie à fuir. Mais il se métamorphosait et devenait humain, si j'ose dire, dès qu'il était au contact des animaux. Nous avons passé un long moment avec Avicenne, le chameau du refuge.

Il m'a dit que Laura et lui buvaient chaque matin un quart de verre d'urine de chameau, ce qui – ç'a été prouvé scientifiquement *in vitro* – a des propriétés anticancéreuses. Cela traite aussi les maux d'estomac, auxquels ils étaient tous deux sujets. Contrairement aux autres pisses, m'a-t-il dit, celle-là n'est pas désagréable à boire, car elle ne contient pas d'ammoniac et très peu d'urée. Ils avaient pris leurs précautions : Avicenne était testé régulièrement pour vérifier qu'il n'était pas porteur de maladies.

En visitant le chenil, je suis tombée en adoration devant un caniche blanc. Il avait l'affectivité débordante et compulsive qui caractérise cette espèce, laquelle peut aussi se révéler acariâtre quand on tombe sur le mauvais numéro. Mais celui-là, ça se lisait dans son regard suppliant, me pourlécherait d'amour jusqu'à la fin de mes jours si je décidais de l'emmener avec moi. Je l'ai reposé dans sa cage où il s'est mis à pleurer doucement, avec une pudeur qui m'a émue.

J'ai regardé Patrick dans les yeux et j'ai dit :

« Je ne comprends pas mon frère quand il dit qu'il n'aime pas les chiens. À propos, je crois que vous connaissez bien Charles ?

– Un peu. Nous nous sommes rencontrés dans une manifestation sur la cause animale et on s'est revus après. J'ai beaucoup d'admiration pour lui. »

J'ai menti effrontément en le fixant droit dans les yeux :

« Il m'a souvent parlé de vous. Il apprécie beaucoup votre courage, votre engagement. »

Après un premier mouvement de surprise, des lueurs d'inquiétude sont passées dans son regard.

« Charles a insisté pour que je vienne ici, dans votre refuge. Il m'a dit qu'il fallait que je vous rencontre.

– Ah bon ?

– C'est vrai qu'il n'est pas porté sur le téléphone, mais il y a des semaines que je n'ai aucune nouvelle de lui. Il ne répond à rien, ni aux appels, ni aux textos, ni aux mails. Ce n'est pas normal, j'ai peur pour lui. Vous ne savez vraiment pas où il peut être ?

– Je crois qu'il était sur un projet de film. Il voulait prendre du recul. »

J'ai donné le coup de grâce :

« Avec la fille de Charles, on hésitait à signaler sa disparition à la police. Après ce que vous m'avez dit, je sais qu'il faut le faire. À mon avis, il est en danger. Comme Alexandra, sa petite-fille, dont on est sans nouvelles depuis moins longtemps. Mais qui, il est vrai, était en pleine rupture amoureuse. »

Patrick Glostrob a froncé les sourcils, l'air préoccupé.

« On va tout faire pour les retrouver, ai-je dit. Tout. »

Il y a eu un silence et il a fait :

« Vous prenez ce caniche, alors ?

– Il faut que je réfléchisse. De toute façon, je reviendrai forcément avec la police, le moment venu. »

Avant de retourner à ma voiture, je suis allée à la ferme, avec Patrick, dire au revoir à Laura. Le visage fripé, le dos un peu voûté, elle n'était pas dans son assiette.

« Tu n'as pas fait la sieste, mon amour ? lui a demandé Patrick.

– J'ai essayé. Je me demande si je pourrai dormir un jour. »

En m'éloignant d'eux, j'ai attendu de me trouver à une distance respectueuse pour frapper un grand coup :

« Il faudra que vous m'expliquiez comment le tableau de Poliakoff qui appartenait à mon frère s'est retrouvé chez vous. »

Je ne sais pas ce qui m'était passé par la tête : une intuition, une colère, la volonté de leur pourrir la vie, c'était sorti comme ça. Ils se sont regardés, terrifiés, puis Patrick s'est avancé vers moi.

C'était un petit format, moi aussi, mais j'avais un atout. J'ai ouvert mon sac à main et sorti mon Glock en remerciant mentalement Augusto Delgado, mon grand cinglé de dernier mari, car c'est grâce à lui et à son harcèlement permanent que j'ai obtenu un port d'arme.

Patrick Glostrob a continué à avancer vers moi. J'ai tiré au-dessus de lui pour qu'il s'arrête.

« Qu'est-ce que vous avez fait à Charles ? »

Ni l'un ni l'autre n'a répondu. J'ai posé la question une deuxième fois. Toujours rien. Alors, j'ai appuyé de nouveau sur la détente et la balle est passée tout près de Patrick. Il a paru sonné.

« Vous l'avez tué, c'est ça, vous avez tué Charles ? »

S'ils avaient été innocents, ils auraient gueulé, protesté, tempêté. Quand j'ai regardé leurs têtes d'abrutis fatalistes, les yeux baissés, ne souffrant pas l'idée d'échanger un regard avec moi, je n'ai pas pu douter qu'ils soient coupables.

« Ce n'est pas du tout ce que vous pensez », a gémi Patrick Glostrob.

J'ai senti qu'ils étaient prêts à passer aux aveux. Après avoir tiré en l'air une troisième fois, j'ai hurlé :

« Approchez, les mains sur la tête, vous aussi, Laura, et dites-moi ce qui s'est passé. »

66

FIN DU TÉMOIGNAGE D'ISABELLE VANDREUIL RECUEILLI PAR LE LIEUTENANT-COLONEL CALIFANO

Je n'ai rien tiré, ni de l'un ni de l'autre. Laura a commencé à pleurer, Patrick s'y est mis ensuite. Ils croyaient peut-être s'en sortir comme ça, ils ne savaient pas à qui ils avaient affaire. Je leur ai demandé de se diriger vers la cage aux fauves.

Quand nous sommes arrivés sur place, suivis par les femelles beaucerons, j'ai fait entrer les Glostrob dans le sas et leur ai ordonné de se mettre à quatre pattes, comme des bêtes, devant la porte qui donnait sur la cage, que j'ai menacé d'ouvrir s'ils s'obstinaient à ne pas répondre à mes questions.

« Qu'est-ce qui est arrivé ? ai-je crié. Je veux savoir. »

Mon hystérie était communicative : les chiennes ont commencé un concert d'aboiements et les fauves se sont levés péniblement, en bâillant, comme si on les dérangeait.

Au bout d'un moment, Patrick a fini par marmonner d'une voix à peine intelligible, sans lever la tête :

« Ce serait trop long à raconter.

– J'ai tout mon temps. »

J'ai entrouvert la porte de la cage devant laquelle le lion et la lionne montaient la garde. Alors que la tension semblait à son comble, j'ai dit en articulant bien :

« On va commencer par l'essentiel : Charles est-il mort, oui ou non ? »

Patrick a hoché la tête, puis l'a laissée baissée, le front en berne.

« Est-ce bien vous qui l'avez tué ? »

N'obtenant rien d'eux, pas même un borborygme, j'ai ouvert, sous le coup de la colère, la porte de la cage et les fauves se sont précipités dans le sas. Je vous passe la suite. Il m'a semblé qu'ils avaient tué vite et bien leurs victimes, en refermant, selon la méthode éprouvée des félins, leurs canines sur les gorges des Glostrob, mais je ne peux le certifier. Il y a quand même eu des cris stridents que ne couvraient pas les clabaudements des bas-rouges, très excités par le spectacle. J'avais préféré tourner les talons et je suis resté dans la ferme un moment, avant de prendre les ordinateurs et le tableau de Poliakoff, que j'ai rapportés à Nice.

Sur la route, j'ai beaucoup pleuré. Si je n'avais pas tué ces deux ordures, qui auraient peut-être trouvé le moyen de s'en sortir dans un procès d'assises, je crois que j'aurais été encore plus triste.

Épilogue

Fin du récit du lieutenant-colonel Califano

J'avais décidé de laisser passer quelques jours avant de convoquer Isabelle Vandreuil pour la mettre en garde à vue et la déférer devant un juge d'instruction. Ce délai n'était pas anormal : dans notre pays, la justice se hâte toujours lentement.

Je dois à la vérité de dire que je n'aimais pas l'idée qu'Isabelle Vandreuil finisse au dépôt, comme une vulgaire criminelle. Seulement coupable d'être passée chez les Glostrob pour prendre des nouvelles de son frère, elle n'avait pas prémédité son double meurtre. La légitime défense pouvait se plaider.

Le lundi, j'allais préparer sa convocation pour la garde à vue quand est arrivée, dans mon courrier, à l'intérieur d'une enveloppe, une carte postale envoyée par Isabelle, où l'on voyait la Méditerranée photographiée depuis la baie des Anges. Au dos était écrit :

Colonel et cher monsieur,

Quand vous lirez cette lettre, je serai partie en mer

sur mon bateau pour ne plus jamais revenir. Ma place n'est plus sur cette terre.

J'ai été très heureuse de vous rencontrer.

Bien à vous,

Isabelle Vandreuil

J'ai ressenti un immense soulagement. Si son message avait pu receler une certaine ambiguïté, elle a été définitivement levée quand le bateau d'Isabelle a été retrouvé le mois suivant, la coque en l'air, contre des rochers, du côté du cap Martin. Quelque temps plus tard, l'affaire a été classée : tout le monde étant mort, il n'y avait plus d'affaire Charles Aubignan.

Pour la justice, mais pas pour moi. Je ne supportais pas l'idée que les débris de cette histoire puissent disparaître sur les terres chauffées à blanc des Alpes-de-Haute-Provence, emportés par les vents, mangés par les bêtes, noyés dans les eaux bleu ciel du lac de Seignon. J'ai considéré qu'il était de mon devoir de rendre publics les textes que vous venez de lire, en guise d'hommage à celui qui aura été le premier martyr humain de la cause animale, une cause que j'ai embrassée à mon tour.

Avec l'aide de L214, de l'OABA et de la Fondation Brigitte Bardot, je me suis occupé de replacer les animaux du Refuge des Martyrs de l'Humanité de La Motte-du-Caire, y compris les fauves, que j'ai réussi à sauver de l'euthanasie. Quant au caniche blanc qu'Isabelle avait envisagé d'adopter, il a fini par atterrir chez nous, contrairement à la promesse que je m'étais faite de ne plus avoir de chien. Je n'ai pas pu résister : c'est un clown fier, dévoué, sentimental. Un cabot, si je peux me permettre. Ma femme et mes enfants l'adorent.

Ma hiérarchie m'a interdit de publier les vidéos qui sont désormais archivées à Paris. Je comprends cette décision mais je la regrette : elles feraient beaucoup pour la cause végétarienne. En nous mettant nos turpitudes sous le nez, elles nous pousseraient à devenir meilleurs que nous ne sommes. « On peut juger de la grandeur d'une nation, disait Gandhi, par la façon dont les animaux sont traités. » C'est sans doute pourquoi l'humanité est si petite, finalement.

Un jour que j'apportais, pendant les grandes vacances, deux chiens abandonnés au refuge Saint-Roch de Marseille, j'ai cru reconnaître de loin Isabelle parmi les employés, mais elle a disparu dans le parc sitôt que j'ai commencé à m'approcher d'elle. J'aime l'idée qu'elle puisse être toujours vivante. De temps en temps, dans le Sud ou ailleurs, il m'arrive de la croiser à l'improviste dans une foule, à peine aperçue, déjà disparue. Les belles personnes ne meurent jamais. C'est à ça qu'on les reconnaît.

Remerciements

Merci à Caroline Ripoll, mon éditrice, et à mon ami Gilles Haéri que je suis heureux de retrouver chez Albin Michel, avec mes vieux camarades, Francis Esménard et Richard Ducousset.

Merci à tous ceux qui, dans ma jeunesse normande, à la ferme, m'ont éveillé à la cause des animaux. Merci aux militants qui se battent pour améliorer leur condition et auxquels j'ai souvent pensé en écrivant ce livre. Merci enfin à tous ceux qui, dans le monde de la viande, élèvent, transportent ou tuent les bêtes dans le respect et la dignité. Il y en a, ne les oublions pas.

DU MÊME AUTEUR

Aux Éditions Gallimard

LE VIEIL HOMME ET LA MORT, 1996 (Folio nº 2972).

MORT D'UN BERGER, 2002 (Folio nº 3978).

L'ABATTEUR, 2003 (« La Noire » ; Folio policier nº 410).

L'AMÉRICAIN, 2004 (Folio nº 4343).

LE HUITIÈME PROPHÈTE OU LES AVENTURES EXTRAORDINAIRES D'AMROS LE CELTE, 2008 (Folio nº 4985).

UN TRÈS GRAND AMOUR, 2010 (Folio nº 5221).

DIEU, MA MÈRE ET MOI, 2012 (Folio nº 5624).

LA CUISINIÈRE D'HIMMLER, 2013 (Folio nº 5854). Prix Épicure.

L'ARRACHEUSE DE DENTS, 2016 (Folio nº 6434).

BELLE D'AMOUR, 2017.

LA DERNIÈRE FOIS QUE J'AI RENCONTRÉ DIEU, 2018.

LE SCHMOCK, 2019.

Aux Éditions Grasset

L'AFFREUX, 1992. Grand Prix du roman de l'Académie française (Folio nº 4753).

LA SOUILLE, 1995. Prix Interallié (Folio nº 4682).

LE SIEUR DIEU, 1998 (Folio nº 4527).

Aux Éditions du Seuil

FRANÇOIS MITTERRAND OU LA TENTATION DE L'HISTOIRE, 1997.

MONSIEUR ADRIEN, 1982.

JACQUES CHIRAC, 1987.

LE PRÉSIDENT, 1990.

LA FIN D'UNE ÉPOQUE, 1993 (Fayard-Seuil).

FRANÇOIS MITTERRAND, UNE VIE, 1996.

Aux Éditions Flammarion

LA TRAGÉDIE DU PRÉSIDENT, 2006.

L'IMMORTEL, 22 BALLES POUR UN SEUL HOMME, 2007. Grand Prix littéraire de Provence.

LE LESSIVEUR, 2009.

M. LE PRÉSIDENT, 2011.

L'AMOUR EST ÉTERNEL TANT QU'IL DURE, 2014.

CHIRAC. UNE VIE, 2016. Grand Prix de la biographie politique

Aux Éditions Albin Michel

LE THÉÂTRE DES INCAPABLES, 2017.

Aux Éditions du Cherche-Midi

LE DICTIONNAIRE D'ANTI-CITATIONS, 2013.

Aux Éditions J'ai Lu

LE JOUR DE GLOIRE EST ARRIVÉ, avec Éric Jourdan, 2007.

Aux Éditions Fayard

L'ANIMAL EST UNE PERSONNE. POUR NOS SŒURS ET FRÈRES LES BÊTES, 2014.

Composition : IGS-CP
Impression : CPI Bussière en avril 2021
Éditions Albin Michel
22, rue Huyghens, 75014 Paris
www.albin-michel.fr

ISBN : 978-2-226-46336-4
N° d'édition : 24530/01 – N° d'impression : 2055779
Dépôt légal : mai 2021
Imprimé en France